后土繪測

當代散文論 II

鍾怡雯

目次

[卷一]

從西部到新疆——一個人文地理學的思考 …… 7

一個人的虛土——論劉亮程的村莊敘事 …… 45

一個人的大歷史——論巫寧坤《一滴淚》的苦難敘述 …… 77

文學自傳與詮釋主體——論楊牧《奇萊前書》與《奇萊後書》 …… 101

台灣現代散文史縱論（1949-2015） …… 127

[卷二]

馬華散文的史前史 …… 157

馬華散文史繪圖——邊界、起源與美學 …… 175

杜運燮與吳進——一個跨國文學史的案例 195
中國南遊（來）文人與馬華散文史 223
從理論到實踐——論馬華文學的地誌書寫 249

【附錄】

附錄1 逆時代之流而上——百年散文選序 277
附錄2 論莫言小說「肉身成道」的唯物書寫 287

〔卷一〕

從西部到新疆
——一個人文地理學的思考

新疆漢語文學在一九八〇年代中期進入二十世紀中國文學史的視野，真正進入文學史的論述範疇，已經到了一九九〇年代[1]。新疆文學是西部文學的一部分，收攝在西部文學的版圖裡，並不是以獨立的姿態被看見。「西部文學」的版圖涵蓋新疆、西藏、青海、甘肅和寧夏，更廣泛的西部概念甚至延伸到陝西，乃至於湘西[2]。在西部文學這面大旗底下，西部文學以「邊疆」的姿態獲得中原關注的眼光。

1 新疆漢語文學以下簡稱新疆文學。

2 把湘西納入討論西部文學範疇的是范培松，詳細的討論見范培松：《中國散文史（下）》（南京：江蘇教育，二〇〇八），頁七六四。

以文化的獨特性而言，新疆和西藏一樣地處偏遠，但兩者的文化累積完全不同。新疆乃絲綢之路，自古以來就是異族文化交流與經貿資訊匯通的重要渠道，它既開闊又開放，朝著多元文化的發展軌跡，文化累積是橫向的。西藏在地理上是封閉的，但是西藏文化以佛教密宗金剛乘的宗教思維體系，融合了以泛靈思想為中心的本土原始苯教，成為獨樹一幟的藏傳佛教，宗教是西藏人的生活道德規範，同時也形塑了西藏的文化結構，成為西藏文學的特色。佛苯合一的宗教文化思維，跟拉美魔幻寫實主義一拍即合，在尋根浪潮中躍升為一九八〇年代的重要文學地景，建構出辨識度很高的西藏圖象。

相形之下，新疆漢語文學的聲勢相對弱。無神秘感、無神話性的伊斯蘭教跟魔幻寫實主義搭不上邊。在二十世紀中國文學史論述的範疇內，新疆的發聲機會很少，在各版本的文學史專著所占的版圖非常有限，原因有三：其一，新疆地區漢語創作人口不及其他省份，少數民族的創作又有語言上的障礙，很難獲得全國性的關注；其二，新疆地處偏僻，在資訊流通較緩慢的年代，無論是五四運動、朦朧詩和先鋒文學的崛起，它都來不及回應或參與，因此錯過了浪潮；其三，應該是最重要的一個因素，新疆作家群尚未找到獨特的發聲姿態，未能建構出西藏漢語文學般的特殊形象。

這個現象的轉變從「新邊塞詩」（一九八三）開始。以楊牧（一九四四—）、周濤（一九四六—）、章德益（一九四六—）等三人為代表的「新邊塞詩」，乃是新疆漢語文學的第一個浪潮。不過，「新邊塞詩」高舉的旗號仍然是「西部」詩歌[3]。一九九〇年代初，詩人周濤（一九四六—）在散文裡刻劃的伊犁土地形象，受到相當大的討論。劉亮程（一九六二—）的散文《一個人的村莊》（一九九八，初版約十六萬字）面世，掀起第二個浪潮，而且是全國矚目的大浪潮。劉亮程扛起了振興新疆文學的大旗，《一個人的村莊》獲得馮牧文學獎，又被譽為「鄉土哲學的神話」，新疆文學界頓時陷入「散文熱」。從二十一世紀初至今，催生了一群地域風格強烈的散文家和獨特的散文，《新疆日報》、《烏魯木齊晚報》、《新疆經濟報》先後增闢了散文專欄，散文刊物增加，許多舊散文重新出版，沈葦（一九六五—）等詩人的散文創作也備受關注，散文創作的陣容急速膨脹。新疆的風土人情、民俗文化、土地經驗吸引眾多讀者和評論者，同時也帶動旅遊業，可說引爆了「西部文化熱」，新疆學界稱之為「散文的盛宴」。

進入二十一世紀，新疆文學在詩、散文、小說累積了豐厚的成果，祝謙編九大冊《新疆

3　雖然評論家們都喜歡為新邊塞詩冠上拓荒、遼闊、粗獷、雄偉等精神層面的溢美之詞，談論它對少數民族文化的呈現，但是這些評論的論述根據都失之空泛，新疆的文化意涵和形神，並沒有獲得突出的創造，多半處於風景描繪的表層述敘。這期間的小說和散文創作乏善可陳，以新邊塞詩為主打的第一個浪潮只算略有小成，西部小說也只是題材上的表層經營。

文學作品大系》（二〇〇九）估計七百二十萬字，便是最有力的證明。此外，劉亮程編的《家住新疆系列．散文》十卷，新疆作家協會所編的各種套書，以及可觀的論述成果[4]。二〇一一年，新疆啟動「新疆民族文學原創和民漢互譯作品工程」，選定不同的文學類型和不同民族的作品互譯，首批作品五十本已於二〇一二年出版[5]。因此，我們有必要重新檢視「西部文學」這個已經沿用二十年的概念在命名上的意義與局限。在論述策略上，如果新疆作為獨立研究的個案成立，表示西部文學是無效（ineffective）的表述，那麼，西部文學便可以真正走入文學「史」；現有的、對西部文學板塊的歧義／爭議，可以一併劃下休止符。

一、「西部」概念的生成與建構

二十世紀中國文學史「西部文學」的誕生，乃是「無心插柳」和「有心經營」的結果。先從「無心插柳」說起。「西部文學」的概念最早乃是從美國西部片得到觸發，原本跟文學無關。一九八四年，中國影評家鍾惦棐（即小說家阿城的父親）在西安電影製片廠提出以西影為基地，發展中國西部電影的構想。時任記者的文評家蕭雲儒在《中國西部文學論》記下鍾惦棐的談話：

> 我們的片子要多寫一點泥土和油污，少一點脂粉氣。要有更多的編導從茶杯風波中跳出來，躍上高原。要有一批人立下志向，在開發大西北的生活中，開發大西北的精神世界和文化堆積，傳達大國的雄風壯美，為大西北造影立傳。……西影要不要有一個長遠的藝術目標？比方說，能不能搞我們中國的「西部片」？[6]

這番談話最重要的遠見，乃是提醒在開發經濟的大西北之餘，應同時開發藝術的大西北。鍾氏的藝術指的是電影，從蕭雲儒的記述來看，鍾氏的靈感來自美國的西部片。這番談話獲得蕭雲儒大力推廣和發揮，寫了幾篇有關西部電影和文學的文章，得到文學界的熱烈迴響和討論，因此從大範疇的「西部文藝」走向「西部文學」。隨後幾年，許多文學雜誌也設置了西

---

4 詳見本文參考書目。

5 孫亭文：〈新疆首批民族文學原創和民漢互譯工程作品出版〉，《中國新聞網》二〇一二年五月五日，<http://www.chinanews.com/cul/2012/05-05/3867197.shtml>，截取：二〇一五年十一月一日。

6 蕭雲儒是西部文學最重要的推手，他寫的《中國西部文學論》是最完整的關於西部文學的論述。同時也可參考後出的余斌：《中國西部文學縱觀》（西寧：青海人民，一九九二年）。引文見蕭雲儒：《中國西部文學論》（西寧：青海人民，一九八九），頁六—七。

部的「欄目」[7]。可以說，西部文學是經由蕭雲儒的「有心經營」而成的品牌。一九八六年在甘肅蘭州的西北師範大學成立了第一個西部文學研究所。至此，西部文學完成了從創作到研究的階段性路程，也標誌著「西部文學」的成立。

小說家張賢亮（一九三六—二〇一四）在《靈與肉》的泰文序本向國外文壇介紹西部文學時，特別強調西北地區的文學特質是「以粗獷、雄健、恢宏的筆調和結構來描寫人與嚴酷的命運和嚴峻的大自然的鬥爭；故事多半帶有傳奇色彩，然而這傳奇卻是真實的，在曲折艱難的生活中表現了人類積極的本質」[8]。這段文字所說的西部文學特質，跟美國西部文學頗為相近：探索和冒險的主題，粗獷雄健的西部硬漢、西部牛仔，印第安人和大自然的和諧關係。美國西部文學創造了西部傳奇，爾後藉著西部片的大眾文化傳播模式，造成世界性的影響。至於張賢亮在寧夏銀川所創辦的西部影城，旨不在發揚西部文學。[9]

我們應該先回到美國的西部概念。

世界電影史上第一部西部片是由美國人埃得溫・S・鮑特（Edwin S. Porter, 1870-1941）所執導的十二分鐘黑白默片《火車大劫案》（*The Great Train Robbery*, 1903）。美國文學史對於西部文學的討論，最早可以追溯到一八二〇—六〇年代，在舊世界的遺老和新世界的新秀之間，爆發了一場以呼喚民族文化和文學為中心的爭論。當時的「西部」，指的是阿勒格尼山（Allegheny Mountains）以西的幾乎所有疆域。論爭隨著美國的不斷西拓而慢慢淡出，文學史給這場論爭的評價是「探索時期的敘述文學所描繪的不同現實與其說改變了關於民族命運的主張，還不如說這類文學提供了非凡的民族背景」[10]。這段引文有兩個關鍵點可以類比借鑑，一是在地理和經濟領域的開拓，二是印第安人和墨西哥人等不同民族帶來的異文化視野。從歐美「文明」的定義來看，西部是相對原始野蠻之地。美國西部疆域對歐裔美國人而言，是美麗、神秘、崇高，卻又令人恐懼和充滿未知，是冒險犯難的想像之地：

7 《中國西部文學論》，頁七。

8 《中國西部文學論》，頁七。

9 張賢亮十八歲曾在寧夏賀蘭縣插隊，一九九二年，創辦位於寧夏的銀川鎮北堡的西部影城，《東邪西毒》、《新龍門客棧》、《大話西遊》等電影都在這裡拍攝，包括張賢亮自己的小說《靈與肉》改編成的電影《牧羊人》。詳見江迅：〈作家張賢亮的花兒謝了〉，《亞洲週刊》二〇一四年十月十二日，頁四六—四七。

10 薩克文．伯科維奇（Bercovitch, S.）主編，史志康譯《劍橋美國文學史．第二卷》（北京：中央編譯，二〇〇八），頁一二九。阿勒格尼山屬於阿伯契山脈，從賓夕法尼亞州中北州延伸到維吉尼亞州西南部，長八百餘公里，開拓初期是向西移民的最大障礙。當然，以今日的美國地圖而言，這個西部的範圍「非常東部」。那是一七八九年美國獨立時的版圖，後來的西部文學以密西西比河以西為主要劃分，疆域一再西移。新疆跟中國其他十八省實行一樣的行政制度是在光緒十年（一八八四年），以迪化（今烏魯木齊）為行政中心。在時間刻度上，建省時間跟美國西部文學興起相去不遠。

原始（或「蒙昧」）觀念分成了幾支，它們都對西擴思想發揮了重要作用。西部的荒原可以描繪成伊甸園，人們可以在那裡實現原始的本能（這些本能在複雜的社會中受到壓抑）；它可以被看作是那些離經叛道者和想找個地方放蕩一下的「山民」的庇護所；或者它還可以被想像成是崇高靈感的源泉，它可以將美國人的頭腦從舊世界那腐朽沒落的觀念和體制的奴役下解放出來。[11]

這段引自《劍橋美國文學史》的描述，充滿去中心或者邊緣改寫中心的視野，同時它也意味著廣袤的西部是蠻荒之地，是東部（文明世界）所投射的西進想像。在古中國也一樣，大陸學者葉舒憲指出，中原文明所建構的「西部」觀點，自古以來同樣便帶著強烈的中原中心的文化地理想像。在中原中心的漢語命名規則中，「河西」又稱「河右」，即黃河以西之地，相當於如今的寧夏、甘肅、青海一帶，總是跟羌夷或戎夷帶著貶抑的意識形態有關。其二，則是以位於甘肅和陝西交界的隴山為座標，稱之為隴西或隴右。換而言之，中國文化史很早就已經有西部的觀念，只不過，那是野蠻和落後的邊緣地區[12]。學者羅小雲指出，一九八〇年代，「美國西部文學再次引起我國學術界的關注，為適應西部開發新形勢的需要和建構具有自己特色的西部文化，我國加大力度翻譯外國文學作品」[13]。美國西部文學的概念顯然對中國西部文學概念的形成有所啟發，不過，前者跟後者的歷史背景最大的差異是：中國西部並沒有像美國西部歷經殖民史——中國的西部各省各有不同的歷史背景，政權及版圖迭經更動，情況複雜。以新疆而言，直到一七五五年，清朝平定準噶爾之後，才以「新疆」命名這片新定的疆域——因此中國與西部各省不能置入「殖民」的脈絡下去類比。現代文學史研究範疇的中國地理，基本上沿襲了政治上自清以降的地理疆域。雖然如此，西部概念的提出具有正面的意義，對中國西部文學板塊的形成和研究，有著極為關鍵的影響，也大大的提高了新疆文學的能見度[14]。目前，學界對西部文學的地理板塊仍有歧義。第二節擬先清理這些歧義，進而討論新疆成為獨立區域研究的意義。

11《劍橋美國文學史．第二卷》，頁一二九。

12 葉舒憲：〈中原文明建構「西部」觀念的文化分析〉，《中國社會科學院研究生院學報》二〇〇八年第五期（二〇〇八年九月），頁一二七—一三二。

13 羅小雲：〈美國西進運動與西部文學〉，《廣西社會科學》二〇〇三年第四期，頁一〇六—一〇八。

14 一九八六年九月，中國社會科學院文學研究所召開「新時期文學十年學術研討會」，總共有五個專題討論，中國西部文學是其中一項，其他四項分別是：青年評論家對話會、文學與文化研討會、文藝新觀念、新方法研討會，以及新詩潮研討會。

二、西部文學的可能與局限

最早也最重要的西部文學地理板塊劃分，來自蕭雲儒以及稍晚的余斌。後出的論文，包括著名的散文研究者范培松，多以兩位的觀點為立論依據。余斌〈論中國西部文學〉（一九八六）所認定的西部，包括新疆、西藏、青海、甘肅和寧夏五省，基本上是沿襲了「大西北」的政治地理構想[15]。蕭雲儒從族群文化形成的歷史基礎，對余斌提出修正。除了新疆、西藏、青海、甘肅和寧夏五省之外，尚包括內蒙以西、陝西以西，以及四川以西，從他所畫的地圖來看，西部文學幾乎涵蓋了中國超過一半的地理，可說是非常大範圍的「西部文學」，蕭雲儒的類比對象，正是美國的西部概念。其次，則是以「三維結構」做為論斷的基礎：

> 所謂文化板塊的結合部，主要是指波斯文化（伊斯蘭文化）通過新疆，印度文化（佛教文化）通過青藏，漢族文化通過陝甘在中國西部的滲透融匯。這是一個穩定的三維結構。在這個結構中，陝西、甘東對於構成西部文化的作用，和新疆、青藏處於同等地位。而每一種結合和交融，總有一個基點，一種溶解劑。我們既然研究的不是西部各民族各自的文化，而是研究各民族文化的整體關係，即中國的西部文化、西部文學

（特別就目前的創作評論情況來看，西部文學的重點，主要放在西部的漢族文學上），那麼，應該說這個基點和溶解劑，只能是漢族文化精神。如果抽掉陝西和甘東，三足缺一，西部文化的三維結構會造成嚴重傾斜，西部文化的一些主要特點也就無法論述清楚，甚至根本無法談起。[16]

從語言、族群和文化的歷史發展進程來看，西部文學是由伊斯蘭、佛教和漢文化的交會融合所形成的多元文化文學，確實必須置入文化的大結構去考察。蕭雲儒的「三維結構」，清楚指出了西部文學的多元文化背景。然而，以漢族文化為主導（dominant）去思考西部文學必須結合伊斯蘭和佛教文化，乃是漢人中心視野的結論。漢文化成了統攝、決定的主導文化。事實上，從現有的新疆文學作品來看，除了張承志（一九四八—），伊斯蘭精神並沒有進入漢語文學。假設順著這條以漢文化為主流的思路，地理版圖勢必要無限擴張，乃至可以沿用政治上的西部十二省劃分法，貴州、雲南和廣西均可屬於廣義的西部，如此一來，這個地理

15 余斌：〈論中國西部文學〉，《當代文藝思潮》一九八五年第五期。詳見《中國西部文學論》，頁二〇—二一。

16《中國西部文學論》，頁二一一—二一六。

版圖就會無限延伸。其次，這段引文在理論層次或許成立，卻很難落實到文學的操作上。

如果從概念的層面要求創作去實踐「各民族文化的整體關係」，而不是「各民族各自的文化」，那麼，現有的藏族文學史、維吾爾文學史和哈薩克文學史等單一民族的文學史，就必須排除在西部文學之外，因為它們不符合文化的交融規範。陝甘的漢文化在這個規範系統應該降到最邊緣，西部文學要突出的恰好不是漢文化，而是非漢文化，執著於三維結構的平衡，就會形成視野上的遮蔽，洞見也就成為偏見，甚至不見了。

范培松把「西部散文」定義為「世紀末最後一個散文流派」[17]，這個觀點幾乎成了學界因襲的定見。西部散文是否可自成一個流派，必須先檢視西部為何，再論流派成形的可能。蕭雲儒的定義雖有缺憾，卻有歷史文化上的依據，范培松的西部定義卻相對模糊：

> 西部散文，顧名思義是以地域存在而命名。西部，是一個寬泛的地域概念，大陸邊境，約定俗成：「西部」一詞的神秘，更在於它內蘊的遠離現代文明一面的意味。西部散文則特指表現和反映中國西部生活的散文，猶如美國的以表現美國生活為主的西部電影一樣；但西部散文又有它的模糊性、相對性和泛指性：中國地域遼闊，民族眾多，文化交叉，僻遠的「邊緣」之「邊」有它的模糊性，不能簡單地把「西部」限制在西藏、新疆、青海、內蒙古或寧夏等地區內，作為文學的「西部」地域的外延要寬

泛得多。從二十世紀散文史來看，沈從文的以描寫湘西為主的《湘行散記》，以及賈平凹表現商州、太白山區的散文，都是典型的西部散文。西部散文又是一個相對的文學概念。[18]

范培松對西部的概念是十分鬆散的，他把陝西的商州和太白山納入，其實沿襲的是蕭雲儒的觀點，儘管他並未說明出處，也沒有為這樣的說法立論。至於沈從文《湘行散記》則是飛來一筆。此書寫於一九三四年，在時間軸上，跟一九八〇年代崛起的西部散文相隔五十年，實無收編的理由。中國西部文學和美國西部電影跨類型（文學和電影）的聯想類比更是不妥。簡而言之，引文前半部並沒有嚴謹的推論和學術上的根據。其次，西部散文作為一個「流派」的界定，在學理上也無法成立。姑且不論中國古典文學史上以地域為根據的流派[19]，中國當代文學史以地域為流派的作者群，例如白洋淀派的河北，山藥蛋派的山西，今天派的北

17　范培松：《中國散文史（下）》（南京：江蘇教育，二〇〇八），頁七六四。
18　《中國散文史（下）》，頁七六四。
19　中國文學史上以地域，而不以風格成流派的有邊塞詩、江西詩派、竟陵派、桐城派、陽湖派、湘鄉派等等。

京，都不是跨省連縣的大地理，才能顯出地域研究的意義。范培松所論述的西部散文作家群，以西藏、新疆和陝西為主：

> 儘管張承志和周濤觀點不同，創作策略套路也不同，但在張揚西部精神上卻不謀而合，使得西部散文漸成氣候，並大有燎原之勢。接著馬麗華、劉亮程、劉成章、楊聞宇等又先後以大量的介紹抒寫西藏、新疆、陝西黃土高原的散文文本，和周濤、張承志等匯合起來，形成西部散文作家群體，在二十世紀中國散文史上，成為一個最有影響力的散文流派。[20]

范培松認為回族作家張承志「他的散文是屬於宗教的，把他的散文歸入西部有些勉強」[21]。事實正好相反，張承志的底氣正好來自伊斯蘭教和新疆的生活經驗，宗教和地理兩者缺一不可。張承志在〈心的新疆〉（二〇一三）一文指出「在新疆，我完成了向美與清潔的皈依。我的文學，在新疆完成了人道與美的奠基」[22]。張承志先以小說聞名，一九八〇年代末開始寫散文，第一本散文《綠風土》（一九八九）正是宗教精神與新疆地理的結合。引文所列舉的作家，包括馬麗華（一九五三—）寫西藏，劉亮程（一九六二—）寫新疆，劉成章（一九三七—）寫陝北，至於出生於陝西的軍旅作家楊聞宇（一九四三—）「長期生活在地處東西部交匯的黃土高原上」，究竟楊聞宇的散文寫黃土高原哪一個地方，范培松並沒有明確說明。[23]其次，既然他的散文陰柔且儒雅，「西部散文激蕩的雄性、野性、強悍、豪邁都似乎沾不上邊」，那麼，他為何要歸入西部，成為「西部散文的生命精神是一種原始的自然生命力」這個大原則底下的一個例外反證？[24]周濤的散文雄性而強悍，跟楊聞宇正好是兩個極端。漢族作家馬麗華的西藏遊記，跟新疆作家劉亮程筆下高度詩化的黃沙梁之間，根本沒有同質性。這六個作家的高度異質，正好凸顯西部是一個過於簡化的概念，它既不具備「描述」（description）的功能，也沒有「定義」（definition）的效果。既然西部散文已經用它自身的作品暴露出命名的矛盾和窘境，那麼，涵蓋其他文類、更廣大地理的西部文學概念，不論大西北五省，或者從歷史文化成形的角度外加陝西的不同板塊，可以止矣。

20《中國散文史（下）》，頁七七三。

21《中國散文史（下）》，頁七七八。雖然如此，他仍然沒有辯證的、以極大的篇幅把張承志歸入西部作家譜系。

22 張承志：《相約來世》（北京：作家，二〇一三），頁七。

23《中國散文史（下）》，頁七九六。楊聞宇生於西安，在關中地區生活十八年後，入隴也即是到甘肅從軍三十餘載。

24 引文分別見《中國散文史（下）》，頁七九六、七九四。

以上的推論主要為了獲致以下的結論：西部文學已經「無效」或「失效」——時移事往，到了二十一世紀新疆文學已經累積了可觀的成果，可以獨當一面，很明顯的，西部文學已經失去精準度——它應該成為新疆文學「史」，或者文學「史」，以歷史的姿態存在。

文學事實不是一成不變的，而是一個不斷變化和修正的過程。西部文學的內部存在著人文地理上的極大差異，這是事實。如果命名是一種「被看見」的過程，是邊緣即中心的策略，時至今日，這個命名其實已經形同遮蔽。西部文學這個名詞應該瓦解。在方法學上，地理面積跨度愈大，愈無法精準把握文化／文學差異，反而把差異消解了。本文提出的替代方案是回復單純的、各自以地理命名的研究方式，也就是回到論文一開始所闡明的，讓新疆成為獨立的論述個案。

三、聚焦新疆：一個人文地理學的思考起點

新疆、西藏、青海、甘肅和寧夏五省加總起來，占中國土地面積的百分之四十三，五省之中又以新疆占地最大。[25]新疆位於歐亞大陸的中心，地貌複雜，是中國西北軍事重鎮。從西漢開始屯墾戍邊，至今仍設有新疆生產建設兵團[26]。目前新疆常住人口約二千二百六十四萬三千，以維吾爾族（四七．四%）和漢族（三八%）居多；其次是哈薩克族（七%），以

及蒙古、回、柯爾克孜、塔吉克、錫伯、滿族（共七%），如果再加上境內世居和流動的俄羅斯、達斡爾、塔塔爾、烏孜別克等族，多達五十五族，全中國民族數目是五十六族，如果再加上布朗族，就多達五十六族，是中國民族構成最複雜多元的一省。[27]

從宗教的角度來看，新疆境內有藏傳和漢傳佛教、道、薩滿、基督教、天主、東正教，但是信奉伊斯蘭教的人口超過半數（以維吾爾、哈薩克、回、柯爾克孜等十餘個民族為主），扣除宗教信仰比例極低的四成漢族，新疆基本上算是一個（相對開明的）伊斯蘭社會，雖然法律沒有禁止穆斯林與非穆斯林通婚，但基於現實生活的教律和觀念上的障礙，漢

25 新疆土地面積一百六十六萬平方公里，西藏一百二十二點八萬平方公里，詳見<http://www.360doc.com/content/13/1214/21/101214_337191409.shtml>，截取：二〇一五年十一月一日。

26 新疆生產建設兵團的設立雖然起於軍事考量，然而大量漢人戍守邊防的結果，如今卻跟新疆文學的形成有密切的關係，例如李娟便是因為父母是新疆生產兵團的一員，而到了新疆。新疆生產建設兵團的官方資料見中共國務院新聞辦公室編：《新疆生產建設兵團的歷史與發展》（北京：人民，二〇一四）。更詳細的研究可參考包雅鈞：《新疆生產建設兵團體制研究》（北京：中央編譯，二〇一〇）。

27 新疆各民族的比例，依據「新疆維吾爾自治區統計局」的官網在二〇一五年六月二十三日發布的《二〇一四年新疆統計年鑑。主要年份分民族人口數》換算而來。詳見：<http://www.xjtj.gov.cn/sjcx/tjnj_3415/2014xjtjnj/rkjy_2014/201506/t20150630_471951.html>，截取：二〇一五年十一月一日。

人與少數民族通婚的例子不多[28]。新疆漢語文學最主要的作家隊伍以漢人為主，漢人文化加上在地視野，使得他們作品的「感覺結構」（structure of feeling），也就是「思考和生活的方式」，屬於新疆，而不是西部[29]。

除了少數的穆斯林作家譬如張承志的散文浸染了深厚的宗教精神之外，伊斯蘭教往往內化成生活的一部分，並沒有特別被新疆作家凸顯。即便是哈薩克族漢語作家葉爾克西·胡爾曼別克（一九六一—）和維吾爾族漢語作家帕蒂古麗（一九六五—），宗教精神在她們的散文裡也十分稀薄，葉爾克西的《藍血蓮之淼》（二〇一一）、《永生羊》（二〇一二）、《遠離儼寒》（二〇一三），以及帕蒂古麗的《跟羊兒分享的秘密》（二〇一二）、《散文的母親》（二〇一四），伊斯蘭精神均被強烈的地方感（sense of place）所稀釋跟取代，兩位女性作家以寫新疆日常生活見長，從微小敘事見出新疆非漢民族的社會特色。跟漢人作家從人文和地理學的雙重或多重文化視野所深描（thick description）的新疆，正好形成對比。

新疆漢語作家中，以王族（一九七二—）的創作最豐富。王族的創作以散文為主，計有散文集、文化專著和遊記等二十幾種。他十九歲即到新疆從軍，十二年後改業當編輯，也仍然在新疆。長久以來行走新疆各地，對自然生態和文化景觀有很深的了解，使得他的散文寫出了新疆的「場所精神」（genius loci or spirit of place）。他在自選集序言《新疆密碼·我的夢，我的新疆》有以下敘述：

> 我的散文幾乎都是寫新疆的，由此可見，我的文學，乃至我的生活都明顯地帶有「地域」色彩。[30]
>
> 地域可以是文化，也可以是人自身，而作家的文字，有可能就是地域的延伸或再生。[31]

引文特別強調「新疆」而非「西部」，顯見在新疆作家王族的認知裡，新疆的地景具有特殊

28 詳細的研究見李曉霞：《新疆民族混合家庭研究》（北京：社會科學文獻，二〇一一），頁五四—六四。李曉霞指出，根據「二〇〇〇年人口普查中國民族人口資料」，新疆漢族和其他民族的混合家庭，只占家庭總戶數的一．七五%，比例非常的低。

29 雷蒙．威廉斯（Raymond Williams）的「感覺結構」指出，在特殊地點和時間之中，一種生活特質的感覺；一種特殊活動的感覺方法，結合成為「思考和生活的方式」，是一種幾乎不必特別去表現的特殊社群經驗，它是一種深刻而廣泛的情感。感覺結構把社會和歷史脈絡納入，討論它對個人經驗的衝擊。因此感覺結構是民族、地方文化形成過程中不可少的思考。新疆的作家的人文地理特質，正符合雷蒙．威廉斯的觀點。「感覺結構」論點詳見艾蘭．普蘭特〈結構歷程和地方：地方感和感覺結構的形成過程〉，收入夏鑄九、王志弘編譯：《空間的文化形式與社會理論讀本》（台北：明文，一九九四），頁八六—九五。

30 王族：《新疆密碼》（北京：當代中國，二〇一一），頁四。

31 《新疆密碼》，頁三。

的結構和意義。以上引文固然可以說是「後見之明」——乃是王族在完成深具新疆地域特色的非虛構三部曲之後的觀點與感想，卻足以支持本文的題旨：從人文地理學的角度來看，新疆應從西部研究獨立出來，展示它在地誌學上的意義。王族的非虛構三部曲《鷹》（二〇〇八）、《狼》（二〇一一）和《駱駝》（二〇一一），糅合了人類學、生態學、民族學、民俗學，以及客觀知性理解等博物學式的寫作視野，書寫新疆多元民族跟動物之間的情感，充份展現作為在地人的地方性知識（local knowledge）。

《鷹》最早動筆於一九九三年，原稿只有一萬餘字。王族在二〇〇九年決定完成專書，重回南疆的阿合奇縣，住在柯爾克孜族馴鷹人依布拉音家裡一個月，再度近距離觀察鷹，寫下放鷹捕獵的故事，同時也記錄獵鷹人的生活。獵鷹當然也是深具新疆色彩的文化，用王族自己的說法，那是「地域的延伸或再生」。非虛構三部曲的寫作概念「接近」台灣的自然寫作或自然書寫[32]，《鷹》固然是「鷹誌」同時也是「鷹人誌」——除了獵鷹獨特的生命型態和精神世界，生活的地理景觀，王族更著眼於馴鷹人跟鷹之間的微妙互動，鷹性和人性之間的協調和平衡，因此《鷹》不只是自然寫作，而是更廣袤的文化地誌學。

阿合奇縣自古有獵鷹之鄉的稱號，馴鷹是柯爾克孜族文化的一部分。阿合奇縣南部是喀拉鐵克山，北部是闊克夏勒嶺，塔什干河貫穿全境，這兩山夾一谷的「自然場所」塑造了獵鷹文化發展的環境特性。王族在此書的結尾得出以下的觀點：「獵鷹似乎是他們家的成員，人的世界是鷹的世界，鷹的世界亦為人的世界。有的時候看著依布拉音，我覺得他就是一隻獵鷹，他自己選擇的馴鷹生活就像繫在獵鷹爪子上的繩子一樣，制約或吸引著他，在一條隱秘的路上走了下去」[33]，長久以來在險峻的環境中求生存的卓絕意志，使得馴鷹人與鷹之間有了神秘的聯繫，鷹的精神與人的精神已經融為一體，形成新疆的「地方精神」以及「地方價值」。

非虛構三部曲之二的《狼》的地理背景則在新疆西北的阿勒泰的白哈巴村，這是大陸圖瓦人最多的聚落。王族在那裡住了三十幾天，不只寫狼，也寫哈薩克人跟狼之間的相處。這

32 台灣的自然寫作經過三十年摸索，投入大量寫作人力和論述才出現的成果，不必然是在荒野，在都市的邊緣或鄉鎮，亦能觀察到自然的脈動，稱之為成熟的自然寫作也不為過。自然寫作在台灣是一種獨特的文類，由一支品牌鮮明的寫作隊伍所組成，換而言之，他們建立了一套完整的寫作規範：知識／知性絕對凌駕感性；實地觀察之外，尚須有一定的自然科學知識可供調度、援引；生態中心的思考超越人本中心；且大部分的自然寫作者以繪圖或攝影作為自然寫作的必要輔助，這也說明了客觀書寫和記錄之必要，「觀察而不介入」、「理解卻不占有」等態度，詳細的對自然寫作的定義，可參閱吳明益：《以書寫解放自然——台灣現代自然書寫的探索（1980~2002）》（台北：大安，二〇〇四），頁一九—二五。新疆作家沒有自然寫作的概念，在地域書寫的過程中，卻無意中完成了「接近」自然寫作的書寫模式。

33 王族：《鷹》（台北：龍圖騰，二〇一三），頁一七九。

是王族系列寫作的特色——進入當地，以在地人的視野貼身觀察，寫出多元民族與文化的新疆。王族每天跟一隻被母狼拋棄的小狼一起生活，記錄真實的，而非傳說中的狼。大自然的狼孤獨而驕傲，在荒野孤絕的環境中狼可以活十五年，隨時保持警戒的狀態，王族認為這是符號化的狼，而真正的狼，怕地震，怕打雷閃電，對鳥叫很感興趣，跟人良久對望時，眼神會流露出情緒。當一隻狼不在荒野，而進入人類的生活，牠同時也重新調整人類的認知，當牧民發現吃羊的狼也有脆弱的時候，一時也不知所措。狼的脆弱衝擊了人性，讓村民重新思考人與自然的關係。「但自從我親眼目睹了這隻狼之後，我覺得強調狼精神的人並不了解狼，甚至有可能沒有見過狼，他所說的狼精神有很大的人為因素，所言之狼，實際上仍然是人」[34]。王族的《狼》寫出新疆牧民的特殊社群經驗，這種寫作方式同時兼具報導文學的特色，這種「感覺結構」是新疆的特殊社群經驗和感覺，一種思考和生活的方式。

同樣寫出新疆牧民感覺結構的是《駱駝》。王族到木壘縣的哈薩克牧民葉賽爾家，跟他們一起住在「霍斯」（帳篷）裡，寫下非虛構三部曲的第三部傳奇。木壘縣是中國三個哈薩克自治縣之一，位處北疆溫帶荒漠，三面環山，不利於耕種，而且天候惡劣。「下了車，感到一股乾燥的冷氣摻在空氣中，風起時，便猛地抖出一聲聲響，粗硬得如刀子一般割著臉頰。舉目四望，只見鐵青黑硬的礫可成攤成片地鋪向遠處。遠處，便是沉寂模糊的山巒。乾旱、赤裸、蠻荒、貧瘠——該怎樣形容這個地方呢？」[35]這段對木壘的文字描繪（word painting）具有人文地理學的意義：特殊的地理必須帶出不一樣的文學描繪，特殊的自然場所，也必然形塑出居民特殊的場所精神，例如冬窩子，一種向地底挖成大凹坑的住所。這種特別的居所可以避嚴冬的風寒，駝圈挨著冬窩子住，形成駱駝與人密不可分的生活方式。由於天候乾燥，地勢崎嶇，而駱駝能夠忍受乾渴、饑餓和炎熱，可負重，牧駝便成為貧瘠的地理環境下發展出的經濟活動。

王族寫的是哈薩克人稱之為長眉駝的一種駱駝，乃木壘縣獨有，號稱駱駝中的美人，血統珍稀，外表奇美，眉毛又細又長，眼睫毛有三層，顯得眼睛圓而大。牠們身上的毛也很長，細密垂落像流蘇。在王族眼裡，牠們是柔美與陽剛的混合體，行走時昂首的神韻與騎士的氣質相近。哈薩克人的語言裡有許多對駱駝的形象化觀察：母駝下崽，便說是完成公駝的任務；說駱駝耐力強，便說牠身體裡有十個駱駝的力氣；說駱駝的速度快，便說牠把身體裡的翅膀拿出來用了一下；說駱駝因為累而變得很瘦，便說牠把身上的肉交給了腳下的路[36]。這些文學性的敘述來自哈薩克人長期與駱駝為伍而催生的聯想，它與特殊的地域產生聯結。

34 王族：《狼》（台北：龍圖騰，二〇一三），頁一七六。
35 王族：《駱駝》（台北：秀威，二〇一二），頁一九。
36 《駱駝》，頁二六。

王族未必具有人類學的訓練，然而他的非虛構三部曲可以說具有深描的人類學視野，他對動物的觀察是放在特定文化和社會背景下的脈絡化寫作，既可見出自然地理的描繪和敘述，也有人文的景深。他對新疆的書寫，是建立在在地化和知識化的雙重視野之上。

另一個具有說服力的案例是黃毅（一九六一—）。在〈一個土著的自述〉他稱自已是新疆「土著」，對新疆有以下的敘述：

新疆於我是一種背景，一種象徵，一種底色，一種潛台詞，我所要努力做好的就是如何在我的筆端呈現一種疏朗的氣韻，陽光的顆粒，藍天的純粹，山風的力度，戈壁的質感，草原的曠達，冰峰的冷峻，沙漠的熱烈，總之一切能代表新疆精神層面的東西，都應該集合在我的文章中，我所真正追求的就是當下中國較為罕見的、非病態的朗健、真實、陽剛的精神，也就是當代的新疆精神。[37]

黃毅出生的下野地，物產是著名的哈密瓜，又稱亞洲甜蜜之心。他原來是詩人，同時是記者，寫過報導文學和畫論，從未離開過新疆，對這片土地有高度的文化認同。他的散文風格陽剛，正如引文所言，他認為陽剛和硬朗是新疆的地域特質，則反映到文學層面，同樣也是如此，他的說明可以補充王族所謂的「我的散文幾乎都是寫新疆的，由此可見，我的文學，乃至我的生活都明顯地帶有『地域』色彩」[38]。山川草木和四季風土，以及新疆特殊的物產，在黃毅筆下都煥發地域的神采。他把個人風格跟新疆的人文地理結合，地理與創作主體融而為一，藍天、山風、戈壁、草原、冰峰和沙漠都是新疆的地理，地理人文化之後，便成了黃毅所說的陽剛的新疆精神。雖然如此，他的散文並非只關注宏大的地理。除了街道歷史的探源，新疆地理的知識性敘事之外，市井的生活圖景，或者微小者如哈密瓜、石榴、葡萄等在地物產，都充滿趣味的細節追索，所謂的陽剛新疆精神，在他筆下仍然充滿生活感。譬如〈亞洲甜蜜之心〉寫新疆特產哈密瓜：

從綠洲的顏色、戈壁的顏色、天山的顏色、湖泊的顏色都能找到與哈密瓜似曾相似的地方，哈密瓜無疑是新疆大地色彩的總和，特別是沙漠與綠洲，它們和哈密瓜與英吉沙小刀，有著驚人的相似。你看突進沙漠的綠洲，多麼像一刃閃耀著青光的刀鋒，它齊齊剖開了沙漠，裸露著黃燦燦如哈密瓜瓤般的質感。[39]

37 黃毅：《亞洲甜蜜之心》（烏魯木齊：新疆美術攝影，二〇一三），頁二三一。
38 王族：《新疆密碼》，頁四。
39《亞洲甜蜜之心》，頁七六。

哈密瓜是新疆的隱喻，它在新疆這鹽礆化的乾澀土地長出甜蜜，濃縮了新疆的人文和地理，只有在地人才能從一顆具代表性的水果引申出這麼豐富的聯想，黃毅對新疆顯然非常有感情，這種抒情與知識並重的文字描繪充滿地方感，是新疆人文地理學最好的範例，人文地理學者Mike Crang指出，能帶給讀者真正地方體驗的是文學，不是地理學，「人文主義地理學者也很快了解到，文學裡的陳述替代地方經驗提供了類似洞察。如此一來，我們可以轉而求諸小說，探察其中喚起的地方感，或是所謂地方的文字描繪」[40]，這段引文確實以文學性陳述為我們概括了新疆的地理，帶給我們詩意的聯想。黃毅意不在介紹新疆的地理，卻因為要寫新疆物產指標物哈密瓜，意在言外的寫下這段濃縮了新疆物產與風土的神來之筆。把荒漠喻之為金黃的瓜瓤，綠洲喻之為英吉沙小刀，切入沙漠之中，同樣是以近取譬。英吉沙位於南疆，號稱中國小刀之鄉，黃毅的散文技術，其關鍵乃在於超越經驗，加入「想像的技術」，聚焦新疆風物／風土。他是漢人，在這多元文化的邊緣成長，既是在地人也兼有他者的視野，或者用他的說法，他擁有「新疆時間」：

> 我總認為新疆時間不是一般意義上的時間，而是涵蓋包容了諸多方面、諸多因素諸多想像、諸多理由以及諸多不可知細節的大概念；抽象的時間在新疆往往不是以抽象的面目示人的，而是以具體的、看得見摸得著的模樣出現的。[41]

新疆跟北京有兩小時的時差。這兩個小時時差的新疆時間，同時還暗喻新疆作為邊疆身分的獨特性，它跟自居文學中心的北京、乃至中國其他地域的書寫風格迴然相異。新疆作家群裡，黃毅對地域的感受最敏銳，引文所演繹的，無非就是本文一再強調的感覺結構：在特殊地點和時間之中，一種生活特質的感覺；一種特殊活動的感覺方法，結合成為「思考和生活的方式」，它是一種深刻而廣泛的情感，以及特殊社群經驗，無論是石頭、沙漠和河流，都活在新疆時間裡，被書寫被詮釋。

王族和黃毅之外，新一代的散文作家以李娟（一九七九）筆下的游牧主題獨具一格，「羊道系列」：《羊道・前山夏牧場》（二〇一二）、《羊道・春牧場》（二〇一二）、《羊道・深山夏牧場》（二〇一二）、《羊道・冬牧場》（二〇一二）四書共四十多萬字，很能突出新疆地域寫作的特色。李娟自一九九九年開始寫作，四年後出版第一本散文《九篇雪》（二〇〇三），開始在文壇崛起。在短短三年內出版了《走夜路請放聲歌唱》（二〇一一）、《阿勒泰的角落》（二〇一三）等多部散文集。她出生在新疆生產建設兵團[42]，在清貧和漂泊中

40 Mike Crang著，王志弘等譯：《文化地理學》（台北：巨流，二〇〇三），頁六〇。

41 黃毅：《新疆時間》（烏魯木齊：新疆美術攝影，二〇一三），頁二三四。

42 請參考註二七，這裡不重複再註。

成長，因為沒錢繳學費，連中學都沒畢業。從小跟著開雜貨店的母親做過裁縫，卻因營生困難而放棄，曾隻身到烏魯木齊當工人，隨著哈薩克牧民逐水草而居，過著半定居半遊牧的生活。這些豐富的經歷形塑了她的散文特色。她筆下的阿勒泰充滿大自然細微的律動，以及哈薩克民族的文化特質。「羊道系列」是漢語文學的奇葩，李娟是漢人，可是因為家裡開雜貨店，從小得以觀察哈薩克民族的生活習性，及長，隨著哈薩克家庭游牧則讓她習得不少哈薩克語，游牧生活的艱困在她簡樸生動的文字底下活現。她寫下惡劣的氣候下牧人逐水草而居、不斷遷徙的生活。那些到達與離開的故事，生存的艱困與智慧，充滿日常生活細節。

哈薩克牧民的游牧傳統十分古老，也尊重傳統。然而在現代化的衝擊下，游牧民族面對必須定居的困境。李娟認為這片貧瘠的土地只適合游牧，定居則必然造成土地的長久損壞，只有保留傳統方是長久的與大自然相處之計。這是在地經驗所作出的結論，游牧民族是跟環境共生共存的群體，所謂的夏牧場或秋牧場都發生在祖先走過的土地，在經由生活、記憶而認同所產生的地方感（placeness）在李娟筆下不是從定居而來，相反的，卻是帶著所有家當和牛羊駱駝的「路上生活」：

> 有一個統計，在哈薩克牧民中，遷徙距離最長、搬遷次數最多的人家，一年之中平均每四天就得搬一次家！這真是一個永遠走在路上的民族，一支密切依循季節和環境變

> 化調整生活狀態的人群。生活中，似乎一切為了離開，一切都在路上。青春，衰老，友誼，財產……都跟著羊群前行。[43]
>
> 沒有羊的不走，放羊的全部要走。[44]

第一段引文出自〈路上生活〉，第二段則出自〈即將離開冬庫兒〉。李娟的羊道系列三書改寫了「家」的意義，並重新定義「家」跟「地方」的關係。家跟寓居（dwelling）無關，居家感受（homeliness）並不構成家的基本特質。對於安土重遷的中原民族，家是記憶、想像和認同的起點，同時也是情感依附和植根之處；至於游牧民族，家則是在路上，地理環境和生活條件決定了家在哪裡。家不必然是家庭住宅（family house），家是更廣袤的「地區」——它由外在的生活條件所決定，人因應四季、水草、天候而決定家在哪兒。搬家因此不只是離開和抵達，而是順應天時生活的本能。對於跟李娟一起生活的札克拜媽媽一家人而言，家的意義不是扎根，而是移動。因此，家跟空間的關係更為密不可分，或許這可以解釋在李

43 李娟：《羊道：游牧初夏記事》（台北：時報，二〇一三），頁二八〇。

44 《羊道：游牧初夏記事》，頁二九四。

娟筆下，為何自然和地景的描寫和變化占了那麼大的篇幅。在游牧的過程中，「室內」的空間比例縮小，而向「室外」大幅度延伸。即便是定點的棲息和放牧，大部分時間也都在室外勞動，自然和地景進入視野，讓人跟自然產生更大的聯結。李娟的散文結合了身體、物體和流動所形塑的地方感，使得它具有「連結」時間與空間的意義：

> 內蘊於地域的是地方概念——由內部所見的土地／城鎮／城市景觀的部分，人們熟知的特定區位的共鳴……地方是一個人生命地圖的經緯。它是時間與空間的、個人與政治的。充盈著人類歷史與記憶的層次區位，地方有深度，也有寬度。這關涉了連結、圍繞地方的事物、什麼塑造了地方、發生過什麼事、將會發生什麼事。[45]

以上引文為了進一步說明李娟的散文為何在當代漢語文學裡顯得特別。當她寫下哈薩克人的游牧生活的點滴，那些看來為了生存而瑣碎累人的事件，小到揹冰煮水，砍柴生火，撿牛糞，刷洗打掃，乃至每搬家一次的收拾準備，都帶著歷史景深。就時間的縱深而言，那是傳統。哈族的祖先兩千多年來也是這麼生活著，帶著家當家人跟駱駝行走在阿勒泰的山區裡。就地理層次而言，李娟對新疆特殊的自然地理環境的描繪和敘述之餘，尚具有深層的文化意涵。李娟把自已當成札克拜家庭的一分子，跟著他們一家轉場，她寫人寫景充滿感情，長期浸染在哈薩克文化裡，那些影響不知不覺已經內化成生命的一部分。她詮釋的游牧生活具備漢人、外人者的觀點，同時亦有在地人的「文化持有者的內部眼界」（the native's point of view），她的散文以漢語寫成，夾雜不少哈語，形成語言雜糅的混血風格。

以上所例舉的三位散文作家是新疆文學版圖的一個小區塊，雖然他們都是最具代表性的三人，在他們周遭還圍繞著數量豐沛的小說和詩歌作品。本文選擇從散文的角度切入意義有二：首先，新疆是在「散文熱」裡嶄露頭角，進而鼓動了大批的詩和小說，因此散文是進入新疆最好的路徑。其次，散文的文類之母與非虛構的特質，有助於我們從人文和地理學的角度深描新疆。Mike Crang的《文化地理學》所引用的例子都是小說和詩，包括勞倫斯（D.H. Lawrence）、哈代（Thomas Hardy）、哥德史密斯（Goldsmith）、布雷克（Blake）、華茲華斯（Wordsworth）、畢翠斯．珀特（Beatrix Potter）等；這跟西方文學以詩與小說為主要文類的傳統有關。在華語世界，從白話文運動以降，散文跟詩和小說三足鼎立，甚至是文類的大宗。古典散文立下的實用／介入功能，使它貼近社會的脈動，可以有很強的社會性。不同於西方以詩和小說為主流的傳統，在華語世界，散文應該是最好的地誌書寫文類，便於敘事的特質，亦成為凸顯新疆地域書寫的最主要文類。

45《文化地理學》，頁六八。

此外，新疆文學亦已經累積了一定的論述成果，包括夏冠洲、艾光輝合編的四冊《新疆當代多民族文學史》（烏魯木齊：新疆人民，二〇〇六），它象徵著新疆文學的壯大與成熟，當然也暴露了以漢族為中心的研究視野。新疆社科院民族文學研究所先後出版了幾部重要的少數民族文學史：《維吾爾族文學史》（五卷本）、《哈薩克族文學史》（四卷本）、《柯爾克孜族文學史》（兩卷本），規模龐大。撰述的時間跨度和討論範圍都很廣，但全是維吾爾文或哈薩克文，無法閱讀。漢文版的各民族文學大多是單卷本，相對簡略，不過重要的文學典籍和思潮主題，都有完整的論述，只是不夠精細。這些文學史專書，包括：李國香《維吾爾文學史》（一九九二）、阿布都克里木·熱合曼編《維吾爾文學史》（一九九八）、阿紮提·蘇裡坦編《二十世紀維吾爾文學史》（二〇〇一）、趙嘉琪編《哈薩克文學簡史》（二〇〇七）、李竟成《新疆回族文學史》（二〇〇三）、曼拜特·吐爾地著，阿地力·居瑪吐爾地譯《柯爾克孜文學史》（二〇〇五）等等。羅列這些資料和選集旨在說明，我們完全可以離開西部，聚焦新疆。

結論

西部文學研究上的問題與盲點，早已有學者提出批評與修正，只是這個聲音太微小，完全掩沒在「西部文化熱」的浪潮，以及西部文學作為整體的研究裡。李桂華在〈論「西部文學」理論生成的可能性〉（二〇〇三）一文指出：

> 我們不能讓大人文上的「西部」概念干擾對西部的文學中不同地域特色的認識，而應該深入到西部不同區域的具體文學創作中，去探討它們各自不同的特色。同時還應該注意，對「西部」概念的整體性認知，往往會誘使我們以一種外在的眼光去浮光掠影地審視西部的文學，進而得出只見輪廓不見肌理的結論。……文學的地域性特色，不僅僅是對自然地理環境的描繪和表現，應該進一步發掘自然環境的深層文化意蘊。46

引文有以下三點值得注意：首先，西部文學研究應該方法化。其次，自然地理必須經人文深掘，而非流於表層敘事。再者，重視地域差異。李桂華的短文是一個觀察報告，同時也是善意的提醒，以及質疑。她認為評論界選擇了一條方便的捷徑，把一個新生成的研究領域置入傳統的研究框架。

46　李桂華：〈論「西部文學」理論生成的可能性〉，《楚雄師範學報》第一八卷第二期（二〇〇三年四月），頁二四。

本文先對西部文學命名的內在矛盾提出質疑與詰問，瓦解西部文學這個業已失效的概念，進而建構新疆研究作為獨立個案的合理性。一旦新疆可以脫離西部文學，也意味著後者已經成為歷史名詞。不論得自電影靈感的西部文學概念，或者來自中原中心的西部觀點，襲用已久的西部文學階段性任務應已完成，這個帶著總體化效果的名稱，應該讓位給更具有主導性、更細緻，而且能夠凸顯地域特質的區域文學。如此，新疆多元文化視野下的文學書寫，才能獲得合理的論述與研究。

參考書／篇目

Crang, Mike著，王志弘等譯：《文化地理學》（台北：巨流，二〇〇三）。

中共國務院新聞辦公室編：《新疆生產建設兵團的歷史與發展》（北京：人民，二〇一四）。

王　族：《狼》（台北：龍圖騰，二〇一三（二〇一一））。

王　族：《新疆密碼》（北京：當代中國，二〇一一）。

王　族：《駱駝》（台北：秀威，二〇一二（二〇一一））。

王　族：《鷹》（台北：龍圖騰，二〇一三（二〇〇八））。

包雅鈞：《新疆生產建設兵團體制研究》（北京：中央編譯，二〇一〇）。
江　迅：〈作家張賢亮的花兒謝了〉《亞洲週刊》二〇一四年十月十二日，頁四六—四七。
余　斌：《中國西部文學縱觀》（西寧：青海人民，一九九二）。
李　星：〈西部文學與西部精神〉，《唐都學刊》二〇〇四年第二〇卷第六期，頁三九—四三。
李　娟：《羊道：游牧初夏記事》（台北：時報，二〇一三）。
李　娟：《羊道：游牧春記事》（台北：時報，二〇一三）。
李　娟：《羊道：游牧盛夏記事》（台北：時報，二〇一三）。
李桂華：〈論「西部文學」理論生成的可能性〉，《楚雄師範學報》第一八卷第二期（二〇〇三年四月），頁二三—二四。
李國香：《維吾爾文學史》（蘭州：蘭州大學，一九九二）。
李曉霞：《新疆民族混合家庭研究》（北京：社會科學文獻，二〇一一）。
汪　娟：〈論新疆改革開放三十年散文創作的基本現狀〉，《新疆大學學報》二〇〇九年第三七卷第一期，頁一三一—一三五。
范培松：《中國散文史》（南京：江蘇教育，二〇〇八）。
夏冠洲、艾光輝編：《新疆當代多民族文學史》（烏魯木齊：新疆人民，二〇〇六）。
夏鑄九、王志弘編譯：《空間的文化形式與社會理論讀本》（台北：明文，一九九四）。
祝　謙編：《新疆文學作品大系 1949-2009。中篇小說卷》（烏魯木齊：新疆美術攝影，二〇〇九）。

祝　謙編：《新疆文學作品大系1949-2009。文學評論卷》（烏魯木齊：新疆美術攝影，二〇〇九）。
祝　謙編：《新疆文學作品大系1949-2009。長篇小說上卷》（烏魯木齊：新疆美術攝影，二〇〇九）。
祝　謙編：《新疆文學作品大系1949-2009。長篇小說下卷》（烏魯木齊：新疆美術攝影，二〇〇九）。
祝　謙編：《新疆文學作品大系1949-2009。報告文學卷》（烏魯木齊：新疆美術攝影，二〇〇九）。
祝　謙編：《新疆文學作品大系1949-2009。散文卷》（烏魯木齊：新疆美術攝影，二〇〇九）。
祝　謙編：《新疆文學作品大系1949-2009。短篇小說卷》（烏魯木齊：新疆美術攝影，二〇〇九）。
祝　謙編：《新疆文學作品大系1949-2009。詩歌卷》（烏魯木齊：新疆美術攝影出版社，二〇〇九）。
祝　謙編：《新疆文學作品大系1949-2009。戲劇、影視文學論卷》（烏魯木齊：新疆美術攝影，二〇〇九）。
張承志：《相約來世》（北京：作家，二〇一三）。
黃　毅：《地皮酒》（烏魯木齊：新疆人民，二〇〇二）。
黃　毅：《亞洲甜蜜之心》（烏魯木齊：新疆美術攝影，二〇一三）。
黃　毅：《骨頭的妙響》（烏魯木齊：新疆青少年，二〇〇一）。
黃　毅：《新疆時間》（烏魯木齊：新疆美術攝影，二〇一三）。
新疆作家協會編：《新疆新世紀漢語中篇小說精品選》（烏魯木齊：新疆人民，二〇一二）。
新疆作家協會編：《新疆新世紀漢語散文精品選》（烏魯木齊：新疆人民，二〇一二）。
新疆作家協會編：《新疆新世紀漢語短篇小說選》（烏魯木齊：新疆人民，二〇一三）。

新疆作家協會編：《新疆新世紀漢語詩歌精品選》（烏魯木齊：新疆人民，二〇一一）。

葉舒憲：〈中原文明建構「西部」觀念的文化分析〉，《中國社會科學院研究生院學報》二〇〇八年第五期（二〇〇八年九月），頁一二七—頁一三二。

蔡　麗：〈西部散文與九十年代人文精神——以張承志、周濤、劉亮程、馬麗華的散文創作為例〉，《甘肅社會科學》二〇〇六年第二期，頁二九—三二。

蕭雲儒：《中國西部文學論》（西寧：青海人民，一九八九）。

鍾怡雯：〈一個人的虛土——論劉亮程的村莊敘事〉，《馬大華人文學與文化學報》第二卷第二期（二〇一四年十二月），頁一一三—一二五。

薩克文．伯科維奇（Bercovitch, S.）主編，史志康譯：《劍橋美國文學史．第二卷》（北京：中央編譯出版社，二〇〇八），頁一二九。

羅小雲：〈美國西進運動與西部文學〉，《廣西社會科學》二〇〇三年第四期，頁一〇六—一〇八。

一個人的虛土
——論劉亮程的村莊敘事

前言

新疆漢語作家劉亮程（一九六二—）以散文集《一個人的村莊》[1]（一九九八）揚名全國之前，身分是詩人，成名後三年才結集出版的詩集《曬曬黃沙梁的太陽》[2]（二〇〇一）

1 《一個人的村莊》（一九九八）最早的版本只有十六萬字，二〇〇一年改寫後變成二十萬字，同年，獲第二屆馮牧文學獎的文學新人獎，同年獲得該獎的有小說家畢飛宇。本論文引用的版本四十萬字，乃是劉亮程於二〇〇五年精選過的全本，包含《風中的院門》（上海：上海文藝，二〇〇一年）。

2 《曬曬黃沙梁的太陽》由新疆青少年出版社於二〇〇一年出版，二〇〇七年再出新版，但內容不變。本論文所引述的是「精裝典藏版」，由浙江文藝出版社於二〇一三年十月出版，內容相同。

才是他創作生涯的真正起點，這裡有八十八首從一九八一寫到一九九三年的詩篇。一九九三年，沒沒無聞的詩人劉亮程轉換文類去寫散文，最早完成的兩篇是〈狗這一輩子〉（一九九三）和〈通驢性的人〉（一九九三），那是《一個人的村莊》的開端。《一個人的村莊》描寫新疆一個偏僻小村「黃沙梁」[3]，風格獨特，引起文壇注意，並獲得第二屆馮牧文學獎。詩是劉亮程文學的起點，至於奠定他文壇地位的，則是散文。

《一個人的村莊》出版時正值二十世紀末，瞬間暴紅之後，劉亮程被稱為「九十年代最後一位散文家」、「鄉村哲學家」，論者譽之為「鄉土哲學」，或者「鄉土哲學的神話」[4]。他的散文確實辨識度高，風格獨具。以散文成名之後，劉亮程一度把寫作空間跨出黃沙梁，寫了庫車（古稱龜茲），描定的地理一如書名《在新疆》，均以新疆風土為主。散文之外，他也寫小說，計有《虛土》（二〇〇六）和《鑿空》（二〇一〇），前者的現實世界指向黃沙梁，後者指向庫車。

二十世紀末的大陸文壇以詩和小說為文類主流，劉亮程則以散文出線，同時被歸入「西部作家」或「鄉土作家」。這類從外部特徵來歸類的論述方式，很容易導引出城鄉對立，或抵擋文明入侵的普世結論。事實上，在全球化時代，不論西部或鄉土，都難以抵擋「鄉土」流失，或「西部」文明化的大時代浪潮；更何況，劉亮程的散文並非傳統意義的鄉土散文，第二節將進一步討論。其次，「歸類」最大的問題是抹除異質性，輕易把不同的個體同質化。類型化的論述固然有助於得出一般性見解，也仍然具有一定的參考價值，不過，對於「發現」作家和作品，並非最好的途徑。

劉亮程寫詩的十二年間，正逢新疆漢語文學的第一個浪潮，一九八〇年代以楊牧（一九四四—二〇一二）、周濤（一九四六—）、章德益（一九四六—）等三人為代表的西部詩歌，獲得文壇的關注，然而劉亮程的詩並未在這波浪潮裡獲得重視。評論家們把目光聚焦在楊牧、周濤、章德益等三人的「新邊塞詩」，著重詩歌對少數民族文化的注視，並冠上拓荒、遼闊、粗獷、雄偉等精神層面的溢美之詞，但是這些元素在詩裡多半局限在表層述敘和風景描繪，失之於空泛。新疆的文化意涵和形神，並沒有獲得突出的創造。這期間的小說和散文創作乏善可陳，以新邊塞詩為主打的第一個浪潮只算略有小成，西部小說也只是題材上

3 黃沙梁位於新疆准噶爾盆地，在落瑪納斯河邊，靠古爾班通古特沙漠，是一個漢族移民的村落。詳見劉子超：〈黃沙梁故事〉《南方人物周刊》（二〇〇九年七月十六日）<http://news.sina.com.cn/c/sd/2009-07-16/112918234584_4.shtml>，截取：二〇一三年十二月一日。

4 詳見林賢治：〈五十年：散文與自由的一種觀察〉，《書屋》二〇〇〇年第三期（二〇〇〇年三月），頁六六—六七，以及賀雄飛：〈鄉村「哲學家」劉亮程〉，《書屋》二〇〇一年第五期（二〇〇一年五月），頁七八。

的表層經營[5]。一九九〇年代初，詩人周濤在散文裡刻劃的「伊犁」土地形象，受到相當大的討論，劉亮程的散文《一個人的村莊》在一九九八年面世，立即掀起第二個浪潮，而且是全國矚目的大浪潮。《新疆日報》、《烏魯木齊晚報》、《新疆經濟報》先後增闢了散文專欄，散文刊物也增加了，許多漢族作家的散文舊作紛紛重新出版，沈葦（一九六五—）等詩人的散文創作也備受關注，散文創作的陣容急速膨脹。新疆的風土人情、民俗文化、土地經驗吸引眾多讀者和評論者，也帶動了旅遊業，可說是引爆了「西部文化熱」，新疆學界稱之為「散文的盛宴」[6]。劉亮程是這波文學浪潮的重要旗手，除了創作，他的編輯工作也挖掘了不少新人[7]。

近十年來，有關劉亮程散文的相關論述可說是數量驚人，但論者之間的觀點經常重疊，甚至相互因襲，總是聚焦在「村莊」、「詩意」、「自然」上面。對「村莊」的討論是免不了的，因為那是劉亮程散文的根據地，所謂「詩意」卻是非常武斷而且孤立的概念，探究其「散文之詩意」的論文往往不涉及詩，屬於一種沒有根源的封閉性論述[8]，同樣的情況也出現在劉亮程小說的討論上。劉亮程的村莊敘事跟詩意是相輔相成的，其根源在劉亮程早期的詩，是詩的句法、意境、構圖模式往散文的移轉，不是憑空而降的詩意。這個極為重要的事實居然被長期忽視，劉亮程詩作完全沒有獲得討論[9]，亦未見詩、散文和小說的合論。這個研究視野上的缺失直接影響了劉亮程村莊敘事的論述。

劉亮程的詩、散文和小說在題材與視野上的關係是「三位一體」的，詩是散文的根本，小說則是散文的延伸。套用劉亮程的詩性用語來描述，那是「從黃沙梁村莊↓到虛土↓再鑿空」的過程，這句抽象的敘述使用劉亮程的詩、散文和小說形構而成，也同時展示了文類轉

---

5 詳論見汪娟：〈論新疆改革開放三十年散文創作的基本現狀〉，《新疆大學學報》二〇〇九年第三七卷第一期，頁一三一—一三五。

6 這場「散文的盛宴」從一九九八年開席，一直延燒至今，劉亮程出版了一本詩集《曬曬黃沙梁的太陽》（二〇〇二）、三本散文《正午田野》（二〇〇一）、《庫車行》（二〇〇三）、《一個人的村莊》（二〇一三，四十萬字增訂版），兩本小說集《虛土》（二〇〇六）、《鑿空》（二〇一〇）。同時崛起的散文作家還有：葉爾克西、李娟、駱娟、蕭雲、黃毅、孤島和王族。

7 譬如新一代的散文作家李娟（一九七九—）。李娟一九九九年開始寫作，作品受到在烏魯木齊當編輯的劉亮程肯定，四年後出版第一本散文《九篇雪》（二〇〇三），開始在文壇崛起。她的「羊道系列」深獲中國文壇肯定，也屢獲大獎。同名的《羊道》三本系列散文於二〇一三年獲台灣《中國時報》年度十大好書獎。

8 最顯著的例子是：李曉華：〈原始思維．詩意地棲居．現代焦慮——劉亮程心態散文淺析〉，《當代文壇》二〇〇四年第三期（二〇〇四年六月），頁五五—五八、張國龍：〈關於村莊的非詩情畫意的「詩意」寫作姿態及其他——劉亮程散文論〉，《中國文學研究》二〇〇七年第四期（二〇〇七年八月），頁一〇〇—一〇三。

9 至二〇一三年十二月為止，在《中國期刊網》至少有三百筆研究資料，未見其詩歌的討論。

換的創作歷程，以及風格特質。如此一來，若要討論劉亮程，僅從單一或兩種文類切入，是無法看到他的創作脈絡，也難以把握他的風格。而貫穿這個創作脈絡的，是在「一個人」這個強大的敘述主體觀照下的「村莊」概念。

本文擬探究的是：劉亮程筆下「一個人」和「村莊」兩者之間如何產生聯結，又如何在三個文類之中成為運作的中心，以及「村莊」如何被劉亮程「鑿空」，最終成為「虛土」。

一、「一個人」的村莊：自行設限的經驗書寫

在《曬曬黃沙梁的太陽》可輕易讀到一個獨行或守候的人影，一片的荒涼村莊，以及沒有起點沒有盡頭的歲月，一成不變的盤踞在詩裡面。「一個人的村莊」，這念頭在〈一個人的村莊〉裡表露無遺，他沒有明言究竟是什麼因素斷絕了人與人的主要聯繫，甚至塗銷了眾人的存在，把一整片麥地和村莊，留給極少數的人（包括敘述者和零星的敘述對象），然後全心全意的刻劃出漫長、遼闊、沒有盡頭的孤寂：

> 有時我走到自己的遠地
> 看看無法守住的遼闊一世

沙子啊　草啊
蔥郁之後一切蔥郁皆是荒蕪
…………
更多年月我守在村裡
一個人的村莊空空寂寂
人去哪裡　我關死所有的門
在每間房　點一盞油燈
我加滿燈油　它們亮到哪一年算哪一年
反正　我再不去管它們[10]

村莊在這裡不僅僅是一個居住的所在，它更像命運的獨居囚房，直徑是那麼的小又那麼的清晰，讓人絕望或認命，「關死所有的門」去等候下一任接班人。都市人視為珍寶的土地，在新疆卻不是一種令人振奮的財富，究竟是人擁有土地，抑或是土地奴役了人，還真難說。〈天是從我們村裡開始亮的〉則有更為直接的描述：「老父親說　在我們村裡／隨便種一塊

10 劉亮程：〈一個人的村莊〉，《曬曬黃沙梁的太陽》（杭州：浙江文藝，二〇一三），頁五七。

地／就夠你種一輩子／隨便一個女人／就夠你愛一輩子／隨便一堆土／就埋掉你一輩子」[11]，老父親不但預告，也在預演兒子的未來人生，一個人的一輩子就被腳下的土地死死困住了。當他〈經過一個村莊〉，總是看到「這些村莊的人們／似乎一輩子　漫不經心／邊幹活邊等一些人一些事情」[12]，平平淡淡的敘事口吻，反而加深了村莊歲月的蒼涼和絕望。這本詩集刻劃的是一九六〇和一九七〇年代的黃沙梁，舉目望去盡是單調的黃沙，人的存在價值很容易被極簡的事物結構放大，年輕的詩人劉亮程在詩裡行間隱隱抓到一些感覺，卻點到即止。黃沙梁在其詩裡，受到文類形式掩護——這掩護更準確的說法，其實是一種遮蔽——很多人事物停留在隱喻之內、意境之中，沒有真正釋放開來，必須等到後來進入幅員廣大的散文，黃沙梁才獲得全面性的改造。

有關黃沙梁的詩，寫於一九八八至一九九三年間，那是一九七八年劉亮程舉家遷離黃沙梁後，在縣城裡寫的。一九九三年，劉亮程到烏魯木齊當編輯，開始寫散文。當年沈從文從湘西到北京，是真正的離鄉。劉亮程只是「離村」，再怎麼離，畢竟都還在新疆的範圍之內，文化和精神的衝擊必然沒有從湘西到北京那麼激烈。離村的劉亮程十六歲，農村的記憶和體驗停留在青少年。十六年的生活體驗再豐富深刻，村莊畢竟只有一個，故事也有限。等到他用散文之筆回身去寫黃沙梁已是十五年之後，這裡面必然有「時間」和「記憶」，再加上情感的發酵，以及更多的細部描述，更多的情節，才能完成四十幾萬字的《一個人的村莊》。

從詩跨入散文，「一個人的村莊」意識不變，但我們不能忽視「一個人」的歧義，劉亮程重新設置了一個比「詩版」強大數倍的敘述主體，為讀者敘述「他的」黃沙梁。黃沙梁是「故」土，故者，從時間上來說，是從前的土地，也意味著這村莊屬於從前，非當下的存在。其次，故土者，乃是有「故事」的「土地」，至於故事如何又為何，我們就要仰賴，以及信任「一個人」的敘事方式。

劉亮程的村莊有一組固定的意象群，簡而言之，動物、植物、風景是主角，人則是配角，四組意象群構成的村莊，收攏在劉亮程「一個人」的敘述視野／視角之下，於是，村莊就不僅是現實的存在，或者普遍意義下的村莊概念，它被一個強大的敘述主體所觀照或統攝，成了浸透劉亮程意識的村莊[13]。他能通驢性，通物性，進入物的靈魂，更準確的說法，人畜（驢、狗、馬、豬、牛、羊、雞、貓等）之外，飛鳥、螻蟻、蟲子，昆蟲等，一棵樹，幾株草，全被劉亮程的敘事推極到宇宙和無限，真正寫到了林語堂所謂「宇宙之大，蒼蠅之微」。

---

11 劉亮程：〈天是從我們村裡開始亮的〉，《曬曬黃沙梁的太陽》，頁六一。
12 劉亮程：〈經過一個村莊〉，《曬曬黃沙梁的太陽》，頁一七。
13 當然，這也可能是遮蔽，詳見第二節。

劉亮程表示，「我全部的學識是我對一個村莊的見識」[14]，這句話透露出他對村莊的情感，看似自謙，實則自信。黃沙梁的一切事物都極為簡單，在百無聊賴的生活裡，人民只好反反覆覆的對僅有的事物注入大量的觀察，看得格外透徹，在極其有限的生活事物中催化出細微的體驗。劉亮程習慣把每一個「物」切割得異常細微，每一個切片再以細刀精雕劃出紋路肌理，同時反覆寫某幾棵樹、幾枝草乃至一堵牆，並且從中悟出哲思和玄想，也就是把村莊的學識和見識寫到極致。進一步延伸，這「見識」是主觀的認識。敘述主體投射的客觀現實被主觀化，常常是散文風格來源之一。在這個前提之下，客觀現實是什麼，精不精采，是否獨特，儘管是關鍵，個人觀照的方式，更為重要。關於這點，劉亮程有以下的見解：

> 作家寫作，和平常人生活一樣，是需要一個家鄉的。你出生時，有一個地方用她的陽光、空氣、水、人聲風聲、鳥語蟲語以及雞鳴狗吠迎接了你，這就是你進入世界的第一站：家鄉。你最初認識的世界是家鄉的樣子。家鄉用她的氣息造就了你，使你以後無法再成為別的地方的人。家鄉給了你一些難以改變的東西：長相、口音、口味、看人看事物的眼神、走路的架勢、笑和哭的表情等。家鄉用她給你的這些使你區別於別處的人，也區別於別人。[15]

以上引文說明了劉亮程的文學觀非常「土地決定論」，也相當宿命，家鄉給了作家「看人看事物的眼神」，換而言之，一個作家觀看的方式是被出生地先天地決定的，也決定了他的風格。這段話純屬作家的一家之言，也是非常「一個人」的詩性描述，不是放諸四海皆準的規範，特別是這篇後記寫於二〇一二年，基本上，劉亮程的風格已經定型，文壇對他業有定論，只能看成是已經成名的劉亮程，再回頭對自身風格的「自我詮釋」，不能排除這是他成名後，調解了各種正反意見而成的「後見之明」——我寫成這樣，完全是家鄉賦予我的[16]。由此可見，劉亮程不是叛逆型或批判性的作家，他對土地的過度的依戀和皈依，使他受限於現實的鄉土，然而黃沙粱積累的寫作資本不夠豐厚，也讓他的散文走向詩性和抽離的飄渺美學[17]。

14　劉亮程：〈黃沙粱〉，《一個人的村莊》（瀋陽：春風文藝，二〇一三年），頁六二。

15　劉亮程：〈文學：從家鄉到故鄉〉，《曬曬黃沙粱的太陽》，頁一九一。

16　這些批評如虛空鄉村情感的包裝，矯情時代的散文秀，美學隱身衣等。至於「土地決定論」這種論點或許也限制了劉亮程的散文視野，詳見第三節。

17　朱崇科在〈鄉村的漫遊者——重讀劉亮程《一個人的村莊》〉指出，劉亮程的散文寫的是鄉村是桃花源，認為他的鄉村書寫有「提純」的危機，過分昇華了農民的生活，對人性和農村作簡單化白描。朱肯定劉亮程的散文成就，然而對他的「詩化惡聲」頗有批評，詳見朱崇科：《華語比較文學——問題意識及批評實踐》（上海：上海三聯書店，二〇一三），頁二七二—二七三。

換而言之，「一個人」的視野之下，黃沙梁不必完全具備現實地理的意義，那是被「詩意」加工、內化乃至變形的「黃沙梁想像」。當然我們也可以反過來說，正是現實黃沙梁的荒蕪，形塑了詩性和抽離的視野，再被劉亮程當成方法論。然而，無論孰先孰後，這兩者都構成了他的風格。

〈狗這一輩子〉這最早完成的篇章，「一個人」的主導敘述已經成形。〈狗這一輩子〉敘述鄉村最普遍的動物，狗。這個普通到不能再普通的動物，在劉亮程的筆下，卻跟人一樣，在生命的不同時期有不同的任務，也跟人一樣，接受時間和命運的支配。年輕的狗看門，有其看門訣竅，稱職的狗是任打任罵，睜一眼閉一眼，不論對錯完全臣服於主人，且為了看門不能與任何陌生人混熟。狗老了，來到了生命的晚年，卸除了工作不再咬人，終於可以跟人一樣，成為村莊的一部分，也終於可以不必夜裡看門，可以安然入睡。這幾乎是一個老人的晚年心境，劉亮程寫狗，其實在寫世道人情。就散文而論，這是意在言外的高招。「一條狗」的一生跟「一個人」的一生，無論在心靈和精神上，同樣都是孤獨的。這個孤單有兩重意涵，一是指劉亮程讀出了人與動物共有的孤獨，二則指向黃沙梁的荒蕪。狗的孤獨其實是人的孤獨，也就是劉亮程的孤獨。這是劉亮程的散文特質之一，他總是很快抽離了現象，跳到另外一個聯結。這個聯結點，應該指向劉亮程自己，而劉亮程的敘事方式往往是跳過自己，直接聯接到普遍意義的，大寫的人。也因為這層聯結，所謂的鄉土哲學，基本上是可以成立的，簡而言之，劉亮程為讀者講述黃沙梁，同時也在建構一種農民的生存方式和價值觀；鄉土哲學者，無非是跟城市對照下的生活態度。這種充滿土地生命力而素樸的價值觀，無所事事到處轉悠的閒散，既逆反時代潮流又充滿邊緣的陌生魅力。

所講的鄉土哲學，簡單的說，即是「唯物論」。此唯物論非彼唯物論（materialism），也無關笛卡兒。這裡僅諧擬其唯物哲學，展示的是農民的視野和思考方式，向土地和大自然學習。物質是唯一存在的實體，也是認識世界的途徑與方式，劉亮程的唯物論也十分原始，簡單的說，物性即人性，被「物」啟發，向「物」學習，以此參悟生命和人生。〈通驢性的人〉和〈逃跑的馬〉都有這樣的特質，作者既寫牠們的生活，也從驢和馬那樣獲得生命的啟發，驢馬和人一樣各過各的，牠們跟人一樣役於命運。譬如〈通驢性的人〉就驢我不分：

> 驢不會把它的東西白給我，我也不會將擁有的一切讓給驢。好好做人是我的心願，乖乖當驢是驢的本份。無論乖好與否，在我卑微的一生人，都免不了驢一般被人使喚，放棄自己想做的事，想住的房子，想愛的人乃至想說的話。……必要時，還要學一點「拉著不走打著後退」的倔犟勁。驢也好，人也好，永遠都需要一種無畏的反抗精神。[18]

18《一個人的村莊》，頁一一二。

這種動物性即人性的寫法，是劉亮程的風格，同樣的手法也見諸〈逃跑的馬〉。他寫驢馬的交配和繁殖，寫牠們的性器官寫得赤裸而坦然，文字毫不儉省，甚至給個特寫鏡頭細描，也毫不避諱拿牠們的來跟人相比，甚至寫人如何幫馬交配。〈英格堡〉寫公羊如何擇偶，羊群如何繁殖，這些粗野的西部風光，成了劉亮程的散文特色，包括他寫農村的殘忍，譬如〈剩下的事情〉裡寫宰牛的場面，以及〈兩條狗〉寫童年時他們家活活讓一條狗餓死，都比個人的冥想更貼近新疆，也更有說服力。

劉亮程對家畜心理的理解力，早在〈賣掉的老牛〉就有過一番演練，他嘗試用散文式的思維來敘說牛的一生：「牛的一生沒辦法和人相比／我們不知道牛老了會怎麼想／這頭牛跟我們生活了六七年／我們呵斥牠　鞭打牠／在牠年輕力盛的時候／在牠年邁無力的時候／我們把太多生活負擔推給了牛／即使這樣　我們仍活得疲憊不堪」[19]，在詩裡「不知道牛老了會怎麼想」，可是到了散文，就得設法揣摩家畜的心思，說出一番道理來，人性自然成為動物性的依據，兩者便有了互通的需要。家畜密布的生活經驗，是劉亮程的寫作資產，即使在詩裡，那些家畜往往形塑成村莊味十足的符號，好比這首〈遙遠的黃沙梁〉：

在遙遠的黃沙梁
睡一百年也不會　有人喊醒你

雞鳴是最寂靜的一部分
馬在馬的夢中奔跑
牛群骨架鬆散走在風中[20]

黃沙梁的蒼茫地景還真的少不了家畜，那是突破孤寂並產生詩意的核心要素，有了家畜才有生氣，也才能衍生出故事。家畜、麥田、種地人，把劉亮程對土地的感受約束在一個村莊範圍之內，長出強韌、安定的根柢，這也意味著劉亮程的黃沙梁不會出現漂泊感，或流浪意識。劉亮程也沒有往西部粗獷的特色深掘，相反的，他走了一條相對保守而溫和的路，強化「一個人」的主觀視野，人畜難分，萬物有靈，一種既原始又詩性的思維——把背景模糊化，而突出靜觀的詩意感受，不處理外部的事件，把散文當詩來寫，把小說當散文來寫——受制於黃沙梁的現實，因此在寫實與抒情之間擺蕩，在再現與表現之間猶豫。也因此，在現實短暫停留之後，總要往抽象處寫。在現實輕輕一點，就往虛空處盪去。這使得他的散文往往剩下情思飄渺，只要把握到劉亮程這個特點，我們可以很快就進入「一個人」的核心：

19《曬曬黃沙梁的太陽》，頁二四—二五。
20《曬曬黃沙梁的太陽》，頁五二。

一頭溫順賣力的老牛教會誰容忍。一頭犟牛身上的累累鞭痕讓誰體悟到不順者的罹難和苦痛。樹上的鳥也許養育了嘰嘰喳喳的多舌女人。臥在牆根的豬可能教會了閒懶男人。而遍野荒草年復一年榮枯了誰的心境。一棵牆角土縫裡的小草單獨地教育了哪一個人。天上流雲東來西去帶走誰的心。東蕩西蕩的風孕育了誰性情。起伏各遠的沙梁造就了誰的胸襟。誰在一聲蟲鳴裡醒來，一聲狗吠中睡去。一片葉子落下誰的一生。一粒塵土飄起誰的一世。

誰收割了黃沙梁後一百年裡的所有收成，留下空蕩蕩的年月等人們走去。21

以上不厭其煩引用了大段〈我受的教育〉這篇晚出的散文，乃是因為它涵括了劉亮程筆下大部分的農村事物，可以進一步說明「唯物論」哲學，以及人與物在村莊的關係。同時，這段文字也印證了散文的高度詩性和抒情，以及太過依戀土地。因此，物永遠是教育者，啟示者，人則處於相對卑微的地位，僅是村莊的一部分。或許，這種對萬物謙和的態度，是一個人長久地面對大自然，面對孤獨的結果，在這個意義上，黃沙梁確實形塑了劉亮程。其次，我們必須注意劉亮程的散文大量使用「一」，一聲蟲鳴一聲狗吠一片葉子一粒塵土，當然，還有一個人。這種一字式的句形形成了孤獨和空靈，同時也是美感的、武斷的。它完全不容讀者質疑，因為這是作者的主觀感受。套句大陸的用詞，這是唯心。唯物和唯心在劉亮程筆下得到了調和，從牛到塵土，從具象到抽象，都在「一個人」的心靈與意識的作用之下，產生了飄渺悠遠的美感，形而上的朦朧意義。

這種寫法，基本上是詩的，非常詩意和概念，他把意象和情感無盡的推演，換而言之，我們要嘛不同意這種極端個人的觀照方式，要嘛就藉著劉亮程的文字，重新認識他極具個人主觀色彩的黃沙梁與新疆。其次，黃沙梁是以「現在」的時空出現，然而劉亮程敘述的是青少年時期的黃沙梁，這兩者的時間距離在「一個人」的敘事視野下，被刻意模糊掉了，時間被抽離，黃沙梁成為永恆的詩意空間。

劉亮程的散文極少書寫生活的艱難。他的解釋是，文學是夢學，寫作是向夢學習：

> 我的童年遇到了不幸。父親在我八歲時死去，那是「文革」後期，母親帶著五個孩子艱苦度日，我是家裡的老二，我大哥那時十二歲，最小的妹妹不滿一歲。這樣的童年誰願意回憶。可是，《一個人的村莊》裡看不到這些苦難，《虛土》中也看不到。當我在寫作中回到小時候的村莊，這些苦難被我忘記了，我寫了這個村莊的草木和動物，寫了風、夜晚、月光和夢，寫我一個人的孤獨和快樂，希望和失望，還有無邊無

21《一個人的村莊》，頁一九六。

際的冥想。[22]

這段文字出自〈向夢學習〉（二〇一一），收入《在新疆》，離第一本散文的出版時間已經十年。劉亮程突出了散文的「冥想」特質，也就是本文強調的核心「一個人」的視野。因為冥想，意識可以不斷往外攀緣，附著，也形成了不著邊際的思想漫遊。他把《一個人的村莊》看成是一個人的無邊白日夢[23]。《一個人的村莊》因此常常出現似曾相識的感受，以及重覆被描寫的事物，無論狗或牆，驢或塵土，以及一棵樹一枝草，予人題材窮盡之感，徒留情感的強勢運作，以及文字的空殼。劉亮程的白日夢，常常「鑿空」黃沙梁，以致於發生意象衍生意象的現象，譬如〈一場叫劉二的風〉：

> 每一棵樹都是一場風，每個人都是一場風，每堵牆都是一場風，每條狗每隻螞蟻都是一場風。在這一場場永遠颳不出去、颳不到天上、無人經歷的弱小微風中，有一場叫劉二的風，已經颳了三十二年了。[24]

這篇散文由牆、風和樹構成，老牆會紮根土地，就像人跟樹一樣，按照劉亮程的寫作邏輯，老牆就像老人，牆終究要倒就像人終究要死。可是結尾一段把樹、人、狗和螞蟻都變成風，甚至最後，連他自己（劉亮程排行第二）都變成風，便是「無邊無際的冥想」、「白日夢」的結果。

劉亮程的散文另一特點，是時間感模糊。黃沙梁是作者小時候的村莊，卻被他「嫁接」到現在，成了當下。所謂的黃沙梁時間，其實是重構過的詩性時間，充滿田園式的寧靜美感。這種推離現實的美感，早在《曬曬黃沙梁的太陽》時即已建立。「散文的黃沙梁」開始，象徵了「詩的黃沙梁」結束。從另外一個角度說，詩的黃沙梁並沒有消失，只是以散文的形式繼續存在。要是少了《曬曬黃沙梁的太陽》，我們很難解釋《一個人的村莊》的敘述視野與詩性氛圍從何而來。

在劉亮程的村莊敘事當中，「一個人」的視野與冥想特質可在〈小村〉獲得印證：

我知道小村就是一個人的一生
一個人　始終在他一生的某個角落打盹

22 劉亮程：《在新疆》（瀋陽：春風文藝，二〇一二），頁二九三。
23《在新疆》，頁二九二。
24《一個人的村莊》，頁二三〇。

人們找不到他　幾十里外全是夢境[25]

短短三行詩裡用了兩次「一個人」和兩次「一生」。小村跟一生是可以相互指涉的一組意象，這個小村便是作者做白日夢的黃沙梁，換而言之，黃沙梁就是他的一生。就詩而言，「小村是一個人的一生」在邏輯上並無不妥，它的詩性表述讓這句詩自動脫離事實的陳述。然而在散文裡，它與指涉的現實不符，便會產生混淆。劉亮程的方法是，用「一個人」置換了「我」，產生意義的分歧和模糊。不妨再次回到前述那首〈天是從我們村裡開始亮的〉：

天是從我們村裡
開始亮的　亮到極遠處黑回來
就是一天
草也是從我們村裡
開始綠的　綠到天邊枯回來
就是一年[26]

這此詩的節奏和意象都處理得乾淨而準確，沒有人會質疑天從村裡亮，草從村裡綠起的主觀判斷，這悖反的判斷在詩是允許的，且比事實的陳述更有效地表達他對村子的情感。散文不然，它必須建立在「事件」與「經驗」上，詩的表述不能成為主體，過分倚賴詩的思維，就會「鑿空」現實，寫成飄渺空靈，抽離現實和時間的形而上存在。

這暴露了散文的殘忍，它依附著生活和現實。十六年的生活體驗再豐富深刻，村莊畢竟只有一個，故事也有限。以《在新疆》為例，當劉亮程離開黃沙梁，脫離了冥想，而回歸到風土人事，就能在情感與事件中獲得較好的平衡，呈現迥異於《一個人的村莊》大量冥想的寫作方式。這也就是為什麼，劉亮程在《一個人的村莊》之後，得走出黃沙梁離開一個人的視野，去寫黃沙梁以外的地方，更後來，他寫起小說。

二、從村莊到被鑿空的虛土

《一個人的村莊》出版後，電視台要拍這個沙漠荒村，劉亮程把跟拍記錄寫成小書《正午田野》（二〇〇一）。兩年後，他到庫車，完成近五萬字的庫車風土誌《庫車行》（二〇〇

25《曬曬黃沙梁的太陽》，頁六。
26《曬曬黃沙梁的太陽》，頁六二。

三），透過一個漢族作家的眼光，去寫新疆另一個以維吾爾族為主的地區，以及維吾爾族人的生活。《庫車行》配上大量的照片和插圖，性質接近旅行文學。劉亮程坦言，他並不熟悉這個小鎮，也不懂維吾爾語，但是他熟悉那緩慢而古老的生活氣息，以及農村的所有事物。[27]

這時候劉亮程忽然便從白日夢醒來，回到充滿喧囂氣息的人間，去寫巴札（市集）和麻札（墳地），譬如〈逛巴札〉：「巴札上更多的是熱鬧，是有意思的事情，我隨便寫了幾件，有興趣你就看看。就像公驢上巴札主要不是為拉車而是為了看年輕母驢，誰在巴札上都有自己的興趣，別人並不十分清楚」[28]。離開黃沙梁，他的筆回到人間，更凸顯黃沙梁是詩意的存在，作者內心世界的投影。

《庫車行》是一本充滿聲色氣味，熱鬧異常的散文。一個男人的割禮，女人的眉毛，日常生活的吃食和蔬菜瓜果，維吾爾族人生活的小細節，他寫下大部分讀者陌生的維吾爾族人世界。這個古代叫龜茲的老城，一半是墳，一半是居民。天天到麻札守丈夫墓的女人，一個九十七歲的老父親和另外一個八十九歲的老母親，他們守著剩餘的生命等待死亡，對比出劉亮程黃沙梁時期「被詩化的」孤獨。

同樣寫驢，〈龜茲驢誌〉比〈通驢性的人〉來得更現實更具體。他寫龜茲（即庫車）和驢子的歷史，驢子不只是交通工具，驢子也是文化的傳輸者，馱過佛經也馱過古蘭經，「我們不知道驢最終會信仰什麼」[29]。挪開「一個人」的視野，觀照更廣闊的世界和歷史長河，散文也因此有了時間的縱深和文化的紋理。維吾爾族人喜歡小毛驢，因為不用花錢。牠嘴嚴，不會亂傳話。不喊累，累極了也仍然把人馱回去。這種對驢的幽默觀察完全是因為他從黃沙梁出走，再一次證明，散文強烈依附生活的特質，生活則決定了散文有多大可能，多少的變化。

劉亮程對這點並非完全沒有自覺：

> 對於黃沙梁，我或許看不深也看不透徹，我的一生局限了我，久居鄉野的孤陋生活又局限了我的一生。[30]

這句話純屬劉亮程式的「文學性陳述」，黃沙梁是劉亮程成年前的生活記憶，看不深和不透並非關鍵，而是他的「一個人」主導敘述太強，黃沙梁經過詩意的重塑，成了他內心的投

27 引文見劉亮程：《庫車行》（石家莊：河北教育，二〇〇三），頁一一七。《正午田野》和《庫車行》大部分篇章收入《在新疆》，這本散文集粗估至少三十萬字。

28《庫車行》，頁九一。

29《庫車行》，頁六六。

30《一個人的村莊》，頁六一。

射。劉亮程並未經歷文學史上的鄉土作家離鄉又回鄉的過程，或者離鄉之後再也無法還鄉，因此透過文字重構鄉土[31]。他的黃沙梁時間並不長，不應該構成局限他一生的理由，除非他願意受局限。《一個人的村莊》獲得太高的讚譽，「黃沙梁」既是豐富的資源，同時也是束縛和框架，《虛土》（二〇〇六）便成了小說版的黃沙梁，或者小說版的《一個人的村莊》。

《虛土》講的是虛土莊的故事，敘述者是一個五歲男孩，這個男孩一直處於夢的狀態，懷疑自己並未出生，或者並未長大。這個不清楚自己究竟是否長大的小孩，敘述他跟宇宙孤單的對話，這個宇宙，完全就是黃沙梁村莊。小說由二十二段構成，開頭是「我居住的村莊」，結尾只有四個字「樹葉塵土」。《虛土》只有敘事，沒有情節，沒有小說意義下的「人物」，只有「人」。換而言之，我們讀不到人物的性情、個性，這部小說完全由感覺構成，可以任意搬動一段，也可以任意添加或減少幾段，並無損閱讀效果。劉亮程把《一個人的村莊》的事物全部移入小說，連同「一個人」的主觀視野，把小說拆解成詩意片斷，只是換了一個敘述視角。如同劉亮程在〈向夢學習〉裡說的，或許，《虛土》是他的另一場夢[32]。這部更詩意更「一個人」的小說，把村莊寫化成夢的虛土，就令讀者更難以把握了。

四年後，劉亮程完成另一部小說《鑿空》（二〇一〇）。小說寫新疆阿不旦村兩個人挖地洞的故事。一個是從河南搬到新疆的漢人張旺才，一個是回民包工頭玉素甫。張旺才想在自家地底挖個洞通到從前的房子，玉素甫則想挖出被掩埋的村莊，以及值錢的東西。這兩人在挖洞的時候，一個更大的挖洞工程在進行著，那是準備在新疆開挖石油的現代化工程。村民到鐵鋪打了很多坎土曼（傳統挖土的鐵製手工農具），準備參與工程大賺一筆。村民的發財夢始終沒實現，因為挖石油靠的是器械，不靠傳統的土工具。這是新疆現代化的徵兆之一，同時也諷刺了村民的無知。採油工程開始，巨大噪音嚴重干擾了村莊，也干擾了人與動物的生活。某天趕集的時候，突然萬驢齊吼，震動大地，連帶狗雞牛羊全都跟著叫。叫聲驚動了縣政府，於是縣政府想把這批驢全製成阿膠，把阿不旦村變成無驢村，他們認為那才叫真正現代化。然而真正的現代化卻不是滅驢，而是鑿空村子。最後村子挖出石油，村民卻什麼財富都沒撈到，只有噪音，至此，鑿空的寓意終於有了現實的寄託。

小說寫的是新疆的現代化寓言，帶點魔幻的意味，可以看出庫車行對構思這部小說產生了影響。劉亮程把庫車的行旅經歷，加上黃沙梁生活經驗，變形成一個荒誕的西部寓言。巴札、麻札、割禮以及在人驢共居的阿不旦村，在《庫車行》都可以找到相對應的原始材料。他在庫車看到許多鐵匠，鐵匠打出的手工坎土曼沒有市場，完全被工廠的量產所取代。這個重要的靈感成了《鑿空》的構思基礎，部分轉換成《鑿空》的小說情節，譬如小說裡寫了一

31 詳見陳德錦：《中國現代鄉土散文史論》（北京：中國社會科學，二〇〇四）。

32《在新疆》，頁二九三。

個村長，為了村民的生計奔波，逢人便問可有坎土曼的活。

《鑿空》的部分人物和故事情節，乃至細部的文字，有相當的一部分是直接由散文改寫過來的，以此書的序文〈紅色〉為例，主要文字來源是另一篇名為〈驢叫是紅色的〉的散文，原文的開頭兩段是這樣寫的：

> 驢叫是紅色的。全村的驢齊鳴時村子覆蓋在聲音的紅色拱頂裡。驢叫把雞鳴壓在草垛下，把狗吠壓在樹蔭下，把人聲和牛哞壓在屋簷下。狗吠是黑色的，狗在夜裡對月亮長吠，聲音悠遠飄忽，彷彿月亮在叫。羊咩是綠色，在羊綿長的叫聲裡，草木忍不住生發出翠綠嫩芽。雞鳴是白色，雞把天叫亮後，便靜悄悄了，除非母雞下蛋叫一陣，公雞踩蛋時叫一陣。人的聲音不黑不白。人有時候說黑話，有時候說白話。
>
> 也有人說驢叫是紫黑色的。還有人說黑驢的叫聲是黑色，灰驢的叫聲是灰色。都是胡說。驢叫剛出口時，是紫紅色，白楊樹幹一樣直戳天空，到空中爆炸成紅色蘑菇雲，然後向四面八方覆蓋下來。那是最有血色的一種聲音。驢叫時人的耳朵和心裡都充滿血，彷彿自己的另一個喉嚨在叫。人沒有另一個喉嚨，叫不出驢叫。村裡的其他人也叫不出驢叫。人的音色像雜毛狗，太碎太雜。在狗和驢耳朵裡，人發出的聲音最難聽，但又不得不聽人的。這是沒辦法的事情。好在還有比人更難聽的聲音，就是拖

刪去了以上一百四十二字之後，就成了新書的序文開頭，其後的段落比照辦理，將散文舊作大規模移植到小說裡去。其實，劉亮程從散文移轉到小說的不只是文字，還包括現實生活的閱歷，書中寫到驢子對於即將到來的滅亡預感，則是浸透劉亮程意識的散文寫法：「人睡著時驢在黑暗的驢圈想事情，驢馱著人拉著車時眼睛瞇著想事情，驢交配時閉住眼睛想事情。驢認為自已把好多事情想清楚了。驢想到自已要從這個世界消失，驢的鳴叫早就透出悲哀的聲音。一個沒有驢的世界是什麼樣子，驢不知道」[34]。〈通驢性的人〉或〈龜茲驢誌〉都有過人驢共通的經驗。《鑿空》再次賦予驢子重要的地位。不過，驢子的聲音有各種顏色的寫法，在魔幻寫實已經呈現疲態的當代小說裡，已無新意。

雖然如此，《鑿空》在小說的層次處理西部的現實和現代化困境，仍然有可觀之處。至少它不像《虛土》那樣，是《曬曬黃沙梁的太陽》加上《一個人的村莊》的複製版，是一個人的感情和詩意的膨脹。劉亮程嘗試從一個人的視野走出來，去觀照新疆的現實，雖然這小

拉機的突突聲 33

33 劉亮程：〈驢叫是紅色的〉，《在新疆》（瀋陽：春風文藝，二〇一二），頁二一〇。

34 劉亮程：《鑿空》（北京：作家，二〇一〇），頁二三二。

一步跨得不大，卻是很重要的一步。

結論

劉亮程以《一個人的村莊》奠定文壇地位，他的敘事魅力有二，一是來自現實和想像混合的黃沙梁，二是「一個人」的主導敘事，也就是他觀照事情的獨特視角。所謂「現實和想像的黃沙梁」，乃是一種把客體詩化的過程，這種敘事方式來自他早期的詩，當它成為散文的風格，固然成就了鄉土哲學的美名，卻也現出它的窘境。散文依附生活與經驗，而不棲居在詩意上，當詩意在被當成散文的主體，往往剩下抽離的飄渺美感。在小說裡，有限的經驗可以成為無限之源，《鑿空》即是一例。散文卻很現實，有限的經驗再詩意的加工，只有暴露經驗的匱乏，以及視野的局限，以下引文即是證明：

> 這個村莊隱沒在國家的版圖中，沒有名字，沒有經緯度。歷代統治者不知道他的疆土上有黃沙梁這個村子。這是一村被遺漏的人。他們與外面世界彼此無知，這不怪他們。那些我沒去過的地方沒讀過的書沒機會認識的人，都在各自的局限中，不能被我了解，這是不足以遺憾的。我有一村莊，已經足夠了。當這個村莊局限我的一生時，

小小的地球正在局限著整個人類。[35]

從以上引文判斷，劉亮程的詩意邏輯讓他落入村莊的局限，也讓他缺乏局外人的視野。如果一個人滿意於一村莊，那麼，創作高度恐怕也被局限了。劉亮程沒有意識到這是局限，卻反而美化了它。雖然如此，《一個人的村莊》卻是標的，這本散文示範了一種寫作方法，它的出現和得獎引領了新疆文學熱潮。二〇〇〇年以後，新疆文學量產至今，勢必與當前的中國文學版圖形成對話[36]。論述劉亮程，除了他的創作之外，必須把他置入當代新疆漢語寫作的

35《一個人的村莊》，頁六三。

36 在二十世紀中國文學史論述的範疇內，新疆的發聲機會很少，在各版本的文學史專著裡所占的版圖非常有限，原因有三：其一，新疆地區漢語創作人口不及其他省份，其餘八個少數民族的創作又有語言上的障礙，很難獲得全國性的關注；其二，新疆地處偏僻，在資訊流通較緩慢的年代，無論是五四運動、朦朧詩和先鋒文學的崛起，它都來不及回應或參與，因此錯過了浪潮；其三，應該是最重要的一個因素，新疆九大民族作家群在二十世紀尚未找到一個獨特的發聲姿態，未能建構出西藏漢語文學般的特殊形象。唯一稱得上取得全國性能見度的創作成果，是一九八〇年代以楊牧、周濤、章德益等三人為代表的西部詩歌。二〇〇〇年以後，除了散文以外，詩、小說產量也都大幅攀升，停筆不寫的中年作家紛紛續筆，新人輩出，均創作量驚人。目前這個現象仍未見有人討論。

文學史脈絡，才能給予較全面而合理的評價。

參考書／篇目

朱崇科：〈鄉村的漫遊者——重讀劉亮程《一個人的村莊》〉，《華語比較文學——問題意識及批評實踐》（上海：上海三聯書店，二〇一三），頁二六六—二七三。

汪　娟：〈論新疆改革開放三十年散文創作的基本現狀〉，《新疆大學學報》二〇〇九年第三七卷第一期，頁一三二—一三五。

林賢治：〈五十年：散文與自由的一種觀察〉，《書屋》二〇〇〇年第三期（二〇〇〇年三月），頁一七—七九。

范伯群：〈西部散文四人誌〉，《江海學刊》二〇〇四年第四期（二〇〇四年八月），頁一八一—一九一。

張國龍：〈關於村莊的非詩情畫意的「詩意」寫作姿態及其他——劉亮程散文論〉，《中國文學研究》二〇〇七年第四期（二〇〇七年八月），頁一〇〇—一〇三。

陳德錦：《中國現代鄉土散文史論》（北京：中國社會科學，二〇〇四）。

陳曉明：〈「鑿空」西部的神秘——試論三位西部作家的「生活意識」〉，《文藝爭鳴》第五一期（二〇一二年十二月），頁五〇—五八。

賀雄飛：〈鄉村「哲學家」劉亮程〉，《書屋》二〇〇一年第五期（二〇〇一年五月），頁七八—七九。

劉亮程：《一個人的村莊》（瀋陽：春風文藝，二〇一三）。

劉亮程：《正午田野》（昆明：雲南人民，二〇〇一）。

劉亮程：《在新疆》（瀋陽：春風文藝，二〇一二）。

劉亮程：《庫車行》（石家莊：河北教育，二〇〇三）。

劉亮程：《虛土》（瀋陽：春風文藝，二〇〇六）。

劉亮程：《曬曬黃沙梁的太陽》（杭州：浙江文藝，二〇一三）。

劉亮程：《驢車上的龜茲》（北京：春風文藝，二〇〇七）。

劉亮程：《鑿空》（北京：作家，二〇一〇）。

蔡　麗：〈西部散文與九十年代人文精神——以張承志、周濤、劉亮程、馬麗華的散文創作為例〉，《甘肅社會科學》二〇〇六年第二期，頁二九—三二。

一個人的大歷史
——論巫寧坤《一滴淚》的苦難敘述

前言：中國經驗在西方

巫寧坤，一九二〇年生於揚州，四一年在西南聯大外文系畢業之後，任空軍翻譯員。一九四八年赴美國印州曼徹斯特學院讀外文系。一九四九年芝加哥大學英文系碩士，四九至五一年在芝加哥大學英文系讀博士。五一年夏天應燕京大學西語系電聘回國任教，放棄即將到手的博士學位，參與了新中國翻天覆地的三十年，開始了「我歸來，我受難，我倖存」的人生體驗，《一滴淚》則是倖存之後寫成的劫後餘生錄。

《一滴淚》於一九九一年以英文寫成，一九九三年同時在紐約和倫敦出版，中文版乃是根據英文版修正而成，在台灣第一次付梓是二〇〇二年；二〇〇七年的版本則又據五年前的中文版再修訂。《一滴淚》的前言起始就交待了此書的寫作和出版過程，我們不能輕易忽略這段不尋常的曲折。此書以英文寫成，意味著巫寧坤的預設讀者在西方，或至少是讀得懂英文的讀者。這是一個值得注意的問題。為什麼是英文，而不是使用母語中文來書寫他的「中國經驗」？

劉青峰編的《文化大革命：史實與研究》（一九九六）前言〈對歷史的再發問〉指出，文革結束已二十年，但相關著述仍是寥寥可數，不少學者認為「文革在中國，文革學在外國」[1]。他的觀察僅限於文革時期的學術研究，其實文革文學最早也是以這種傳播模式出發：以英文寫作，在國外出版，引起西方世界的關注，最後再譯成中文在華文世界出版。鄭念的《上海生與死》即是一個最好的例子，這本文革後第一本以英文寫成的自傳式散文，一九八七年在美國出版時，在西方引發極大的迴響。鄭念生於北京，一九三〇年代燕京大學畢業後到倫敦政經學院留學，一九四八年回到上海；而巫寧坤於一九五一年從美國返北京，應聘燕京大學。

鄭念的經驗「或許」對巫寧坤的自傳寫作產生過催化作用。一九八六年春，巫寧坤在英國劍橋大學作客，應主人之邀寫了自傳性長文〈從半步橋到劍橋〉發表於《劍橋評論》，隔年出版的《上海生與死》在西方，特別是英美造成的轟動，可能間接促成《一滴淚》在一九九一年的誕生。鄭念不是個案，張戎的《鴻》亦是「文革（文）學在外國」的案例，這本三代中國女人的故事從民初寫到文革，在英國出版時同為一九九一年，盛況非凡，至今已譯成三十幾種文字。《一滴淚》同年完成，或許不是偶然[2]。

必須先理解這樣的文革（文）學發生現象，才能明白為何《一滴淚》的寫作先英文後中文，出版地亦先西方後東方，而這東方不是文革發生地中國，卻是在「自由中國」台灣。這些例子都印證了劉青峰在一九九六年的觀察。二〇〇九年的今天，這樣的觀點仍然站得住腳，目前最完整的文革研究資料，乃是由美國「中國文化大革命編委會」編纂的《中國文化大革命文庫》（二〇〇二）[3]。

1 劉青峰編：《文化大革命：史實與研究》（香港：香港中文大學出版社，一九九六），頁viii。

2 相較於《上海生與死》和《鴻》，乃至嚴君玲在一九九七年於英國出版的《落葉歸根》，這些寫中國女人（而且是傳統的中國女人）主題的「紀實」文學，以及中國的苦難書寫，向來是西方書市的寵兒，對西方讀者而言，古老而神秘，同時具異國情調的「東方」向來充滿了吸引力。《一滴淚》的迴響相對冷清，或許從性別研究和讀者反應理論兩個角度著力，會有不同的詮釋視野。阿海稱這個現象為「女性個人史文學在西方的成功」，並把這種成功歸咎於商業性炒作。他的論述個案並未包括《上海生與死》和《落葉歸根》。〔見阿海：〈作為歷史構成的「中國苦難文學」——兼論當代中國文學中的「個人史文學」〉，收入貝嶺編：《作為見證的文學》（台北：自由文化，二〇〇九），頁二四七—二五六。〕

3 這套文庫由兩度繫獄的中共旅美學者宋永毅主編，香港中文大學中國服務研究中心出版。

除了政治因素和官方意識形態的箝制，劉青峰同時指出，文革學匱乏的主因，乃是這場既深又廣的政治運動，對一代人心理和精神層面的衝擊過於巨大，內心的創傷需要更久的時間修復，她以自身的經驗為例指出，文革爆發時，她就讀北大，親眼目睹聶元梓在北大飯廳外牆貼大字報[4]，如今一閉上眼，當年的驚濤駭浪就會澎湃重現。「文革改變了我和我這一代人的人生道路」[5]。

劉青峰舉重若輕的這句話，十分精準的概括了《一滴淚》。對於（被迫）參與這場史無前例的政治浩劫的人而言，身體或心靈所受的創傷和影響，都難以評估和完整表述，用文革的修辭模式來說，它深深觸及了中國人的靈魂。《一滴淚》回顧的正是新中國翻天覆地的三十年，從一九五一歸來到一九八〇年，新中國建立兩年到上山下鄉運動結束，史筆與史實俱下，巫寧坤自稱這是劫後餘生錄，並非誇辭，亦由此可以解釋這本書對個人的意義：

> 我簡單地歸納了我的坎坷平生：「我歸來，我受難，我倖存」。但我是否徒然半生受難，又虛度短暫的餘年？[6]

《一滴淚》中文版本在台灣先後出版兩次，兩次都經過作者一再修訂，「寫作過程中全憑記憶，又不可能有日記之類資料可供查考，加以年堙日久，記憶日益衰退，不免會出現這樣或那樣的差錯，在中文版中盡力加以修正」[7]，顯見作者對這本「劫後餘生錄」的史實異常重視，視之為個人和時代的斷代史，為了無愧於受難和倖存。《一滴淚》除了書寫自身的歷史，他亦見證同代人，包括知識分子／文人，譬如沈從文、陳夢家、查良錚、蕭珊、馮至、卞之琳和朱光潛的遭遇和磨難，書寫了大時代的集體記憶。本論文擬從見證和受難兩個角度，論述此書在當代苦難書寫的意義。

4 聶元梓是貼出第一張馬列主義大字報的人，當時聶是北大哲學系學生。一九六六年五月二十五日，以聶元梓為首的七個人在北大飯廳東牆貼出了〈宋碩、陸平、彭珮雲在文化大革命中究竟在幹些什麼？〉，指責陸平等「壓制群眾革命」，號召革命的知識分子把社會主義進行到底。詳見曠晨、潘良編著：《我們的一九六〇年代》（北京：中國友誼，二〇〇六），頁九〇—九一。相關論述見印紅標：〈文革的「第一張馬列主義大字報」〉，收入劉青峰編：《文化大革命：史實與研究》，頁三—一六。

5 《文化大革命：史實與研究》，頁viii。

6 巫寧坤：《一滴淚——從肅反到文革的回憶》（台北：允晨，二〇〇七），頁一九。

7 《一滴淚》，頁二〇。

一、「我」和一代人的斷代史

新中國建立的前二十七年（一九四九－一九七六），層出不窮的新政策和新口號，變幻莫測的政治氣候，充滿講話、指示和運動，把新中國結結實實從底子重新翻了一遍。反反覆覆的階級鬥爭，革命再革命。把知識分子教育成新農民或工人，農民訓練成管理知識分子的迫害者，革命變成反革命，不識字的領導識字的，無數的知識分子被打成右派，在牛棚改造和勞動。三反五反、反右、大躍進大煉鋼，超英趕美，三年自然災害，大餓荒，四清運動，被稱為「十年浩劫」的無產階級文化大革命，上山下鄉運動等等[8]，短短的歷史壓縮了令人眼花撩亂的政治鬥爭和政治口號。共產的烏托邦如今看來是幻滅的，然而追求和摸索所付出的代價難以評估，對中國人的身體和精神是最大的磨練，也是對人性最嚴苛的考驗。可以肯定的是，這一代人的故事勢必遺落在中共的國家歷史之外，因此「人民歷史」的發聲，可以適度的補白、調整大歷史，提供另一種不同的敘事和視角。

《一滴淚》採編年史的寫法，從「遊子歸鄉」的一九五一年始，而終於「二十餘年如一夢」的一九八〇年，全書分十八章，加上前言和尾聲，總共二十章。一九五一年，巫寧坤放棄快要完成的芝加哥大學英美文學博士學位，不顧朋友和家人的反對，一心一意返回新中國，加入建設的行列，結果遭逢的卻是一連串的政治迫害，回顧所來徑，巫寧坤寫下這段引言：

> 為了不幸負苦難餘生，不幸負千千萬萬同命運的死者和生者，我至少可以把我們一家三代人在中國大陸數十年的親身經歷忠實地記錄下來，其中的悲歡離合和眾多知識分子家庭大同小異，滄海一淚而已，只不過我們的故事涵蓋了整個新中國的歷史時期。這樣一部紀實作品，儘管有強烈的個人色彩，不僅可為當代中國生活提供獨特的見證，而且對於悲憫情懷理解人和歷史或有所裨益。[9]

《一滴淚》以回憶錄的形式寫成，回憶錄是一種相對真實的文類，宣告本書建立於史實之上，以歷史事件為骨幹，以個人歷史為血肉。巫寧坤特別強調這是一個三代人的「親身經

---

8 根據潘鳴嘯的研究，一九六三年周恩來計劃十八年內動員三千五百萬知青下鄉。上山下鄉乃是中共政府為了解決失業而行的錯誤政策，借助紅色意識形態，將無法解決的失業大包袱甩給農村，把青年菁英流放到無需任何文化知識的「世界盡頭」，而各行政機構則充斥無能和低能的幹部，這樣的運動必然失敗，詳見潘鳴嘯著，歐陽因譯：《失落的一代：中國的上山下鄉運動（1968-1980）》（香港：香港中文大學出版社，二〇〇九），以及劉小萌：《中國知青口述史》（北京：中國社會科學，二〇〇四）。

9《一滴淚》，頁一九。

歷」，而且以史筆「忠實記錄」的紀實作品，這些受難的「故」事（past event）都是信而可徵的，他們的「故事」（story）都具有歷史的價值，因此這本以繫年方式書寫的斷代史，即有形式作為內容，形式就是內容的意義。它的形式本身就是內容，宣告了敘述主體的權威，敘述的可靠，個人經驗的真實。

作者從美返國，一到北京就立刻聽聞沈從文「遭逢不幸的傳說」[10]，感受到不一樣的新中國氛圍。作者雖未說明這不幸的傳說為何，但是從他造訪沈從文的時間推測，此時沈從文正是在兩度自殺未遂，經過精神治療後，在歷史博物館工作的時間[11]。巫寧坤記述這段相見，並以此作結：「一位門生故舊遍天下的大師，難道在新中國從此就只能這樣土埋了嗎？」[12]

這次相見彷彿是巫寧坤命運的預言，此後他走的正是沈從文被批鬥的路，從燕京外放到天津的南開大學，再莫名被送入半步橋監獄；繼而遣送到北大荒勞改，而後被送到天津與唐山之間的茶淀監獄，幾乎成為大饑荒下的餓莩。他始終沒弄清楚，為什麼無端端被扣上美帝國主義的反革命，資產階級右派分子，在半步橋監獄和流氓小偷等關在一起，被勞改下放，差點餓死，當年一心一意放棄快到手的博士學位回來，結果遇上這些像走馬燈一樣的荒誕劇，屢次在瀕死邊緣掙扎。

《一滴淚》敘述知識分子的遭遇，卻始終無法提供解釋，或給出理由，只能任由運動宰制，即便在多年後書寫的此刻。在北大荒天寒地凍的惡劣天候下勞動，九死一生的時候，他曾提問，「日軍早已戰敗，中國大陸也已『解放』，我倒反而在自己的國土上淪為階下囚，萬里迢迢，抛妻別子，在大豆之鄉哼唱同一支令人心碎的歌曲」[13]。抗日戰爭時，他曾為飛虎隊擔任翻譯；在美國讀書時一心一意想學成歸國服務。雖然對共產主義或馬克思主義一無所知，在國難和內戰之下成長，卻使他渴望中國富強，無論如何他都無法理解這樣一個愛國分子何以成為國家批判的對象。理性修辭無法解釋，或許借黃永玉形容沈從文的話，這些知識分子錯在「對政治的無知」[14]。查良錚（即詩人穆旦）是巫寧坤的芝大同學，隔年也從美

10《一滴淚》，頁二六。

11 一九四八年郭沫若在〈斥反動文藝〉指責沈從文是專寫頹廢色情的桃紅色作家。這篇文章使得沈從文在任教的北大校園被學生寫大字報批鬥。他兩度自殺未遂，於一九四九年離開北大到歷史博物館工作，從此沒有再寫一篇小說，成為中國古文物研究的專家。在文革期間，他被下放到湖北鄉下看管鴨子和菜園，掃廁所，當然少不了無止盡的批鬥和檢查思想。詳細資料請參考金介甫著、符家欽譯：《沈從文史詩》（台北：幼獅文藝，一九九五），頁四四九—四六七。

12《一滴淚》，頁二六。

13《一滴淚》，頁一〇八。

14 這是沈從文表侄黃永玉在〈這些憂鬱的碎屑——憶沈從文表叔〉的話，見黃永玉：《比我老的老頭》（北京：作家，二〇〇三），頁八五。

回來建設新中國，下場是被迫害二十餘年，四人幫下台後死於天津，仍揹著「歷史反革命」的罪名。巫寧坤的同事，古文字學者和詩人陳夢家第二次自殺成功時，年方六十；陳夢家的太太，趙蘿蕤，當時燕京大學英文系主任，也即電聘巫寧坤返燕京任教的學者，晚年嚴重精神分裂；巫寧坤的同學蕭珊（一九二一—一九七二）勞改多年後死於癌症，當時巴金還關在牛棚。

然而即便是「對政治的有知」，也難以預測變幻的政治風雲，如因寫歷史劇《海瑞罷官》的吳晗（一九〇九—一九六九），曾紅極一時，是巫寧坤西南聯大讀書時的教授和明史專家，當過北京市副市長，卻在一九六五年因此劇被批判為彭德懷元帥翻案，最後落得在獄中自殺，他的妻子隨後也被迫害致死。燕京大學歷史系主任，著名的歷史學者翦伯贊（一八九八—一九六八），早年政治正確，曾任北大副校長，文革時卻遭毛澤東點名批判，備受凌辱，跟太太一起服毒自盡[15]。《一滴淚》見證眾多同代人，特別是知識分子在政治洪流中所遭遇的驚濤駭浪。

如果借用新歷史主義大將海登・懷特（Hayden White）的觀點，歷史的正確寫法是「眾多的歷史事件」（histories），則巫寧坤書寫的一代人受難史足以顛覆中共建國史的宏大神話，也揭開一直被中共遮蔽的知識分子受難史。海登・懷特借用李維・史陀「總和諧性」（overall coherence）的觀點指稱，歷史敘事其實是保留某些事實，又放棄了某些事實的結果，一切都是「闡釋」——對事件的描寫已經構成了對事件本質的解釋，而歷史都是利用同一事件，卻從不同的角度來書寫的結果——歷史敘事並非「再生產」（reproduce）已經發生的事件，而是把史料剪裁成一個故事的形式[16]。巫寧坤描寫知識分子的受難故事，本身就具有把史料剪裁成故事，以故事的角度來箋注歷史的價值。他闡釋的歷史，是一個極權政體如何藉由控制全體人民的思想與生活，貫徹統治者的意識形態的非人性過程；在這過程中，因複雜的政治鬥爭而無故犧牲掉的知識分子無以數計。

《一滴淚》寫出知識分子如何被馴服改造，以及被踐踏的過程。回國後不到六週，周恩來給北京和天津各高等院校的三千名教師的演講長達七小時，號召全國知識分子改造思想，學習批判錯誤的舊思想，並強調這過程雖然痛苦，卻是勢在必行。巫寧坤只聽了一小時就精神渙散，離開美國前他的朋友李政道預言回國是接受「洗腦袋」的情景清楚浮現。[17]對照史料，周恩來確實在一九五一年九月二十九日，於京津高等教師學習會上向三千多名高校教師

15 這些細節具有史料可對比，可參考曠晨、潘良編著：《我們的一九六〇年代》（北京：中國友誼，二〇〇六），頁七五—七八。

16 Hayden White, "Historical Text as Literary Artifact" *Tropics of Discourse: Essays in Cultural Criticism.* Baltimore and London: John Hopkins UP., 1985, pp. 83-91.

17 《一滴淚》，頁二七—二八。

作了題為〈關於知識分子的改造問題〉的報告，當時是由初任北大的馬寅初校長，邀請周恩來把舊北大改為新北大，樹立知識分子為人民服務的觀念。這次大會是個關鍵，開啟了文藝界的整風學習，即實行批評和自我批評，把知識分子的思想改造推行到全國[18]。

第八次全國代表大會，高層召集北京各大學的著名英語教授去擔任繁重的政治稿件翻譯工作，錢鍾書等俱在為黨服務之列，「這麼多的高級知識分子，其中絕大多數是從英、美的著名學府或國內的教會大學畢業的，都心甘情願為共產黨的會議效勞，這足以顯示共產黨改造知識分子的工作取得成功」[19]。除四害和大躍進時期，巫寧坤則在北大荒勞作，常常「放衛星」[20]，在月夜下勞作，冰天雪地裡做導流工程，或者收割蘆葦造紙，以做為黨的宣傳印刷之用。各種各樣的勞動教養，都打著改變知識分子病弱的體質的名號。這些菁英可能因政治風向的轉變被犧牲，當然也可能再被平反，在失去生命或精神被打成殘廢之後。以結果論來看，巫寧坤堅韌的活著，是精神未被打垮的少數，然而那過程卻是異常艱難：

美國留學生、首都的大學教授，如今靠奶子才有碗飯吃！他們認為，要麼我是無可救藥，就像附近麻瘋病院裡那些病人；要麼是上面掌權的人神經錯亂……一個自由的牛鬼，可是沒有在任何一個牧場吃草的自由！[21]

在牛棚待了兩年之後，巫寧坤忽然被釋放，也忽然成了沒有飯吃的自由人，成了太太在三個孩子之外，要養活第四口人，他受到村人異樣的看待[22]。這種來自於存在價值的質疑和嘲諷，不知道殺死或逼瘋多少知識分子，《一滴淚》裡寫到的吳晗和翦伯贊是實例，沈從文則自殺未成，要能把這種遭遇看成是「掌權的人神經錯亂」而存活下來委實不易。他在天安門廣場見到毛澤東，則有以下的錯亂：「眼前這個笑容可掬的『大救星』的形象，和那個一年前不擇手段誣陷胡風，大搞文字獄的暴君，我實在無法調和」[23]，《一滴淚》目的不在批判極權——實際上也不能——只能敘述時代的不仁，以及他對時代的疑惑。這兩者恐怕也是大部分同代人的見解。

18《我們的一九五〇年代》，頁二八—二九。
19《一滴淚》，頁六〇。
20 四害為蒼蠅、蚊子、老鼠和麻雀，後來把麻雀改為臭蟲，因為沒有麻雀之後農地蟲害肆虐，農作欠收。放衛星即指大幅度延長勞動時間，以增加農作物產量，是為大躍進的政策之一。
21《一滴淚》，頁三一六。
22 失業、物質條件極度貧乏和精神困頓是上山下鄉運動失敗的主因，見《失落的一代：中國的上山下鄉運動（1968-1980）》，頁二二五—二八〇。
23《一滴淚》，頁六一。

現居德國的詩人兼學者阿海認為，文學可以給歷史提供養份，他引法國年鑑學派的看法，指出歷史學是「全體部分構成的歷史」，而非只是事件構成的歷史，研究中共統治中國史的時候，除了對這一段時期中的歷史事件的研究，同時也應兼顧普通人的命運、人性的變遷、日常生活中的遭遇等，特別是「個人對生活經歷的描述和記載」[24]。通過文學敘述，賦予歷史一種想像的詩性結構，把歷史詩學化，這種「詩性過程」（poetic process），使得「史學」變成了「詩學」，詩學和史學融為一體。為求史筆不離史實，巫寧坤再而三修改此書，此其一；其二，此書二十章裡總共有四章是以他的太太李怡楷為第一人稱的敘述，以彌補他「不在場」時妻兒和家人的故事。敘述風格則跟其他章節一致，這種書寫策略完全出之於巫寧坤「忠實記錄眾多知識分子家庭悲歡離合」的考量，在類似的自傳書寫中甚為罕見。實際上，沈從文、巴金、翦伯贊、吳晗、查良錚等知識分子的命運，容或跟巫寧坤不盡相同，其時代造成的「集體不幸」則一。

二、苦難：存在／存活的意義

見證之外，「苦難」是《一滴淚》另一個重要的主題。前言題為「我歸來，我受難，我倖存」，題辭獻給先岳母，以其愛和「受難」的身教言教為一生的座右銘。受難不只是本書的關鍵詞，也是作者在最瘋狂的時代得以存活的理念，沒有受難，便沒有倖存，也不可能寫下肅反到文革的苦難：

> 我倒覺得近幾年的經歷激勵我向上，而不是使我墮落沉淪。我還講不清它們對我的全面影響，但是我敢肯定我決不會徒然受難。[25]

作為一部自傳性的斷代史，《一滴淚》具有自傳自我評價／反省的特質。自傳，（autobiography）的希臘詞源乃是指作者「書寫」（graphia）「自己」（autos）「生平」（bios）[26]，這個詞本身充分顯示作者實身兼讀者和傳主兩個身分，作者書寫（或講述）自己的過去，同時也在閱讀自己的過去，因此自傳其實膠合了過去和現在的我，現在的我評價過去的我這兩個特質。巫寧坤筆下的斷代史，同時具有評價／反省苦難的意義。耶穌的受難最終得永生，而巫寧坤的受難在當下是為了生存，事後則是為了「無愧於受難」，一種中國知

24《作為見證的文學》，頁二五〇。

25《一滴淚》，頁一九九。

26 引自<http://en.wikipedia.org/wiki/Autobiography>，截取：二〇〇九年十一月一日。

識分子的世界觀和人生觀，近乎信仰：

我曾用一句話概括我三十年的「牛鬼」生涯，我歸來，我受難，我倖存。但是，肯定不止如此而已。持久的苦難決不僅是消極的忍受，而是一宗支持生命的饋贈。受難像一根綿延不斷的線索貫穿生活和歷史的戲劇。或許恰恰因為受難在一個人的生命中占有一個無比重要的地位，所以一部丹麥王子的悲劇，或是杜甫盪氣迴腸的詩篇，才以人生悲劇的壯麗使我們的靈魂昇華。人人都以自己的方式受難和從中學習，沒有人會徒然受難。[27]

巫寧坤反覆在書裡強調受難的代價，一再重申《哈姆雷特》和杜甫給他的精神力量，兩者均為意志力的來源。弗洛依德認為人的意志不滅，只能轉換，不能壓制或消除，否則便只有導致病態和精神分裂[28]。巫寧坤揭示在受難過程中倖存的知識分子其內在心路歷程，這種「內在英雄」不是世俗給予的榮耀，而完全源自於對生命價值的正面肯定。在那種「被動的死」和「主動的死」沒什麼差別，「一不怕死，二不怕活」的苟活時代，活著，而且人格沒有被扭曲的活著不易，誠如後榮格心理學派學者卡蘿．皮爾森在《內在英雄》所言：「英雄不只忍受痛苦，他們也保持對生命的熱愛、勇氣，以及關愛他們的能力。不論他們遭受多少痛苦，他們絕不會把它轉嫁給他人。他們吞下痛苦並宣稱：苦難到此為止」[29]，《一滴淚》的苦難精神最大的意義或者在此。

稍有自尊的知識分子，要不精神分裂，要不自盡，用文革的修辭便是「自絕於黨」。時代和歷史的錯誤由無辜的老百姓承擔，巫寧坤筆下曾有被劃錯右派而後「改正右派」的安徽大學男老師，無法接受這種安排，撞牆流血抗議：

> 他們無緣無故毀了我的一生，現在卻指望我對他們的假仁假義感激涕零。我的血沾滿他們的手，沾滿他們虛偽的門面！我才不要這些騙人的改正決定破紙哩，但是我得為家裡人清洗被株連的罪名，要不然他們要永遠揹著『右派家屬』的黑鍋。[30]

男教師的控訴不是個案，而是可以作為五十五萬被錯劃右派分子代表。這年是一九七八年，

27《一滴淚》，頁三九四。
28 劉小楓：《拯救與逍遙——東西方詩人對世界的不同態度》（台北：久大，一九九一），頁二五五。
29 卡蘿．皮爾森著，徐慎恕等譯：《內在英雄》（台北：立緒，二〇〇〇），頁一四五。
30《一滴淚》，頁三七〇。

四人幫已下臺，鄧小平為受勞改達二十二年之久的右派分子給予「改正」。不能接受歷史的錯誤者，只有以血薦軒轅。第三種則如巫寧坤，尋找受難的意義，並藉由書寫反思苦難對人生的意義。德國哲學家康德（Immanuel Kant, 1724-1804）指出，一個人的純粹德性必須經過苦難的試驗，把一切構成幸福的條件去除之後，如果一個人仍能夠忠於自身的決心，破除阻礙，就會產生不可侵犯的光輝，對人心產生衝擊和影響，苦難因此是人生道德實踐和考驗的必經之路。[31]

對於巫寧坤或者沈從文那輩的文人而言，苦難的意義或如康德所述，必得把它視之為人生道德的實踐和考驗。康德同時指出，外在的福或禍只是決定我們快樂或痛苦，只是一種情感狀態，非關善或惡。善或惡乃是意志的判斷，意志不因表象或客體所規定，而是一種理性規則，使我們有行動的能力[32]。巫寧坤歷經非常人的苦難折磨時，他總能從容應對，甚或自我解嘲，不作善惡判斷。他反思這種意志的來源有四，一是莎士比亞的《哈姆雷特》和杜甫詩集，前者被視為靈魂受難的悲劇，後者則是「萬方多難」的民族良心；其二，《聖經》使他對「人類的崇高理想」感到無限嚮往；第三則是沈從文的小說——受難卻仍然和氣而安靜的活著的沈從文，成為他的精神支柱。最後則是家人，他的岳母作為受難的典型，「一輩子生活簡樸，受苦受難，而從她自己所受的苦難中，她找到愛人的力量，盡力幫助受侮辱的和受損害的。她完全無愧於她的受難」[33]，岳母給予的精神支持和安慰「好人受難，耐心忍受」[34]，讓他在困頓的時候仍然堅強活著。

李怡楷的四章口述則補強了苦難時代女性的受難，以及女性的堅強和剛毅。李怡楷受株連，也得下鄉勞改，同時在物質條件極為匱乏的狀態下，獨立照顧三個兒女和婆婆。四十八歲時她害嚴重青光眼，醫生的這段分析十分準確道破她可以活下來的關鍵：

> 若是你沒有一個堅強的性格，它支持你度過無盡的艱難困苦，那些壓力可能會毀掉你的神經系統，或者你的心臟。各地的精神病院全住滿了「文化大革命」和其他政治運動的受害者。[35]

這段寫在尾聲的結局，固然是醫生的診斷，亦可視為巫寧坤的評斷。《一滴淚》一開始就形容李怡楷是個個性堅強的女性，這樣的頭尾呼應，指向同樣的受難主題，以及意志的重要。

31 康德著，鄧曉芒譯：《實踐理性批判》（台北：聯經，二〇〇四），頁一八六—一八七。
32《實踐理性批判》，頁六四。
33《一滴淚》，頁二〇六。
34《一滴淚》，頁二〇六。
35《一滴淚》，頁三九六。

研究自傳的法國學者樂俊（Philippe Lejeune, 1938-）指出：「我們怎麼可以認為自傳文本是由過去的生活所構成？究其實，是文本生產了（作者過去的）生活」[36]。樂俊甚至直接了當的表示，自傳寫作根本就是一種目的性明確的寫作模式：

> 寫作時，一個人通常等同於好幾個人，即使只有作者，即使寫的是他自己的生活。那並不是因為「我」分裂成數個的私密對話，而是寫作本來就是由不同階段的姿態組合而成，寫作因此同時聯接了作者和文本，以及作者想要達到的需求。[37]

以上的引文說明了其實是自傳衍生生平，而非記錄生平的概念，此其一；其二，自傳寫作既是一種「意圖」十分明確的寫作類型。我們固然可以說《一滴淚》是書寫生平苦難的自傳，此書最重要的存在價值卻是反思歸來受難的意義，而且是他的生命存在的必然過程，「在我回國以前，看上去好像有幾種途徑可供取捨，但我不可能作出其他選擇」[38]；「當年我不聽親友的嚴詞告誡，兼程回國。……我成了『階級鬥爭』的犧牲品。然而，我仍然認為並不是我犯了錯誤。即便沒有在一九五一年回來，我遲早也會回來的。而且，非常可能，在類似的情況下，我也會有同樣的命運。我從來沒有想當殉道者，我也沒有殉道者的感受。我不能以崇高的理想或正大的原則自許。然而我也無所悔恨，因為我不可能作出別的選擇。」[39]這兩段文字是書寫者巫寧坤論述受難者巫寧坤，是書寫的此刻對過去衍生的評論。兩段文字堅持受難的必然和無所逃避，接受命運和磨難的坦然心態，受難因此乃成具有轉化力量的犧牲；即便自我犧牲也決心關愛他人，乃是選擇生命而非絕望。余英時的序以「血書」稱之，同時引趙翼的詩「國家不幸詩家幸，吟到滄桑句便工」對比[40]，堪稱絕喻。對西方讀者而言，他的書寫因此跟盧梭（Jean-Jacques Rousseau, 1712-1778）的自傳體《懺悔錄》有了呼應關係。此書的主題寫社會的不公不義，「強權即公理」的不平等。不同的是，《一滴淚》跟《懺悔錄》的浪漫主義風格截然不同，毋寧更接近現實主義式的——以技術逼近現實世界，透視現實背後的人性本質，以及時代的殘酷。就技術層面而論，《一滴淚》確實剖開了當代中國歷史最黑暗的那一面。

36 Philippe Lejeune, *On Autobiography.* Trans. Katherine Leary. Minneapolis: U. of Minnesota, 1989, p. 131。

37 *On Autobiography*, p. 188。

38 《一滴淚》，頁一九九。

39 《一滴淚》，頁七五。

40 余英時：〈國家不幸詩家幸〉，收入《一滴淚》，頁一五—一六。

結論

巫寧坤對台灣讀者而言絕對是個陌生的名字，在台灣只出版過兩本著作，書評只得一篇，論的是晚出的隨筆散篇《孤琴》，不是這本史詩式的鉅著[41]。阿海在〈作為歷史構成的「中國苦難文學」——兼論當代中國文學中的「個人史文學」〉一文所論個案不少，然而提及巫寧坤只有輕輕帶過一行字：「在男性作家中，比較有名的有著名翻譯家和學者巫寧坤的《一滴淚》」。他並指出女性作者常因個人史而成名，寫作之前並非作家，而男性作者則往往本來是作家[42]。巫寧坤不是孤例，中國旅美學者康正果的《出中國記——我的反動自述》可以再添一筆。顧城（一九五六—一九九三）〈一代人〉寫道：「黑夜給了我黑色的眼睛／我卻用它尋找光明」，這首詩可說是對《一滴淚》這類自傳寫作畫龍點睛的概括。此詩寫於一九七九年，隔年上山下鄉結束，一個躁進的時代走入歷史，卻留下見證自己，也見證時代的苦難敘述。

參考書目

White, Hayden. "Historical Text as Literary Artifact" *Tropics of Discourse: Essays in Cultural Criticism.* Baltimore and London: John Hopkins UP., 1985.

Lejeune, Philippe. *On Autobiography.* Trans. Katherine Leary. Minneapolis: U. of Minnesota, 1989.

卡蘿．皮爾森著，徐慎恕等譯：《內在英雄》（台北：立緒，二〇〇〇）。

印紅標：《失蹤者的足跡——文化大革命期間的青年思潮》（香港：香港中文大學出版社，二〇〇九）。

巫寧坤：《一滴淚——從肅反到文革的回憶》（台北：允晨，二〇〇七）。

巫寧坤：《孤琴》（台北：允晨，二〇〇八）。

41 單篇書評為李奭學：〈筆落驚風雨——評巫寧坤著《孤琴》〉《台灣觀點：書話東西文學地圖》，頁一九九—二〇二。《孤琴》部分篇章乃是對《一滴淚》的補充，余英時的序指「《一滴淚》是「經」，提供了一個連續不斷的完整故事；《孤琴》是「緯」，將敘事中某些極重要但祇能一掃而過的快速鏡頭加以放大，使我們可以觀賞其中的曲折。」（見余英時：〈回憶一九四九年秋季的燕京大學——巫寧坤先生《孤琴》序〉，收入《孤琴》，頁三。）

42 《作為見證的文學》，頁二五四。

李奭學：〈筆落驚風雨——評巫寧坤著《孤琴》〉，《台灣觀點：書話東西文學地圖》，頁一九九—二〇二。

貝　嶺編：《作為見證的文學》（台北：自由文化，二〇〇九）。

金介甫著、符家欽譯：《沈從文史詩》（台北：幼獅文藝，一九九五）。

徐友漁：《形形色色的造反——紅衛兵精神素質的形成與演變》（香港：香港中文大學出版社，一九九九）。

康德著，鄧曉芒譯：《實踐理性批判》（台北：聯經，二〇〇四）。

漢娜．鄂蘭著，蔡英文譯：《極權主義》（台北：聯經，一九八二）。

劉小萌：《中國知青口述史》（北京：中國社會科學，二〇〇四）。

劉小楓：《拯救與逍遙——東西方詩人對世界的不同態度》（台北：久大，一九九一）。

劉青峰編：《文化大革命：史實與研究》（香港：香港中文大學出版社，一九九六）。

潘鳴嘯著，歐陽因譯：《失落的一代：中國的上山下鄉運動（1968-1980）》（香港：香港中文大學出版社，二〇〇九）。

蔡英文：〈極權主義與現代民主〉，《政治科學論叢》第一九期（二〇〇三年十二月），頁五七—八四。

曠　晨、潘良編著：《我們的一九五〇年代》（北京：中國友誼，二〇〇六）。

曠　晨、潘良編著：《我們的一九六〇年代》（北京：中國友誼，二〇〇六）。

曠　晨、潘良編著：《我們的一九八〇年代》（北京：中國友誼，二〇〇六）。

曠　晨編著：《我們的一九七〇年代》（北京：中國友誼，二〇〇六）。

文學自傳與詮釋主體

——論楊牧《奇萊前書》與《奇萊後書》

楊牧的《山風海雨》出版於一九八七年，是為《奇萊前書》（二〇〇三）的開端，《奇萊後書》[1]則於二〇〇九年出版，歷經二十餘載，詩人的「文學自傳」終告完成。對於詩人兼散文家的楊牧而言，這系列定位為「文學自傳」，而非「自傳」的寫作，毋寧是十分值得討論的問題。《奇萊後書》的寫作始於二〇〇三年，在《奇萊前書》與《奇萊後書》之間，尚有張惠菁的《楊牧》（二〇〇二），傳記理應提供更多貼近詩人生命的線索，剖白創作心路以及風格轉折，既然如此，為什麼在傳記出版之後，楊牧仍然要寫下《奇萊後書》？

1 兩書合稱時，以下均用《奇萊書》。

《山風海雨》之前，楊牧已經出版了十本詩集[2]，五本散文，一本戲劇，除了創作之外，尚有論述數種。在《奇萊前書》寫作過程中，則先後出版了六本散文和三本詩集，這些豐碩的成果都是創作者理念和情感的表達，它們都參與建構了「楊牧」。那麼，為什麼還需要文學自傳？

《年輪》時期的楊牧期許自己要寫一篇很長很長的散文，打破散文體式的限制，《年輪》是他從求變的實證。在形式上，《奇萊書》則是比「很長很長的散文」還要長，野心更大的鉅著，那是楊牧「求變」文學理念又一實踐，挑戰「求新」的成果；置放在現代散文的發展史裡，這樣的巨幅結構有它開創性的文學史意義。那麼，這兩本文學自傳究竟要完成什麼？對楊牧而言，文學自傳和自傳的差異在哪裡？對這兩個概念的思考和理解，間接影響了《奇萊書》的寫作風格。其次，在現代散文史上，《奇萊書》如何跟前輩作家沈從文、周作人等形成的現代散文傳統，形成遙相對話的關係，則是本文擬討論的第二個問題。此外，楊牧除了是詩人、散文家，亦是學者，則學者的角色又是如何迂迴曲折的參與了散文的創作？本論文將從這三個角度出發，論述文學自傳與詮釋主體之間的關係。

一、為什麼文學自傳

《奇萊書》應該是楊牧在寫作過程中，半途萌生的概念，組稿成書，不是一次到位的寫作。回顧《奇萊前書》和《奇萊後書》的創作歷程，或許可以從中可以尋找到更明確的線索。《奇萊前書》原為三部散文，分別是《山風海雨》（一九八七）、《方向歸零》（一九九一）和《昔我往矣》（一九九七）。我們可以推論，楊牧一開始並沒有《奇萊前書》的寫作計畫，當然更沒有《奇萊後書》的腹稿，因此一開始，三書是獨立寫成，分別出版的。更準確的說法，是《山風海雨》寫作過程中漸次醞釀，而終於成形的構想。《山風海雨》原來的定位是「詩人自剖心神，體會記憶，展望未來之作」[3]，《方向歸零》為「楊牧自傳體散文第二部」，《昔我往矣》則明確指出這是「楊牧文學自傳《奇萊書》之第三部，代表一特定系列之收束，完成」，從一本散文到自傳，而終於文學自傳，可見楊牧對這三書調性的思索和轉變，最後乃於《昔我往矣》完成時，同時延伸出《奇萊書》的命名，定位為文學自傳。

2　不包括選集《楊牧詩集I：1956-1974》（一九七八）。

3　楊牧的散文集和詩集，往往在作者簡介裡納入作品簡介，作品簡介則要言不煩，準確的點出作品旨意，奇萊書系亦然，從其措辭和行文來看，應為楊牧所撰。以下所引均出自三部散文之摺口。

值得注意的是，這三書原來命名為《奇萊書》，而非《奇萊前書》。至於後書，則是三本個集合併為一部前書時，延伸出來的計畫。我們也可以說，奇萊「前」書，是「後」書這個想法催生的。

《奇萊後書》寫的是十八歲以後，業已離開花蓮的詩人楊牧，則《奇萊後書》跟前書的關係，除了時間的延伸之外，主要是精神層次和散文美學上的呼應，兩書體現了創作者溯時間長河不屈不撓的追尋和搜索；其一體成形的書寫形式，更顯示作者對這系列作品的思考，重新定位。楊牧強調他要完成的，不是回憶錄，不是指涉特定的人事，「我想要藉此把自己分析一下，到底在人生過程中有哪些關鍵之點？以及自身的感觸，生命的印記等等」。[4] 換而言之，是現在的寫作主體楊牧，閱讀從前的自己，重新就文學心靈的塑成這個面向，賦予其意義。關鍵點是現在，不是過去，是此刻正在書寫的楊牧決定了過去的樣貌。因此，奇萊前後書最後的定位是文學自傳，而非自傳；是文學心靈的自剖和成長，而非生命歷程的回顧。[5]

那麼，自傳和文學自傳有何差異？這兩個概念對楊牧的奇萊書寫作風格又有什麼具體的影響？

或許我們應該從自傳談起，再論及文學自傳的意義。

自傳（autobiography）原來是一個繁複、界定困難的書寫範疇，傳統上的自傳價值在於它所呈現的真相，它是另一種相對真實的書寫模式。自傳（autobiography）的希臘詞源乃是指作者「書寫」（graphia）「自己」（autos）「生平」（bios）[6]，這個詞本身充分顯示作者身兼讀者和傳主兩個身分，作者書寫（或講述）自己的過去，同時也在閱讀自己的過去，因此自傳其實膠合了過去和現在的我，現在的我評價過去的我這兩個特質。既然如此，自傳就不可能成為過去的客觀紀錄，而是自身歷史的評論者。研究自傳二十多年的法國學者樂俊直接了當的表示：「我們怎麼可以認為自傳文本是由過去的生活所構成？究其實，是文本生產了

4 郝譽翔：〈因為「破缺」，所以完美——訪問楊牧〉，《聯合文學》二九一期（二〇〇九年一月），頁一九。

5 探索文學心靈的觀點詳見鍾怡雯：〈無盡的追尋——論楊牧《搜索者》〉，此文指出「三本文學自傳《山風海雨》、《方向歸零》和《昔我往矣》則沿續《搜索者》搜索的精神，去追尋自己的文學歷程，從文學傳記中探索一個文學心靈的長成。在形式上，《星圖》、《疑神》、《山風海雨》、《方向歸零》和《昔我往矣》都實現了楊牧在《年輪》時的期許：要寫一篇很長很長的散文，打破散文體式的限制。這幾本繼《搜索者》之後的散文集，皆可視為一本很長很長的散文，分別統一在一個主題和多變的技巧上」，論文收入鍾怡雯：《無盡的追尋——當代散文的詮釋與批評》（台北：聯合文學，二〇〇四），頁九八—九九。

6 本文有關自傳的觀點主要參考Philippe Lejeune. *On Autobiography* 以及Paul John Eakin. *Fictions in Autobiography: Studies in the Art of Self-Invention*，相關討論可參考李有成的〈自傳與文學系統〉和〈巴特論巴特的文本結構〉，二文均收入李有成：《在理論的年代》（台北：允晨，二〇〇六）。自傳主要依據事實與資料寫成，亦可根據作者個人的回憶為主。懺悔錄、回憶錄、日記、家族歷史等具可歸入自傳範疇，詳見http://en.wikipedia.org/wiki/Autobiography。

（作者過去的）生活」[7]。

根據樂俊的理解，自傳裡總其有兩個時間，一是傳主的現在，一是傳主的過去，自傳的重點不在重現過去的真相，而是「現在的我」如何評論／形塑「過去的我」。自傳強調的是「書寫的當下」。因此《奇萊書》的創作意圖，而非楊牧的歷史，決定了它的風格。以下引〈中途〉這段文字，或許可以略窺一二：

> 我不能不承認看到文字與現實之間似乎已經橫生一層更嚴厲，緊密的對立關係，一種恆在彼此的平預，來自我們調整了的思考角度，似乎就在恍惚之際，把長久被我接受為器械的訓練以觀察，分析，判斷現實的理論放在一邊，更進一步相信，不管多麼活潑或呆滯的知識訓練，龐大的資訊和邏輯排比，其實都是多餘的，除非我能通過文字把那接受與排斥的經過完整表達，如一首有歸屬的詩的完成。[8]

引文出自《奇萊後書》最後一章，文學自傳的真正收束，這段象徵式的文字經過解碼，可以歸納為二：首先，《奇萊書》的目的不在記憶或講述自己的生平，一如我們所理解的自傳那樣，具有詳細的家庭狀況，出生年月，就讀學校，生平經歷，戀愛或婚姻等等細節，換而言之，敘事（敘述過去的事件）不是《奇萊書》的重點。現實（過去的歷史）如何被文字（語言）敘述，現實與文字之間如何產生頡頏，調整，或者轉化，以便達到此刻的我如何評價過去的我的「論述」效果，才是重點。其次，作為文學自傳，《奇萊書》的目的，乃是揭示「一個詩人如何完成」，或者用自傳寫作的思考，「一個詩人如何『被』完成」這個主旨，誠如引文的象徵式說法「除非我能通過文字把那接受與排斥的經過完整表達，如一首有歸屬的詩的完成」。

以下再引一段〈中途〉，以便進一步論證《奇萊書》如何以「文學」自傳，以其一貫的象徵式寫法，迂迴思考「一個詩人如何完成」這個主旨：

> 我一心準確投射的大結構，包括早期對抽象觀念的探索，或毋寧就是驚悸叩問：對憂鬱，寂寞，或死亡一類神靈網羅於胸臆，提升層次，賦各別以形狀，為我所用；以及我持續數十年掌握的一種文類，在戲劇獨白裡發掘人心際遇，依次戴上假面，放在舞台上，靜觀轉移，變化，與其他角色互動，產生詩的精神層面。[9]

7 *On Autobiography*, p. 131。

8 楊牧：〈中途〉，《奇萊後書》（台北：洪範，二〇〇九），頁三八八。

9 《奇萊後書》，頁三八四。

似乎在《奇萊後書》的最末，楊牧愈清楚文學自傳的功能，包括其創作美學的敘述、對詩的信仰，所有的文學成果（包括論述、散文、翻譯，甚至編選文集）的目的，均在完成／提升詩的高度，所有的努力都指向至高無上的詩，包括《奇萊書》的寫作。或許我們可以說，這兩部書是楊牧的「詩論美學」，「以自己的散文箋注自己的詩」，只不過他使用了自傳的外殼，散文的形式。

在時間的設定上，國小和第二次世界大戰，或許寄寓了「人生識字憂患始」的用意，憂患者，即愛與愁，是為敏感的詩心之起源。這是寫作主體對自身過往歷史的見解，是書寫時，「當下」的詮釋。李有成在〈自傳與文學系統〉指出，「自傳作者的敘述行為無法擺脫書寫當時的歷史時空，自傳文本雖屬歷史敘事，在形式上仍具有論述的功能。」[10]對楊牧而言，《奇萊書》固然是「一個詩人如何完成」的過程，對現代散文史而論，這卻是另類的「自傳」，顛覆了自傳以時間的線性發展，寫實，以事件為基礎的寫法，而成為「非常楊牧」的文學自傳，一種混合象徵，隱喻，抽離現實，甚至把詩、散文、議論和小說融合在一起的獨特文體。

然而《奇萊書》的內部寫作風格，仍然是有差異的。書寫風格的差異進一步證明了這部文學自傳乃是「組稿成書，不是一次到位的寫作」的觀點。

《山風海雨》基本上維持以事件為經，時間為緯的特質，記事的特徵相對於《方向歸零》和《昔我往矣》仍然是明顯的，而且「追憶」的痕跡較為明顯，跟我們認知的自傳模式較近：

可是我終於明白，許多東西正在快速失去……當我長大的時候，或者當我開始年老的時候，白髮慢慢占領我風塵的兩鬢，眼睛可能也花了，那時我自然還會把握住這永恆的顧念和思懷，沒有悔恨，卻有些傷感。[11]

沒有悔恨，三十多年以後一個夏天之暮在Westport記憶曩昔。終於是沒有悔恨的，可是傷感從那裡來？猛回頭，彷彿還看見自己躺在那沙灘高處，大地又搖了一次，春風吹著，然而海嘯只是謠傳。我翻過身來擡頭瞭望，花蓮在，並沒有沉進海底。[12]

把以上引文跟《奇萊後書．中途》相比，我們可以發現，《山風海雨》的敘事性相對比較

10 李有成：〈自傳與文學系統〉，《在理論的年代》（台北：允成，二〇〇六），頁四二一。

11 楊牧：〈詩的端倪〉，《山風海雨》，頁一六九。

12 《山風海雨》，頁一七三—一七四。

強，如果自傳寫作是論述和敘事這兩個語言系統共謀的結果，則《山風海雨》是重敘事而輕議論的，戰爭，地震，原住民，性的啟蒙，夢和幻想，具體的情節／細節，情感上充滿對花蓮的依戀。整體而言，《山》的敘事基調非常一致，帶著感傷閱讀自己的過去，其目的在展示詩的端倪如何被發現。

然而，到了《方向歸零》，帶著感傷的敘事比例降低，敘事形式也有了改變。《方向歸零》總共有六篇，其中〈她說我的追尋是一種逃避〉和〈大虛構時代〉是類寓言的難以歸類的文體，它貌似散文，然則充滿象徵和隱喻；兩文結合來看，〈她〉是對詩的追尋，而〈大〉則敘述一個安那其的理想，兩文顯示「寫作時期」（一九八九—一九九〇）的關懷和思考，「沉毅地創作思考性日甚一日的抒情詩和敘事詩，寫寓言箚記，以及我風格獨特的懺悔錄，一種追度結構，以光譜和音色為修辭的黼黻，以之推動命意，一種有先後，上下，表裡，從容凸顯主題的文章」[13]。這段引文或許可以說明自傳的語言，基本上是敘述和論述兩個系統的結合／切換，以上引文採用的是論述系統，這段引文的敘述者當然不可能是國中時期的王靖獻，而是五十歲的創作者楊牧。

最直接的證據是《普我往矣》（寫作時間：一九九二—一九九七）的〈Juvenilia〉[14]。此詩由九首詩構成，每首詩均標明創作日期，時間從一九五六到一九五九，正是楊牧第一本詩集《水之湄》的寫作時間。然而《水之湄》並沒有這九首詩。兩種可能：這九首詩是《水之湄》的遺珠，另一則是「擬」《水之湄》的詩作，則這九首詩或可稱為「擬《水之湄》九首」。

《昔我往矣》既已定位為文學自傳，應為擬作無疑。〈Juvenilia〉的作者是被五十二到五十七歲的楊牧創造出來的虛擬葉珊，如果沒有細究，我們很可能就以為那就是一九五六到一九五九年之間的詩作。樂俊就曾表示，自傳寫作往往便於作者虛構：

> 寫作時，一個人通常等同於好幾個人，即使只有作者，即使寫的是他自己的生活。那並不是因為「我」分裂成數個的私密對話，而是寫作本來就是由不同階段的姿態組合而成，寫作因此同時聯接了作者和文本，以及作者想要達到的需求。[15]

樂俊直指文本是作者「意圖」呈現的另一個自我，因此文本中的「我」其實更接近作者意圖呈現的「理想作者」。自傳宣稱的真實，反而便於作者的虛構，它戴著自傳的面具行小說之

13　《方向歸零》，頁一七八。
14　即年輕時的作品。
15　*On Autobiography*, p. 188。

「虛」，讀者很難去質疑／考證作者的經驗事實（experiential fact）。誠如樂俊所說，寫作是由不同階段的姿態組合而成，則楊牧以為擬詩最能完整呈現《水之湄》時期的自己。寫作本來就具有「修補」現實的特質，〈Juvenilia〉重新回到《水之湄》時期，敘事者「我」是個轉換詞（shifter），「我」有時是王靖獻，有時是書寫者楊牧，「我」同時是作者和被書寫的主體，前者置身於過去，後者屬於現在，這兩者之間不必然是絕對的對應關係，卻可以經由自傳寫作的虛擬性，讓作者可以「與從前的自己重逢」。

二、與前行者的對話

本文第一節論述《奇萊書》的寫作歷程，指出其旨在揭示「一個詩人如何完成」。處理的是內部問題，我們應該進一步把它放在現代散文史的發展脈絡，尋找跟歷史可能產生的對話，形成更完整的論述角度。

這個觀點的成立，主要建立在以下的考量：每一個時代的作家都有他對話的對象，五四作家是楊牧這一輩創作者的前行者，對話的方式可能是影響，也可能是修正或反撥。就一個風格獨特的創作者而言，這種廣義的影響論必然屬於極難考掘的深層結構，類似潛意識，被壓制到最低層，或者夢對現實的變形和化妝，難以辨識和拆解。在創作初期或許「有跡可循」，中後期之後，被鎔鑄到作家自身的風格裡，產生根本的質變，則其為影響，可能是反撥或修正。一個成熟作家的形成過程，往往非常複雜；每一部著作都有「當下」的條件，外在的因素之外，心境的轉折和變化才是關鍵。這個關鍵在楊牧身上，卻又是最難神秘，最難破解的密碼。

其次，楊牧除了是詩人，散文家，同樣重要的身分是學者。我們不能忽略學術對創作產生的影響。這種影響並不直接顯現在創作上，而是以類似幕後製作的方式參與了作品的構成，非常楊牧的說法，那是秘密。然而，秘密猶有痕跡可尋，《奇萊後書》多篇散文細膩的觸及學院生涯，以及學術訓練的過程。對學術的追求和搜索，在思考方法或態度上，影響了他的風格。閱讀「楊牧」，應該一併考慮學者王靖獻，如何參與製作《奇萊書》。

我們應該再回到《奇萊書》。〈胡老師〉提到高中國文老師胡楚卿，透過胡老師，楊牧跟現代文學史產生了聯繫。胡老師湖南人，跟沈從文是同鄉，在那個年代，沈從文的著作是禁書。楊牧偶然發現了沈從文，偷偷讀了《八駿圖》和《邊城》，後來又透過胡老師借來《龍朱》、《虎雛》和《湘行散記》（唯獨沒有《沈從文自傳》），在楊牧的創作譜系上，能跟楊牧《奇萊書》產生聯想的，首先是《湘行散記》，以及《沈從文自傳》的自傳體形式；其次，則是沈從文寫故鄉湘西鳳凰，而楊牧書寫故鄉花蓮。除了自傳的形式之外，沈從文追求愛與美的文學信仰，楊牧庶幾近之。〈胡老師〉以近四頁的篇幅，引用沈從文的《湘行散記．鴨窠圍的夜》，特別值得注意的，是下列一段：

> 大約午夜十二點，水面上卻起了另外一種聲音。彷彿鼓聲，也彷彿汽油船馬達轉動聲，聲音慢慢近了，可是慢慢的又遠了。這是一個有魔力的歌唱，單純到不可比方，也便是那種固執的單調，以及單調的延長，使一個身臨其境的人，想用一組文字去捕捉那點聲音，以及在那長潭深夜一個人為那聲音所迷惑時節的心情，實為一種徒勞的努力……[16]

以上引文總共出現兩次，第二次是作為〈胡老師〉一文的結尾，描寫一種亟欲以文字捕捉世間聲音的強烈念頭，跟楊牧試圖以文字留下聲色光影的細膩寫法近似；其舒緩的節奏渲染一種惆悵而茫然的情緒，亦是楊牧散文的特質。其次，《湘行散記》是沈從文母親病危時，他再次返回湘西的回歸之作。楊牧〈胡老師〉完成於一九九五年十二月，離一九九六年楊牧接任東華大學文學院院長不久，合理的推測，九五年底，他應有從美國返回花蓮的打算，則〈胡老師〉一文引《湘行散記》以自況重回花蓮的意味，不言而喻。

或許，沈從文可視為文學啟蒙的來源之一。〈胡老師〉首先是對胡老師的追憶，透過〈胡老師〉牽引出沈從文，然而〈胡老師〉並不止於記人。此文放在《昔我往矣》，是楊牧隔著時間長河跟沈從文的對話，如此曲折，如此繁複，那是楊牧的散文美學，「文章寫得簡潔不難，但要寫得意思複雜，文采豐富則相當困難。」[17]

沈從文擅長以白描捕捉現象，強調自己是鄉下人，對現世光色的著迷使他的風格緊貼著的現實，充滿鄉野氣，他自稱「我就是個永遠不想明白道理，卻永遠為現象所傾心的人」[18]。楊牧則喜歡逼近事物的本質，展示詩人細膩的情感，學者綿密的思考。一個景物或一件事情在楊牧的筆下經常要停頓許久，經過反芻，凝視，逼近，反複探問景或事的核心本質，攫取意義，再以內斂的文字，緩慢的節奏完成。他長於內省或抽象思索，《山風海雨》追尋「詩的端倪」表示：「我第一次發覺現實世界只是人生的一小部分，除了耳目能及的表相以外，人所追尋探求的還可以包括許多抽象的東西」[19]。詩人凝視自己的過往，把細節逐一編排，重新賦予意義，決定「現實世界只是人生一小部分」，對抽象的追尋，以及知識的興趣，才是無盡的搜索。楊牧的學者氣質表現在創作上，是「永遠為抽象所傾心的人」。

16《昔我往矣》，頁一〇一。

17 楊牧：〈散文的創作與欣賞〉，《文學的源流》（台北：洪範，一九八四），頁八八。

18 沈從文：《沈從文自傳》（台北：聯合文學，一九九六），頁七四。

19 楊牧：〈一些假的和真的禁忌〉，《山風海雨》（台北：洪範，一九八七），頁一三四。

《奇萊書》關心的是「一個詩人如何完成」，完全排除跟此議題無關的現實人事，我們讀他寫〈左營〉，寫那輩的詩人情誼，然而對於家庭，卻甚少著墨，除了母親。即使是母親，都是樣貌模糊的寥寥幾筆[20]。跟沈從文為現象所傾心的自傳體，殊為不同。《沈從文自傳》屬於我們熟悉的自傳體格式，順時間之流從出生、當兵寫到北京之前，寫人生的前二十年，著力於具體的人事。楊牧更專注的是太陽和光影的變化，山川樹木和雲光霞色，放慢文字的速度，拉開跟現實的距離。「沉溺思考」[21]，形成他節奏緩慢，內省很強的風格，讀者一旦進入，情感很容易跟著走，隨其起伏，楊牧的散文無法快讀，主要的原因在此，譬如以下引文：

> 這時太陽還沒有升到天頂，猶豫踹跚，蓄意將午前那寧靜的時光徐緩地拉長，拉長到最大的限度，徐緩地，在北半球遲遲的夏天，本來微涼的空氣終於轉為乾燥，像張巨大的蟬蛻。太陽還沒有攀升到天頂，光線從左邊密林外擠迫進來，無聲墜入河裡。那光碰到水流，就以無窮的活力掀起一片一片璀璨錦繡，粼粼擴散。我想，也許就在那光與水接觸一剎那，柔弱的粒子被那流勢，那衝力或者說是那趕赴的意志提醒，就自動增強千萬倍，點點反射，並且將光度超越升高，在我眼前猛烈地跳動，提示著生命，時間，創造。我不得不撥動心思的琴弦，面對光與水的反擊，讓一些概念運作，

> 以鏗鏘之聲，環繞著生命，時間，創造這些題目，逐漸從虛無變成真實，然後退去，回歸虛無。[22]

引文還原為畫面，則是一個學者倚窗的觀察和思索。這種敘事方式停留在一個「點」上，以點為中心而往外放射，把具象轉化為抽象。前面四行是現象，後五行則是想像，想像同時有兩個層次：一是「我想」，是景物引起的直接想像，一是「不得不撥動心思的琴弦」，以下的敘述則是抽象的演繹。出入於抽象與具象，脈絡的轉折隱約幽微，標點符號對文氣作了恰如其份的調節，使其裁接無縫，嚴謹細密，一種紀律的美學。[23]那是學術訓練轉化而成的散

20《山風海雨》提到母親是透過他坐的凳子，那是母親用力刷洗乾淨的，如此而已。正面寫母親，則是在〈十一月的白芒花〉（收入《亭午之鷹》），即便如此，〈十一月的白芒花〉也是以白芒花為主軸，以抒情為底色，母親則是作為傷感的來源。母親的形象對讀者而言仍是模糊的。對於他的父母親，他甚至表示：「我也不了解他們是什麼樣的人」（張惠菁：《楊牧》（台北：聯合文學，二〇〇二），頁三七）。

21 引文見楊牧：〈抽象疏離．上〉，《奇萊後書》，頁二二〇。

22《奇萊後書》，頁三五八。

23《奇萊後書．破缺的金山角》的文字：「何況我已經明白，無論如何，我需要紀律。我需要紀律，藉以維繫我一般的構想使不墜，約束我可能導向歧途的幻覺，避免重複和矛盾，任何可能對這追尋有益的觀念，符

文美學，這種紀律的美學用來約束容易漫漶的長篇散文，把抽象的概念，或者感覺，收攏在一個或數個經過選擇的主要意象裡，附著於事物，使之具體，或者可以稱之為抽象的紀律。

楊牧近似獨白的敘事風格，長篇鉅製的形式在抽象演繹，探索生命、時間、創造和死亡等幾個永恆而巨大的主題時，很容易流於幻覺，因此以紀律美學約束其蕪雜渙散。或許他自許為右野外的浪漫主義者，不少評論也就順勢把他定位為浪漫主義者，證諸楊牧散文的內斂和獨白式的象徵寫法，特別是到了《奇萊後書》，他的精神毋寧更接近現代主義，喜歡抽象疏離[24]。對文字和結構極度的追求，已經到了展示「純粹的散文美學」的地步，《奇萊後書》終篇〈中途〉有段文字可以證明：

> 起初因為習於抽象，執意在可定位的寓言裡構架簡單的象徵，而不懈的意志總是追尋著的，循那可能的路線，偶爾上天入地，縱使屢次迷途而不悔，在抽象世界裡描摹，複製不可歸類的，屬於個人的追尋，一種歷程，屬於自己的神秘。[25]

這段引文持續《搜索者》（一九八四）搜索的精神，接近宗教的執著和虔誠。《星圖》和《疑神》以象徵和寓言作為散文體的寫法，已經次第實踐楊牧「在可定位的寓言裡構架簡單的象徵」。在現代散文史上，《星圖》和《疑神》確實是「不可歸類」。作為文學自傳的《奇萊書》，理應最接近現實和具象。不然。《奇萊書》傳達的，竟是一種把文學視為信仰的神性。時間原是他的散文和詩的核心命題，非常弔詭的，楊牧的散文卻往往予人「無時間性」的讀後感。所謂的無時間性，指的是歲月沒有在楊牧文字留下痕跡／遺跡，作為文學自傳，《奇萊書》當然有實際上有線性時間，可是線性時間到了楊牧的筆下，卻無法顯現其流動性。

楊牧對文字的高度信仰抹除了時間感。讀者不會意識到創作者的年齡，它散發的光暈（aura），讓它變成時間之外的藝術品，審美的對象，美學的客體。這是楊牧跟沈從文最大的差異，根本原因在於楊牧是「永遠為抽象所傾心的人」，而沈從文則是「永遠為現象所傾心的人」，楊牧的氣質近學者，沈從文則始終堅持自己是鄉下人。

現代散文史上另一個可以跟楊牧產生對話的，是周作人。《奇萊後書．翻譯的事》提及林以亮從香港寄來周作人譯的《希臘的神與英雄》、《希臘女詩人薩波》以及《伊索寓言》，按照楊牧自身提供的線索，他跟周作人的結緣可以溯至周作人對希臘神話研究，乃有論文〈周作人與古典希臘〉（一九七三）；十年後編《周作人文選》兩冊（一九八三），而有〈周

號，或意象」（《奇萊後書》，頁三五八）。

24 《奇萊後書》即有〈抽象疏離〉上下兩篇，顯示楊牧對抽象思考的興趣，內心跟現實的距離。

25 《奇萊後書》，頁三八三。

作人論〉代序[26]。周作人顯然是楊牧頗為心儀的作家，甚至在〈周作人與古典希臘〉為他「漢奸」的身分辯護，指出他「被日本小巧優美的文化吸引，傾倒，有時又為日本人的輕薄而痛心憤懣；周作人的希臘學術是在日本得到啟蒙的」[27]，這份對日本的情感最終變成周作人的苦難。楊牧對周作人理解的同情，始於學術研究；幼時家裡同時講日本話和閩南語，或是另外一個感性的遠因。

然而，楊牧跟周作人最契合之處，則是散文觀點：

> 周作人是近代中國散文藝術最偉大的塑造者之一，他繼承古典傳統的精華，吸收外國文化的神髓，兼容並蓄，體驗現實，以文言的雅約以及外語的新奇，和白話語體相結合，創製生動有效的新字彙和新語法，重視文理的結構，文氣的均勻，和文采的彬蔚，為二十世紀的新散文刻劃出再生的風貌，所以五十年來景從服膺其藝術者最眾，而就語調之成長和拓寬，同時的散文作家似無出其右者。周作人之為新文學一代大師，殆無可疑。[28]

引文出自楊牧的〈周作人論〉。這段對周作人散文的評價，我們可以直接移用到楊牧。中西文化的融合，文言和外語相濟的語體文，乃至對文氣和文采的要求，彷如楊牧評價自身的散文[29]。周作人對待傳統的態度跟胡適等有頗大的差異，他主張白話散文可以上溯古文傳統，「下有明朝，上有六朝」，明朝三袁和六朝散文都是他推崇的源頭；主張五四散文從古典吸收營養，因為中國一直有強大的散文傳統[30]。同時在〈美文〉（一九二一）強調中國散文應該學習外國作家，特別是英國作家的隨筆（周作人稱之為論文）。楊牧亦有「下有明朝」的類似見解；楊牧推崇周作人的雜學與雍容，同樣可挪用到自身。

這些都還無法很關鍵的論證周作人跟楊牧的淵源。周作人和楊牧可以共用的文學特質，

26〈周作人與古典希臘〉與〈周作人論〉均收入《文學的源流》。

27〈周作人與古典希臘〉，頁一三二。

28〈周作人論〉，頁一四三。

29 楊牧：〈現代散文的創作與欣賞〉，《文學的源流》，頁七九—九〇。此文原為演講稿，所論現代散文美學的最佳實踐者，則是楊牧自身的散文。

30 詳細論點參見陳平原：〈現代中國的「魏晉風度」與「六朝散文」〉，《中國現代學術之建立》（台北：麥田，二〇〇〇），頁三二九—四〇二；季劍青〈近代散文對「美文」的想像〉，收入夏曉虹等著：《文學語言與文章體式——從晚清到五四》（合肥：安徽教育，二〇〇六），頁九三—一一五；舒蕪：〈兩個鬼的文章——周作人的散文藝術〉，《周作人的是非功過》（瀋陽：遼寧，二〇〇一），頁二九三—三五七；以及錢理群：〈周作人與五四文學語言的變革〉，《周作人研究二十一講》（北京：中華書局，二〇〇四），頁一三〇—一四三。

應是「閒適」。在現代散文史上，「閒適」幾乎成為周作人散文風格的定調，也是周作人的處世態度；在楊牧那裡，閒適既是生活態度，亦是散文美學：

> 詩人需要一些精神鬆弛的時候，一些忘卻利害的時刻，總之，他需要一些閒適。王國維說：「是故觀物無方，因人而變。」詩人要像莊子惠施看視濠上之魚，產生無所謂是非的思辨之樂，不必急於結網。是的，就是那樣一種有知無欲的心情，面對客觀世界，在有可能的情況之下，把握閒適，甚至設法擴大閒適的時空，延長到無限，使我們喧囂的現實也轉變為華胥之國。[31]

從引文約略可見楊牧散文何以氣定神閒，何以思緒總是把現實轉向抽象的思考。「把握閒適」的楊牧擅長倚窗沉思，很可以跟周作人在苦雨齋聽苦雨喝苦茶的情調作對比，只不過楊牧沒有周作人閒適中的苦澀。楊牧完成的是空靈，一種逸出時空的古典美感。他發現周作人「對文法和修辭的濃厚興趣」[32]，同時因為希臘寫作方法的吸引，想把句子的標點和段落悉數刪除，讓中國古籍回復原貌，可見周作人對古典傳統的眷戀。「胡適之體」自然不能滿足周作人，周作人的小品文是「有意的背離透明乃至『庸熟』的『胡適之體』，並主動地從傳統文言中汲取資源。」[33]

楊牧的學術訓練甚受中國古典的影響，〈複合式開啟〉述及師從徐復觀和牟宗三等名師，甚至跟中文系學生一樣圈點古藉[34]。其中徐復觀對他的人格形塑和古典繼承的啟發最大，「二十多年來我處在一種戰戰兢兢的精神狀態裡讀書寫作，有一大半是希望能減少來自徐先生責罵，多得到他的讚揚」[35]。他和周作人同樣從傳統文言汲取資源，則楊牧編《唐詩選集》（一九九三），絕非隨意或偶然。周作人和楊牧均寫散文、詩、文學評論，精於翻譯，兼編纂選集；兩人同時具有學者的背景，然而周作人在文學史的定位基本上是散文家，楊牧則自許為詩人。

---

31 楊牧：〈閒適〉，《一首詩的完成》（台北：洪範，一九八九），頁一二二。

32 楊牧：〈周作人與古典希臘〉，《文學的源流》，頁一〇八。

33 季劍青：〈近代散文對「美文」的想像〉，收入《文學語言與文章體式——從晚清到五四》，頁一一五。

34 楊牧的博士論文研究《詩經》，《奇萊後書．複合式開啟》對自身學術素養的薰陶和養成有著頗多的著墨，東海大學對楊牧最大的影響，或許正是古典，包括中國思想和文學的啟迪，「我下定決心讀古書，其實就是執行那渺茫的對於普遍和無窮的追尋，古書指的是古典文學」，《奇萊後書》，頁一一六。

35 楊牧：〈敬悼徐復觀先生〉，《文學的源流》，頁一七六。

結論

《奇萊書》指向現有的創作體式有所匱乏或欠缺，不足以乘載詩人更巨大的創作意圖或文學理念，無法網織更豐富完整的意義，因此需要創造一種切合「此時此刻」的文體形式，重新評論／形塑從前的自己。《奇萊書》仍然具備了自傳解碼的功能，它揭示了「一個詩人如何完成」的意義，同時也展示文學自傳並非一槌定音式的寫作過程。跟前行者沈從文和周作人隔著時間長河的對話，則同時參與構成了「楊牧」。

對於楊牧而言，《奇萊書》是詩的自傳，作家的心靈史，揭示一個詩人如何涉時間長河無盡的追尋；對於讀者而言，《奇萊書》卻有它自身的文學意義。它是散文，不必附屬於詩；在現代散文史上，《奇萊書》示範了一種文學自傳典型，評論楊牧不可缺的金三角。

參考書目

Eakin, Paul John. *Fictions in Autobiography: Studies in the Art of Self-Invention* Princeton: U. of Princeton, 1985.

Lejeune, Philippe. *On Autobiography* Trans. Katherine Leary. Minneapolis: U. of Minnesota, 1989.

李有成：《在理論的年代》（台北：允晨，二〇〇六）。

沈從文：《沈從文自傳》（台北：聯合文學，一九九六）。

夏曉虹等著：《文學語言與文章體式——從晚清到五四》（合肥：安徽教育，二〇〇六）。

郝譽翔：〈因為「破缺」，所以完美——訪問楊牧〉，《聯合文學》二九一期（二〇〇九年一月），頁一八—一二三。

高友工：《中國美典與文學研究》（台北：國立臺灣大學出版中心，二〇〇四）。

張惠菁：《楊牧》（台北：聯合文學，二〇〇二）。

陳大為：〈詮釋的縫隙與空白——細讀楊牧的時光命題〉，《風格的煉成：亞洲華文文學論集》（台北：萬卷樓，二〇〇九）。

楊　牧：《一首詩的完成》（台北：洪範，一九八九）。

楊　牧：《人文踪跡》（台北：洪範，二〇〇五）。

楊　牧：《山風海雨》（台北：洪範，一九八七）。

楊　牧：《文學的源流》（台北：洪範，一九八四）。

楊　牧：《文學知識》（台北：洪範，一九八一）。

楊　牧：《方向歸零》（台北：洪範，一九九一）。

楊　牧：《年輪》（台北：洪範：一九八二）。

楊　牧：《奇萊前書》（台北：洪範，二〇〇三）。
楊　牧：《奇萊後書》（台北：洪範，二〇〇九）。
楊　牧：《昔我往矣》（台北：洪範，一九九七）。
楊　牧：《星圖》（台北：洪範，一九九六）。
楊　牧：《柏克萊精神》（台北：洪範：一九七七）。
楊　牧：《傳統的與現代的》（台北：洪範，一九八二）。
楊　牧：《搜索者》（台北：洪範，一九八四）。
楊　牧：《楊牧詩集》（台北：洪範，一九八六）。
楊　牧：《楊牧詩集Ⅰ：1956-1974》（台北：洪範：一九七八）。
楊　牧：《葉珊散文集》（台北：洪範：一九七七（一九六六））。
楊　牧：《疑神》（台北：洪範，一九九二）。
楊　牧編：《周作人文選》（台北：洪範，一九八三）。
鍾怡雯：〈無盡的追尋——論楊牧《搜索者》〉，《無盡的追尋——當代散文的詮釋與批評》（台北：聯合文學，二〇〇四）。

台灣現代散文史縱論（1949-2015）

一九四九年十月一日中華人民共和國成立，自此海峽兩岸的政治實體各據一方，文學史的後續發展也一分為二，一為中國大陸當代文學，一是台灣當代文學，中華民國散文史隨著中華民國政府渡海來台，與中國大陸散文史分道揚鑣。台灣豐富多變的島嶼性格與一九八〇年代的經濟起飛，使得現代散文在台灣發展出多元的次文類，譬如自然寫作，飲食散文和旅行書寫。其次，台灣副刊在一九九〇年代以前是閱讀主力，再加上文學刊物如雨後春筍，這些條件都有助於散文的蓬勃發展。再者，台灣從一九七〇年代起，就有名目繁多的文學獎。最早這些文學獎的成立帶著政治目的，然而作家的創作卻不必然服從政治主導，因此意外地讓散文有了多元發展的機會。

早期的台灣散文以小品文為主，但是從敘述策略和語言結構來看，比較屬於純散文的區塊。雜文長期以社論或政論的形式，對海內外華人社會的亂象發聲，在廣大讀者群眼中，很明確地建構起一種以批評視野和題旨掛帥的書寫文體，迥異於純散文的文學性經營。至於報導文學一項，因應政經環境的劇烈變革，部分文人在各大副刊的推波逐瀾之下，蔚為大觀，在各種文學獎當中，成為一個重要的文類。所以台灣（純）散文，在雜文與報導文學的自行分支後，變得更純粹。

一九五〇年代是隨筆和小品文的黃金時期。

當時的散文作家，將西洋隨筆所具有的特質（無關乎理論），集學問議論為一體，識見深刻，時露幽默之趣，很得知識分子的喜愛，茁壯了台灣隨筆散文的書寫。這一類型的作品篇幅不長，也沒有特別著力於題材的創意或敘述的結構，主要以作者個人的學識和人文素養取勝，一切隨心所致，渾然天成。梁實秋、吳魯芹、何凡、思果、顏元叔和莊因等人的散文，頗得西洋散文的神髓，而閱世愈深者，愈易識得其人情練達皆文章之趣。吳魯芹《師友·文章》等數種散文集，齊邦媛曾稱譽其散文「結構縝密，筆調朗暢，無論述願懷舊議論記遊，知識趣味常超越時尚」。吳逝世後，朋友為其設立「吳魯芹散文獎」由《聯合報》及《中國時報》副刊輪流主辦，紀念他的散文成就。

梁實秋於一九四九年來台，他的《雅舍小品》（一九四九）一再重印，成為數十年來書市上的長銷書，影響深遠，讓中、青兩代得以一窺當時隨筆的風貌。從宏觀的文學史角度來看，《雅舍小品》儼然成為小品文的最佳典範，同時也是一九五〇年代散文的首席地景。論者常以「幽默」、「沖淡」、「機智」，或「書寫人性的哲理散文」、「中國式的essay」等概括其風格。《雅舍小品》被典律化的過程中，常被歸入周作人散文一脈。梁實秋主張「文章要深，要遠，就是不要長」，文字須文白夾雜，以文言文豐富白話文，避免西化／歐化，作家應該觀察人生的全貌等等。這些貫徹梁氏散文的特色，主要來自他在哈佛的業師，白璧德的主張——以理性駕馭情感、以理性節制想像，藝術是想像的，同時也要合乎禮節，要求散文「文以載道」，甚至可以「理過於辭」，而《雅舍小品》和散文則是落實這些文學理念最好的實踐場域。

本是浪漫主義信徒的梁實秋，一九二四年進入哈佛大學後，師事白璧德，自此成為白氏思想的擁護與實踐者，文學創作亦深受影響。白氏推崇儒家思想，梁氏與魯迅的論戰，表面看來雖是不同文藝觀與意識形態的交鋒，卻與梁氏的師承，也即其文學思想來源的白璧德最有關係。余光中則指出，梁實秋的散文「用文言的簡潔以濟白話的嚕嗦，堅持中文的純粹以解西化的生硬，而且寓深遠之旨於簡短的篇幅。於是他的正格文章，名副其實，都是兩三千字以內的小品，風格在情趣與理趣之間，抒情而兼議論」，「梁氏既要維持儒家的君子的溫柔敦厚，又要不失英美自由主義的紳士風度、公平精神，筆鋒也顯得不夠凌厲」。梁實秋的文學觀與張道藩在一九五四年所發布的〈三民主義文藝論〉十分相似。

文學被經典化的過程，自有其複雜的內因外緣，《雅舍小品》的典律化與其藝術成就固然有關，亦無法置外於時代環境。《雅舍小品》雖不必是反共抗俄文藝政策指導下的作品，二者的精神卻是相通的。梁氏念茲在茲的「節制」美學固是優點，卻也可能形成過於簡單的局限。《雅舍小品》擅長「說理」，且正視人生全體的寫作主旨，使得其小品文更近魯迅，反倒與周作人沖淡風格距離較遠。論者指出（也幾乎成為定見的）梁氏小品的儒雅風格，實是晚期的創作所形成的整體印象。

一九五〇年代是反共文學和戰鬥文藝的時代，政治對文學的影響十分深遠，一九五〇年中國文藝協會成立，旋而有文藝到軍中去的口號，遂有軍中文藝的誕生。中國青年寫作協會和台灣省婦女寫作協會，都是政治動員之下的產物，試圖以文藝創作反攻大陸。一九五五年成立的婦女寫作協會，本是反共文學的一環，創會成員約有百餘名女性作家，包括蘇雪林、謝冰瑩、潘人木、鍾梅音、艾雯和劉枋等。婦女寫作協會在一九五〇、一九六〇年代總共出版過《婦女創作集》七輯，留下大量的散文和小說。五四以來，從來沒有一個時代有這麼多的女作家被集結和標舉。國民黨的目的原是為了反共復國，可是女性作家的湧現，卻反而為台灣文學史寫下生活化的一面。反共文學的「高大」（崇高偉大）對比女性寫作的「微小」；描寫時代的血淚，對比生活的瑣事化，女作家彌補了一九五〇年代的散文的空缺，帶來前所未有的新氣象。

陳芳明認為，這時期的女性文學欠缺時間感或歷史感，乃是因為她們迴避了大時代的政治事件，轉而去寫柴米油鹽和穿衣吃飯。因此她們的散文充滿「空間感」，眼光轉向本土，落實了書寫台灣的第一步。她們的創作出自於女性對文學的思考和關懷，而非跟男性作家抗衡，或者疏離官方的反共宣傳。聶華苓編輯《自由中國》文藝欄時，大量採用女性作家的作品，於是張秀亞、琦君、徐鍾珮、林海音、琦君等的散文開始頻頻出現。此外，林海音時期的《聯合報・聯合副刊》、武月卿時期的《中央日報・婦女周刊》都有推波助瀾之功，女性作家成為一九五〇、一九六〇年代台灣散文的主流。

這時期的散文創作經歷大時代的轉變，是在艱辛中逐漸安定的一代。受五四散文的流風餘韻，語言上時有文白交融的現象，題材上則以「懷舊／回憶」為主流。「懷舊」在台灣現代散文的發展史上，是一個歷久不衰的主題。懷鄉、懷人、懷事、懷物一直是現代散文的大宗。張秀亞的《三色堇》（一九五二）、鍾梅音《冷泉心影》（一九五一）、琦君《琴心》（一九五四）等印證了「文學是情感的抒發」此一素樸的創作動力，《詩・大序》「情動於中而發於外」的古老定見。情感共振決定了懷舊散文的動人程度，歲月則添加了斑駁的鏽痕。寫景抒情是散文的大宗，女性作家尤長於此道，蘇雪林、張秀亞、琦君、徐鍾珮、胡品清等皆是此類散文的作者，其中琦君以乾淨節制的文字憶舊懷人，質與量是這一輩散文作者中最有可觀者。她早期作品如《紅紗燈》（一九六九）和《煙愁》（一九六九），至今仍然擁有廣大的讀者群，而且跨越老中青三代。其後，繼之者如張曉風、林文月等雖文風創新，而論其抒情敘事，則依舊可見其承先啟後之痕跡。留法歸國的胡品清擅長浪漫的抒情小品，劉靜娟則以柔美的筆觸寫情敘事，均為一九五〇、一九六〇年代的女作家主力。

一九六〇年代的本土作家中，葉榮鐘和洪炎秋的隨筆被張良澤譽為「台灣文學裡散文成就最高的兩位」。葉榮鐘《半路出家集》（一九六五）和《小屋大車集》（一九六七）書寫台灣民間生活，充滿時代的記憶。洪炎秋《廢人廢話》（一九六四）、《又來廢話》（一九六六）以及《忙人閒話》（一九六八）則體現了知識分子對現實的關懷，上承魯迅式的雜文風格。

一九六〇年代最富創造性和顛覆性的散文創作，當屬余光中。

以詩人而兼散文家的余光中，右手寫詩，左手寫散文，他的散文往往為詩所滲透，學者身分則讓他的部分散文多了論述與思辯的成份。余光中善於製題，刻意創造自己的文體，試驗文字的彈性和密度，從《逍遙遊》（一九六五）到《聽聽那冷雨》（一九七四）都可以讀到他的實驗成果。他的學問廣涉中外古今，技巧多方試驗鍛鍊，文字多變，氣勢雄渾，是陽剛型的散文作者。在現代散文的領域，他多方試驗中國文字的特性，而且嘗試吸收詩和小說的優點於散文。

〈剪掉散文的辮子〉（一九六三）是篇具有指標意義的文論。這篇文論不但展現余光中對古今中外散文理論與學說的博識，更有效地消融各家說法，推陳出新，提出一家之言，成為台灣現代散文理論的先鋒，它是余氏「以文為論」的實踐成果，亦有人把它當成檢視現代散文的創作指導。余氏數十年來以其豐沛的散文實踐自身的方法論，遂更加深此文的說服力和影響力。它既是散文，亦是理論，余氏典型「文體貫通，以文為論」的創作成果。

余氏「現代散文」改革的呼籲，建立在以五四散文為典律的一九六〇年代。余光中對「現代散文」的要求充滿形式主義的精神。「現代散文」的相對概念是「白話文」。所謂白話文，乃是指五四以來「我手寫我口」，缺少文體意識和藝術要求的「口語式」散文，余光中喻為赤貧主義式的「浣衣婦散文」。白話文是現代散文的前身，換而言之，是尚未演進的雛形，介於實用與文學之間的半（散文）成品。這個思考的根本來源，則是出自於詩。換而言之，余光中在一九六〇年代思考的「現代散文」，是如假包換的詩化散文。余氏定義的「現代散文」，靈感得自「現代詩」，現代詩是名副其實經過現代主義洗禮，在精神和敘述方法上的雙重改革；余光中對現代散文的概念，則更多的朝「形式主義」傾斜，突出技術的演練，以及形式的考量，「現代」的意義反而其次。

余光中大開大闔的大品散文，跟梁實秋直言直語、少見迂迴曲折的小品，形成兩種截然不同的風格。余氏期待散文「有聲，有色，有光」，彈性密度質料兼而有之，跟講究字數節省，情感內斂的梁實秋根本是兩極。大開大闔、馳騁想像以及試鍊文字文句的散文實驗，是余光中另闢新徑，以此對應梁實秋節制短小的散文。在這一點上，喜歡「蘇海韓潮」的余氏可謂走出一條跟梁實秋完全不同的路。「如斧如碑」是余光中對自己散文的譬喻，余光中的散文確實有稜有角，斧痕斑斑，密度彈性構成厚實而堅硬的質料，他是自己理論的最佳實踐者。他以豐沛多變，磅礡雄渾的散文風格，在記遊、幽默、敘事、抒情、議論，乃至序跋各種散文類型上，融合古典與白話，重寫五四散文。五四小品在余氏那裡遂一變而為大品，下五四半旗而現代散文大纛升焉。

其次，遊記也是余光中散文書寫的一項重要成績，從《左手的謬思》（一九六三）、《望鄉的牧神》（一九六八），到較晚期的《憑一張地圖》（一九八八）、《日不落家》（一九九八）和《青銅一夢》（二〇〇五），計有五十餘篇。除了遊記體之外，並有中國傳統遊記的論述四篇，顯見余光中對遊記的偏愛。論述與創作並駕的書寫策略，可見他試圖透過知性的論述去思考遊記的本質，而嘗試在這兩者相互溝通，相互影響之下建構他遊記的書寫風格，讀者可以透過文字開啟另一個虛擬實境的旅行，隨著他的情感流向和知識批判，進入經過他解說和詮釋之後的再造風景裡。這種知感交融的書寫，深化了傳統的遊記散文。

一九六〇、一九七〇年代以詩入文的代表性的作家還有蕭白，他因專事寫作，故產量十分豐富，他的敘述語言和表現手法都高度詩化，深具哲理性的思緒，讓散文產生無限的玄機，《靈畫》（一九七〇）、《響在心中的水聲》（一九七七）、《野煙》（一九七九）、《浮雕》（一九七九）都非常耐讀。另外值得一提的是深受存在主義影響的王尚義。一直以來，散文都不是各種西方文學理論的實驗場，相較於小說和詩與思潮／主義的互動，散文總是置身事外。王尚義則是例外的個案，《野鴿子的黃昏》在一九六〇年代被政府列為禁書，卻反而因此成為知識分子關注的書籍，許多評論家為之作述評，他以二七歲之齡病逝，作家楊照稱其為「六〇年代的青年受難像」。

西洋文學學者顏元叔散文寫作甚早，寫出《人間煙火》（一九七六）系列隨筆之後，風格漸成。大體而言，從大陸渡海來台的作者，如余光中、梅濟民、顏元叔和蕭白等，他們的散文所透顯的情懷，除了鄉愁式的土地認同外，更有一種與古典對話的強烈傾向。一九六〇年代開始創作的王鼎鈞，進入一九七〇年代以後大放光彩，以旺盛的創作力寫成人生修養的警句，先後出版了《開放的人生》（一九七五）、《人生試金石》（一九七五）。然而他寫得最好的是長篇散文《碎琉璃》（一九七八）、自傳體散文《山裡山外》（一九八四），以及《左心房漩渦》（一九八八），這幾部散文集不但奠定王鼎鈞在台灣現代散文史的崇高地位，更是叫好又叫座的長銷書。

以《葉珊散文集》（一九六八）和《柏克萊精神》（一九七七）崛起文壇的詩人兼散文作家楊牧（葉珊），可謂台灣現代散文的一座高峰。楊牧亦兼擅詩文，他的散文敘事節制，風格多變，從葉珊到楊牧是一變；到《年輪》（一九八二）又是一變，兩年後出版的《搜索者》（一九八四）則是一本非常成熟的作品，這時期的楊牧雖然仍是（證諸其後的散文，也一直是）浪漫主義的信徒，但經過《年輪》和《柏克萊精神》的洗禮，其對社會和人世的關懷，使葉珊時期的浪漫情感得以沉潛和提升；《年輪》時期高度象徵和大量寓言的抽象表現方式，至此已從容出入抽象和具象之間；但《搜索者》更耐人尋味的是，它在楊牧的散文創作上承先啟後的角色，以及它所蘊藏的多重搜尋主題。《搜索者》表現出楊牧對宇宙的好奇，他在思索科學與文學二者之間如何可能，日後發展為《星圖》（一九九五）一書；同時期的《疑神》（一九九三）對神人關係的探詢，並摻雜了大量的議論和辯駁，其中掉書袋的現象在《搜索者》亦已發端。《疑神》和《星圖》象徵著楊牧後期散文走向「一體成書」的主題式創作（而不是集篇成冊）。

在女作家方面，張曉風自《地毯的那一端》（一九六六）成名後，持續出版《愁鄉石》（一九七一）、《曉風散文集》（一九七七）等佳作；後來的《步下紅毯之後》（一九七九）由於關注面拓廣，寫作的題材從個人生活推及家國社會，極受注目，成為文壇上最具代表性的女性散文家。張曉風的散文創作沿著「小我」與家國之思的「大我」這兩條主軸發展，一九八〇年代之後，她陸續出版《再生緣》（一九八二）和《從你美麗的流域》（一九八八）等多部散文集，亦秀亦豪的文風，深受大眾的愛戴與學界的肯定。

張曉風同時以另一個筆名「可叵」寫雜文，她的雜文不銳利也不尖酸，而是以寓言混合散文的方式溫和說理，其質地更接近散文，不似魯迅的匕首與投搶。張曉風感時憂國的散文風格傳承自中文系，或者中國儒家思想的傳統，我們也可以說，張曉風的散文是質地非常純正的散文，散文史裡必然有她一席之地，不會有太大的爭議。

然而在一九七〇年代，另有一種跟張曉風截然不同的散文風格出現。三毛以撒哈拉的故事堀起台灣文壇。她以天真活潑的個性，叛逆的姿態，異國風味的書寫，營造出神祕的吸引力。三毛的讀者遍及華文世界，亦曾在一九七〇～一九八〇年代的台灣造成「三毛現象」。一九九一年，三毛突然遺世，得年四十八，為她傳奇的一生畫下謎樣的句點。她的存在跟文學史定位，同樣具有爭議性。

一九七四年六月六日，三毛的〈中國飯店〉（後來改為〈撒哈拉的飯店〉）發表於《聯合報．副刊》，從此奠定她「流浪」的形象。三毛填詞的〈橄欖樹〉以橄欖樹象徵對「流浪」和「追尋」的嚮往，進一步強化／唯美化了讀者浪跡天涯的想像。一九七〇年代的台灣，尚未進入後現代旅行以及全球化的時代，三毛代替讀者去追求自由的夢想，實現了遙不可及的嚮往，成了讀者心目中「橄欖樹」。撒哈拉傳奇起先以文字，繼而以流行歌曲〈橄欖樹〉挾大眾文化的傳播力量，讓三毛風靡整個華文世界。

《撒哈拉的故事》出版於一九七六年，引起讀者熱烈的迴響。三毛的沙漠之行結合了異國戀情，異文化和探險，在當時旅行並不普遍，旅行書寫並不盛行的時代，為封閉的台灣社會打開一扇窗，讓讀者見識到全然不同的異國風貌。這種非單純享樂而是帶著冒險性質的「大旅行」（great tour），一直是男人的權利。三毛卻以「流浪」的柔性訴求，成了台灣「大旅行」的首席代言人。她所到之處不是所謂的「文明之國」，而是「大漠蠻邦」。三毛筆下的撒哈拉自有一種跟旅人不同的在地風情，一種夾雜著「在地視野」和「旅人視角」的雙重觀點，「融入」和「抽離」的身分認同。她一再宣稱，沙漠對她而言是「前世回憶似的鄉愁」，這種感性的書寫加上浪漫的愛情，滿足了大部分讀者的嚮往。如果說一九七〇年代的瓊瑤以虛構的愛情小說滿足了讀者，三毛則以她真實的異域戀情，進一步滿足了讀者的幻想。

三毛有諸多不同的面向，豐富而多元，正如隱地所說的，她上演的是「一齣難得看到的好戲」。柔弱／剛強，東方／西方，天真／世故，感性／理性，精明／迷糊，浪漫／理智，孝順／叛逆，簡單／深刻等二元對立或悖反的因素，在文本裡是融合一體，並行不悖的存在。寫作本來就具有「修補」現實的特質。它彌補了文本和事件的裂縫，也因此必然會對事實有所改寫和補充。換而言之，三毛可以重塑「三毛」。「三毛」由無數分裂主體組合而成，看似簡單，實則極為複雜，絕非三毛所說的「我不求深刻，只求簡單」。「只求簡單」反而是三毛成名後，再度追求的「橄欖樹」。

這株「橄欖樹」近在眼前，「簡單」和「平凡」卻比具象的橄欖樹更難企及。象徵簡單和平凡的三毛再不可得；三毛自己、她的朋友、家人、文壇乃至讀者，全都參與了形塑傳奇色彩「三毛」的過程，最終，三毛陷入這場由自己和社會共同寫成的悲劇腳本，以自殺總結謎樣的人生。

然而，讀者對「三毛」的追尋，卻從未結束。「三毛」已經成為一個符號，象徵自由與追尋。與其說三毛完成了傳奇的一生，不如說是讀者在閱讀的過程中獲得慾望的滿足，也因此讓這個傳奇在一次又一次的閱讀當中，不斷流傳至今。三毛成了現代散文史的一則傳奇，由她跟她的讀者共同寫成。

一九七〇年代鄉土論戰之後，鄉土散文興起，吳晟的《農婦》和陳列的《地上歲月》都是其中的代表。陳冠學的《田園之秋》（一九八三）則以隱耕的經驗掀起熱潮，頗有現代陶淵明的意味。自一九七〇年代以降，台灣散文進入多元發展的時期，從傳統的原鄉和懷舊主題、自然生態的書寫、佛法與哲理的闡釋、現代都市文明的觀察、社會亂象的批判、運動與旅行的記述、飲食文化的描述，到個人的神思與冥想。

一九八七年，政治解嚴，言論尺度開放，對文學的影響具體而微。

表現在散文上，則是內容與風格雜然並陳，雖然文學並不為意識形態而服務，意識形態卻常是作者創作的動力。兩岸關係產生互動，返鄉探親散文應時而生。國內政治運動風起雲湧，較諸一九七〇年代的鄉土文學更深入、更全面的走入本土化，使族群關係，國家定位等議題都進入文學領域，而被熱烈地討論。輕薄短小的消費模式，無可避免地也反映在文學創作上。字數不多的札記、筆記、手記體散文大行其道；散文和影像、聲音結合亦是熱潮。一九八〇年代以後散文的主題多變，新的類型和題材使散文呈現前所未有的可能性，散文的跨界或越界讓我們重新思考，究竟散文的邊界在哪裡？我們對散文的認知，無論文類表徵或美學特質的描述，基本上都建立在「閱讀的默契」或者「武斷的判斷」上；說不清楚散文是什麼，該包括什麼，也因此要為散文史建立一個相對完整的發展脈絡，十分困難。從最早的雜感到美文，說理到抒情，無論小擺設或匕首投槍，散文一直都是邊界模糊的文類。

理想中的散文史，應涵蓋雜文、報導文學、書信、日記、時事評論等實用文體，然而時至今日，散文的疆域無限擴展，我們對散文因此必須採取最小的定義，特別是在散文史的思考脈絡下，它必須是「純散文」，否則千絲萬縷，散文史無從寫起。散文的起始著重散文美學的內部建構，近三十年的散文發展，卻以外放的模式，跟時代以及地域產生很強的互動和辯證關係。它體現了強烈的流動性和廣大的包容性，涵蓋的次文類愈來愈多，從農業時代進入主體價值崩解的全球化時代，三十年來散文的質和量急速上升，這期間衍生／開發出的次文類遠遠超過前六十年的創作總量，同時影響了華人世界的散文創作。台灣的自然寫作、旅行文學、飲食書寫以及地誌書寫等，均引領全球華人的寫作風潮。一九八〇年代以後，散文以類型聚集的方式，體現了思潮的急速湧動，以及時代的劇烈變革。

一九八七年十一月二日，台灣政府開放大陸探親，隨著探親的人潮，而出現的返鄉探親散文，乃是見證時代的小歷史。睽違近四十年的歲月，返鄉的遊子成了異鄉人，故鄉人事皆非，「故土」成了異鄉。返鄉探親散文甚少歡愉之情，尤其是剛開放的第一年，面對鉅變的故鄉和親人，散文中洶湧的是激動的情感。對於出生於台灣的第二代，這類「返鄉」毋寧帶著「旅行」的性質。彼岸是異域，卻是親人出生之地，歷經共產統治，這文明古國早已非昔日的禮儀之邦。黃寶蓮《流氓治國》（一九八九）的筆下景觀，正好呼應以上複雜的觀察。

黃寶蓮在中國住了一年多，是另一種意義的「返鄉」。從城市到荒僻的鄉村，北京到西藏，她去公共澡堂、地下舞廳、吃「文明單位」、爬車頂、坐硬座地板、住藏民旅店、與同事當地旅客在路邊「解溲」、與宰好的羊、狗肉同船下長江，筆下的民間生活，正是「流氓治國」的結果。作者在序裡面借北京的友人話說：「年輕人要先自保，將來才能救國，共產黨那麼腐敗，不能跟他們一起毀滅」。這本書的「反共意識」從老百姓而來，她在旅途中遇到不少善良的百姓，卻只能用「生靈塗炭」四個字形容。從紐約到北京的距離，「是反時光隧道，因為文明向後退」。不只是文明，連人性也一樣，日常生活的衣食住行足以消磨盡人的大半時間和體力，以致作者面對黃河時，才覺得那是比較具體的「中國」，然而她卻陷落在過去文明與改革現狀的矛盾中，無從分別虛實，也無從辨識自身的位置。

台灣現代散文史的一九八〇年代，必須被提及的獨特現象是「都市」、「佛法」和「生態」三大主題的興起。

一九八〇年代隨著經濟的起飛，描寫都會情境的散文漸漸成風，代表人物以林燿德和簡媜為主。「都市」散文在林燿德的大力倡導下，樹立了鮮明的旗幟，他的《一座都市的身世》（一九八七）、《迷宮零件》（一九九三）和《鋼鐵蝴蝶》（一九九七）都可視為台灣都市散文的里程碑。他援用大量西方文學理論，以及尖銳的都市文化視野、前衛的寫作手法，大膽革新了都市散文的本質與面貌。很可惜的是，都市主題並沒有形成共象，一九八〇年代主要的都市散文創作者還是林燿德。另一位比較不會擺在都市散文的位置上討論的是簡媜，她的風格十分多變，《月娘照眠床》（一九八七）可視為鄉土文學，《私房書》（一九八八）是手記體，《下午茶》（一九八九）是都市生活小品，《胭脂盆地》（一九九四）則是邊緣都市散文。簡媜大量記載台北盆地的種種，她以紀實與虛構的雙重視野來寫都市，十分符合都會散文的特質。在林燿德式的陽剛派、實驗派都市散文之外，簡媜書寫從鄉下進入都市的女性生活，她們的情感和掙扎，呈現了纖細的女性都市面貌。

進入一九九〇年代以後，因為都市化的社會本質使然，好些新生代作家選擇了都市作為書寫的背景或素材，無論是都市人的生存情態、情慾模式、消費心理、空間意識，都有相當的成果。都市變成一個不需要刻意標示的主題／題材，都市散文的旗號遂側身其他主題，乃發展出「台北城—台北市」的地誌書寫，舒國治則是主要的代表作家，《理想的下午》（二〇〇〇）結合了旅行文學與都市書寫，更承接了一九六〇年代余光中的遊記散文傳統。《水城台北》（二〇一〇）則是台北的地誌散文，開闢了都市散文的第三種發展路徑。

一九八〇年代的「佛法散文」是書市的奇峰。

它以量取勝，成功盤據各大連鎖書店的排行榜，最受矚目的是林清玄那套深具勵志及醒世功能的「菩提系列」。林清玄把佛法融入日常生活當中，再經由不經意的事件猛然「悟」出一番為人處世的哲理；這種淺顯易懂的「開示」，不知征服了多少讀者，更掀起「人間佛法」的出版風潮，一時間書市上舉目都是生活化的佛法散文。然而，作為書寫核心的勵志性卻凌駕文學性，佛法散文最後是「見法，不見文」，真正經得起時間考驗的作品實在不多，卻是一九八〇年代散文史的重要現象。

「生態散文」崛起的聲勢雖不及「佛法散文」，但它後勁十足，對台灣社會的影響更是深遠，如今已經累積十分可觀的成果。它從生態散文一變而為自然寫作，儼然是散文最重要次文類之一。台灣的自然環境及生態保育觀念興起於一九七〇年代，當時政府以經濟建設為優先，不計後果地開發林地，雖有少數知識分子替大自然發聲，但未成氣候。直到一九七八年「第一屆中國時報文學獎」提倡報導文學以後，心岱、韓韓、馬以工等多位作家對保育問題的關懷、批評與探討，逐漸形成一股力量。他們大多以感性的文字，揭發經濟發展對自然環境的破壞，藉此呼籲民眾重視公害污染問題，進而提出生態保育的理念。

一九八一年，《聯合副刊》開闢了《我們只有一個地球》專欄，馬以工和韓韓兩人撰寫有關生態環保文章，再次掀起了生態環保散文的熱潮。純粹的生態觀察散文，以劉克襄和陳煌用力最勤，不約而同地，他們都對鳥類觀察最感興趣，這些極為精致的鳥類生態報導，不太涉入作者個人的主觀情感。劉克襄不但撰寫了《台灣鳥類研究拓展史1840-1912》（一九八九），尚有《隨鳥走天涯》（一九八五）、《自然旅情》（一九九二）、《山黃麻家書》（一九九四），陳煌的《大地沉思錄》（一九八六）和《人鳥之間》（一九八八）都是自然寫作的里程碑。另一位重要作家王家祥，長時間居住、行走於台灣田野與海岸線，記錄動植物的繁茂與衰亡，從他的代表作《四季的聲音》（一九九七），可以感受到他對時序的敏銳。同樣獲得多項文學大獎的陳列，從事自然寫作，《地上歲月》（一九八九）及《永遠的山》（一九九一）寫人間經驗和歲月悲歡，山海映象，人和自然的關係，以散文見證台灣這塊土地的歷史，一些令人感動的人事。

草創時期的生態散文，再經過隱逸文學、生態記錄、自然誌等形態的發展，逐漸形成龐大的「自然寫作」隊伍，從劉克襄、陳煌、陳列、王家祥、凌拂、廖鴻基到吳明益，他們累積多年的生態觀察經驗和專業知識，以及對家國土地的長期思考，讓跨入一九九〇年代的自然寫作，更具立體感和親和力——能夠生動地引導讀者進入自然保育的天地，在細膩的敘述中感受大自然發出的訊息，藉此反省人類應當扮演的角色和義務。自然寫作一方面體現／落實了作者的保育意識，同時也驅動／教育了廣大讀者的保育行為，在散文的領域當中算是最具社教功能的一支。這支日益壯大的隊伍及其創作成果，讓自然寫作成為台灣當代散文發展史上，最不容忽視的主題。其中最值得關注的是吳明益，他以《迷蝶誌》（二〇〇〇）和《蝶道》（二〇〇三）二書融合了文學美感和學術研究的專業知識，將自然寫作提高到一個不同的層次，同時又透過《以書寫解放自然：台灣現代自然書寫的探索》（二〇〇四）一書，完整建構了台灣自然寫作的演變與發展。

隨著休閒風氣的成形，一種結合運動的散文逐漸興起。執筆者以行家的身分評判和分析高爾夫、籃球、棒球、海釣等運動；奧運、ＮＢＡ或網球公開賽，也是作家亟欲捕捉的題材。其中最具代表性是劉大任，他的散文集《強悍而美麗》（一九九五）就是寫各種各樣的運動，以及運動員的精神。其他如唐諾、徐望雲、劉克襄等俱有為數不少的運動散文。但這個主題難寫，必須把運動的人物精神、現場動感和氛圍，以及成敗因素都寫出獨到的見解和手筆，並不容易。尤其在有線電影非常發達的年代，多名優秀的主播對各種球賽的同步或賽後分析，以及各種運動畫刊的林立，大大削減了運動散文的存在空間。

一九九〇年代末期，有兩個傳統主題被發揚光大，一是旅行文學，一是飲食文學。

遊記本是散文中的傳統主題，歷來各朝文人皆有佳作傳世。一九七〇～一九八〇年代，外交官夫人徐鍾珮的《追憶西班牙》（一九七六）、《靜靜的倫敦》（一九七七）和《多少英倫舊事》（一九八〇），以及同時期三毛的《撒哈拉的故事》（一九七六）、《稻草人手記》（一九七七）、《哭泣的駱駝》（一九七七）、《溫柔的夜》（一九七九），這些廣為人知的異域書寫，風靡許多讀者。然而這兩位的旅行書寫均被置入散文的大類裡。余光中跟徐鍾珮、三毛一樣，他的遊記亦淹沒在散文的大項裡，鮮少被獨立論述。這三位作者的例子足可說明，旅行書寫本以零星的隱藏型態存在，它並沒有被創作者視為重要的「類型」，一個次文類。

一九九七年起，中華航空連續舉辦了三屆超高獎金的「華航旅行文學獎」，長榮航空也湊上一屆「環宇文學獎」，在各大媒體和超高獎金的推波助瀾之下，引爆了一股以散文為核心的「旅行文學」熱潮，從單篇的遊記到「一體成型」的書籍，大大豐富了旅遊文學。這兩個獎項挾媒體的強勢宣傳，對旅行書寫起了推波助瀾的效果。旅行文學獎非但有效地推動了這個主題，並且加速了它的成熟。在媒體時代，文學類型不是經由時間緩慢累積而成，而是經由「外力」，也就是媒體的操作而快速成形。然而台灣影響最廣的旅行文學，則是三毛那充滿流浪風情，以及傳奇色彩的撒哈拉遊記。

二〇〇〇年以後，標榜以旅行為主題的旅行「文學」，而非旅行指南、導覽大量出現，旅行書寫才成為風潮。從早期登琨艷的《流浪的眼睛》（一九九一）、劉大任《走過蛻變的中國》（一九九三），到晚近的舒國治、鍾文音、胡晴昉、羅智成、王盛弘等人，都迭有專著。

「旅行」是一種生活經驗，在生活尋找旅行，旅行中尋找生活，最終仍要回到文字裡被檢視和閱讀。旅行書寫必須建立在豐富的旅行經驗和感受上，而非旅行地點的異時空體驗。

旅行的意義可以是心靈的漫遊，身體的放鬆，不一定要遠走他鄉，藉由生活而延伸旅行的意義。在全球化的後現代，跨界的距離縮短了，連旅行的意義也快被耗盡，因此我們在當代的旅行書寫中，發現愈來愈多旅人的「內心風景」。南方朔在為王盛弘的《慢慢走》（二〇〇六）作序時便表示，文明開創型旅行家的時代已一去不返，當代的旅人多半把旅行視為「自我精神修煉之旅」。王盛弘的歐洲之旅的「精神修煉」乃是確立自己屬於「無根」世代，網路時代／世代有一半是活在虛擬空間裡，網路改寫了旅行的意義，跨界的衝擊感降到最低，只要有網路，就沒有太多的他方可言。黃寶蓮亦認為網路讓出發缺乏新鮮感。旅行書寫的義界亦非一成不變，對旅行的論述必然也將隨著旅行，以及對旅行論述的深度而有所更動，換而言之，這個書寫類型也正在旅行當中。

跟旅行文學同時蔚為風潮的，則是「飲食文學」。

飲食散文的書寫，可以圍繞著嗅香、察色、看形、品味等四大要素來鋪敘，甚至考究起器皿和用餐的環境。然而一篇成功的飲食散文，卻不能停留在羅列資料、列舉掌故、食材解說、烹飪分析的表層，作者必須藉由文字本身的魅力來營造一種令人垂涎的閱讀氛圍，或提升到更高的生命情境。除了挑逗食慾，飲食散文應該擁有「意在言外」的企圖與價值。美食可能是一種策略或媒介，它驅使舌頭去召喚記憶，進而延伸出更豐富的意涵。

飲食書寫並非新創，前輩作家梁實秋和唐魯孫皆有食經，自林文月《飲膳札記》（一九九八）登上檯面後，飲食文學方如勃發春筍，各大報文學獎決審及得獎散文中，亦出現相關主題的書寫。短時間內湧出大量的飲食散文，累積出厚實的成果，逯耀東、蔡珠兒、焦桐、王宣一、韓良露、舒國治等名家都專精此道。焦桐是台灣飲食文學的重要推手，他在詩集《完全壯陽食譜》（一九九九）當中，結合了情色、飲食、政治元素，創造出新的風貌，其後出版《飲食》雜誌、《台灣飲食文選Ⅰ，Ⅱ》、《（年度）飲食文選》（二〇〇七—二〇一五），以及多種餐館評鑑或指南，並主辦了幾場的飲食文學的國際會議。焦桐以台灣料理為主題，寫下《暴食江湖》（二〇一一），融合了專業料理人的視野、美食家的評鑑、文人的感性，對特定的美食進行了有文化深度的探索，是本世紀以來台灣的飲食散文的重要發展路徑。其後，又推出《台灣味道》（二〇〇九）、《台灣肚皮》（二〇一二）、《台灣舌頭》（二〇一三）等三部記述台灣在地小吃的系列性散文集。

一九八〇年代以後，除了主題式散文的興盛，值得一提的是文學獎現象。

台灣的文學獎歷經五十年的發展，從匿名參賽、分組初審、複審，到公開決審，早已建立一套十分完善的——匿名參賽、透明評審——作業流程，除了高額獎金，它的公信力是最成功的地方，每個世代都會誕生一批透過文學獎洗禮而迅速崛起的作家。二〇〇〇年以後，琳瑯滿目的地方性／官方文學獎，則提供一個更大的，讓新秀逐鹿的舞台。新一輩的散文作者，大多有參加文學獎的經驗，甚而有以文學獎為主要創作動力者，這個現象也間接反映在散文創作上。

年輕一代的散文創作者當中，多半經大獎洗禮而崛起文壇。然而近幾年來，年輕散文作家更有意識的尋找自己的焦點題材，且以接近專業的學養深層耕耘，有計劃地撰寫一系列的創作，為自己定位和塑型。文學獎除魅的第二個原因是，得獎作品本身無法引起注目。過去文學獎是讓年輕作家躍上文學舞台的管道，然而在一個虛擬的網路時代，人人皆可成為作家或者虛擬作家，文學獎除了獎金的誘因，似乎失去了激發好作品的作用。重要的是，在網路時代，發表完全不成問題，副刊登與不登，差別只在稿費有無，網路的點閱率說不定比副刊還高，而且散播得更遠。

跨入二十一世紀的台灣散文，「自傳體散文」與「家族史散文」成為新的創作趨勢，包括前輩散文家王鼎鈞的回憶錄四部曲《之一：昨天的雲》（二〇〇五）、《之二：怒目少年》（二〇〇五）、《之三：關山奪路》（二〇〇五）、《之四：文學江湖》（二〇〇九）、齊邦媛《巨流河》（二〇〇九）、楊牧《奇萊前書》（二〇〇三）和《奇萊後書》（二〇〇九），以及中生代如簡媜《天涯海角——福爾摩沙抒情誌》（二〇〇二）、鍾文音《昨日重現》（二〇〇一）、鍾怡雯的《野半島》（二〇〇七）等。

楊牧的《奇萊前書》由《山風海雨》（一九八七）、《方向歸零》（一九九一）和《昔我往矣》（一九九七）三部重要的文學自傳組合而成，見證了一位重量級詩人的成長。《奇萊後書》則於二〇〇九年出版，歷經二十餘載，詩人的「文學自傳」終告完成。《年輪》時期的楊牧期許自己要寫一篇很長很長的散文，打破散文體式的限制，《年輪》是他從求變的實證。在形式上，《奇萊書》（前後奇萊書）則是比「很長很長的散文」還要長，野心更大的鉅著，那是楊牧「求變」文學理念又一實踐，挑戰「求新」的成果；置放在現代散文的發展史裡，這樣的巨幅結構有它開創性的文學史意義。楊牧的文學自傳不同於回憶錄，他所關注的，毋寧是一個詩人在成長過程中認識到的藝術使命，把握了藝術技巧，不同於王鼎鈞寫《山裡山外》，敘事焦距在一個少年在軍隊裡的成長，處理的是事件本身。楊牧的自傳體散文包括對創作美學的敘述、對詩的信仰。或許我們可以說，是楊牧的「詩論美學」，「以自己的散文箋注自己的詩」，只不過他使用了自傳的外殼，散文的形式。

《奇萊書》指向現有的創作體式有所匱乏或欠缺，不足以乘載詩人更巨大的創作意圖或文學理念，無法網織更豐富完整的意義，因此需要創造一種切合「此時此刻」的文體形式，重新評論／形塑從前的自己。《奇萊書》仍然具備了自傳解碼的功能，它揭示了「一個詩人如何完成」的意義，同時也展示文學自傳並非一槌定音式的寫作過程。對於楊牧而言，《奇萊書》是詩的自傳，作家的心靈史，揭示一個詩人如何涉時間長河無盡的追尋；對於讀者而言，《奇萊書》卻有它自身的文學意義。它是散文，不必附屬於詩；在現代散文史上，《奇萊書》示範了一種文學自傳典型，評論楊牧不可缺的金三角。

另外，女性作家在近二十年開發出獨特的散文寫作風格，是台灣散文史最不能忽略的現象。從五四以來，女性作家的書寫一直在男性的書寫視野之下，廬隱固然在現實生活中有追尋自我的勇氣，卻未能在書寫上特立獨行。生活跟寫作顯然是兩回事，那還牽涉到現實跟文字之間的距離。散文是跟個性緊密結合的文類，胡蘭成有所謂散文單是寫性情的說法，雖非放諸所有散文皆準，大體上卻最接近散文的特質。所謂「文如其人」，實最適用於散文。日本小說家柳美里曾有「寫作有愈寫愈讓自己的影子逐漸稀薄」的感觸，這或許正是散文創作者最能深刻感受的。當作者凝視（自己的）生活或自身，或對世界發出提問，皆離不開「我」，「我」被抽絲剝繭被一再書寫，焉能不薄？散文是一種帶著自戀自棄的書寫，強調「自戀自棄」並非視散文為「肚臍眼」文學，而是特別強調其主觀的書寫特質，當這種特質被推到極致，便是催生風格的要因。女性作家尤其能夠突出這種特質，特別是歷經一個世紀的探索，女性作家累積的能量前所未有。

近十餘年來，周芬伶龐沛的創作力，以及多變的風格為女性散文寫下輝煌的一頁。早期的周芬伶是傳統的中文系作家，風格一如《閣樓上的女子》書名所示，她俯看世界，跟她自己的內心維持遙遠的距離。她的靈魂住在男性和社會打造的閣樓裡。《汝色》（二〇〇二）之前，她以婉約溫文的風格，維持穩定的寫作速度。《汝色》是轉變之書，而且是一本女人書，質問婚姻和愛情，絕望而勇敢，探索女人生命底層湧動的愛慾和掙扎，帶點黑色幽默。

魯迅的匕首解剖社會，周芬伶則自剖自己。周芬伶向世人展示，中年女性寫作轉向如何可能。這本不是懺情錄，而是自省書，自省之後的周芬伶宛如新生，向過去的生命和風格告別，寫作能量非常強大，量多質佳，開發出一種笑中帶淚，無畏無懼的寫作姿態。她的散文沒有包袱沒有底線，社會亂象、兩性議題、偶像流行、網路話題、戀物等，都逃不開她便捷敏銳的筆鋒。《蘭花辭》（二〇一〇）則是一本悲愴之書。周芬伶擅長描寫人生的黑暗，或者心靈的陰暗，雖然她也會搞笑，或者冷嘲熱諷。此書對後中年女性的心情與情感，或者憂鬱的獨居歲月，充滿繁華看盡的蒼涼，筆力蒼勁。其後的《雜種》（二〇一一）把個人風格發展到極致，可稱為「怪咖美學」。周芬伶的快人快語快節奏，讓此書刺點處處，也讓人喘不過來，散文的強度遠遠超過短篇這個形式所能承載。即使周芬伶不招供，從散文的節奏也可以判斷，她是狂熱分子。狂熱的人大多情感豐富，敏銳細緻，做什麼事情都是感情先於理智。再加上她看到的是生病和錯亂的世界，不是瘋便是狂，乃發展出自己的怪咖美學。

回首近一甲子的台灣散文，可謂迭經變化，如今它仍然具有「扣緊時代的脈動」，或者「有所為而為」，「文章合為時而作」的雜文特質，然而在講求極速，高度交流的網路時代，抒情傳統漸漸失去積累的機會。它轉變成情感抒發，或者低吟淺唱，魯迅的朝花夕拾，周作人苦雨齋喝苦茶聽苦雨品味的苦味人生；沈從文凝望他消失的邊城，被美學化的精神故鄉；或者楊牧觀察年輪的閒情，陷入思考的專注……。這一切，在網路時代似乎都逐漸消失。然而，仍然有像陳芳明這樣兼具學者與創作者的散文家，以抒情之筆融生活、知識和情感於一體，他的抒情之筆兼有知識分子的歷史感和社會使命，《昨夜雪深幾許》（二〇〇八）以散文為台灣留下感性的歷史見證。他書寫二十位跟自身生命經驗交錯和重疊的人物，包括作家、學者、政治人物，乃至自已的母親，透過散文思考他的「台灣」。這本散文集抒情、反省和批判於一體，賡續《危樓夜讀》（一九九六）、《風中蘆葦》（一九九八）、《夢的終點》（一九九八）、《時間長巷》（一九九八）和《掌中地圖》（一九九八）的自剖風格，然而更成熟而內斂，兼具情感的深度，歷史的深度和時間感。陳芳明的自剖散文可以回溯到郁達夫。然而郁達夫過於自溺，陳芳明則有明顯的學者特質，論述和抒情兼具，抒情、反省和批判往往是三位一體，或許可以稱之為感性的批判。郁達夫的自剖風格到了二十一世紀的台灣作家陳芳明身上，已經變得更加複雜，國族和個體的交纏，同時加入意識形態的多方角力，自剖因此是一門艱難的藝術。《昨夜雪深幾許》實踐了雜文的批判特質，以及周作人的美文觀點，同時具有五四散文家對時代的關注和熱情，這本散文集的時代意義，或許在此。

散文在一個多元化、全方位開展的社會，以及高度媒體化的時代，面臨更多的可能和挑戰。現代散文的作者可以潛入歷史與文化衍生的每一個切面，去追索群體或個體的記憶，也可以在部落格宅記自身的生活，零碎的情感片段。散文的邊界會愈來愈模糊，它的自由，將是散文史最大的挑戰。

作者按：本文原為一篇散文史通論，其初稿由多篇論文的相關片段融鑄而成，經過重新架構、改寫、增補，定稿為〈美學與時代的交鋒——中華民國散文史的視野〉，收入陳芳明、林惺嶽等著：《中華民國發展史．文學與藝術（上冊）》（台北：政大、聯經，二〇一一）。後來為了散文教學的需求，特將部分文字抽出，修訂成目前的版本。

[卷二]

馬華散文的史前史

早期的馬華文學幾乎是南來文人的創作，而且是遊記的天下。換而言之，馬華文學的開頭，是南來文人的散文史，也是外來者的文學史。散文的非虛構文類特質可以呈現馬來亞戰前「文人的精神狀態」、「文學狀態」，以及還原時代的臨場感，因此，日記、書信、社論、雜文、報導文學等廣義的史料性散文均可以囊括進來，有助於我們更有效而準確的建構一個時代。我們無法使用「經典」和「作者」這兩個大國文學史的概念，去處理小國如馬華的文學史。馬華散文的史前史，在文學與史料之間。它是駁雜的歷史，不純的歷史，一如馬華文學的多元駁雜。

一、想像馬華文學史的寫作

文學史在二十一世紀已經成為一門專業，隱隱然有自成一（文）類的格局。寫文學史跟寫小說散文戲劇或詩一樣，有它的寫作行規和著述體例。然而，文學史確實是一種弔詭而矛盾的文類。它是文學和歷史的結合，文學與歷史卻又是兩種悖反的知識領域，當它們被有意識和目的性結合成一個嶄新的系統，便形成了一種關係緊張的文類。中國文學史的誕生跟文學或文學研究無涉，而跟教育有關，而教育的目的又跟國家意識脫離不了關係。

中國最早出現的文學史可溯至二十世紀初，林傳甲與黃人均著有《中國文學史》，同為因應大學課程而誕生。論者以為中國文學史有益於家國形象的建設，以及民族精神的建構；講述中國文學源遠流長的歷史傳統，可引發愛國熱情，提高民族自信心。不論是黃人「動人愛國保種之感情」，或林傳甲「我中國文學為國民教育之根本」的觀點，都把文學史跟民族家國和教育三合一。文學史成為一門學科，它牽涉到晚清以來對於民族國家的想像，中國教育體制的轉變[1]。由此看來，文學史表面上處理的是文學問題，實際上肩負著家國大業，不朽盛事的重擔。

中國文學史如此意在言外，馬華文學史亦然。惟其言外所指跟中國文學史不同，牽涉的問題和層面之複雜，亦不在中國文學史之下。從有馬華文學以來，馬華文學是什麼，一直是核心爭議，牽涉到「國籍」以及「意識形態」尤其棘手。國籍要解決的包括南來文人（較著名者如郁達夫、胡愈之等），去國文人（早期杜運燮、蕭村等，後期的在港和在台作者）。如果要再考慮「華馬文學」的組合，就更加複雜[2]。馬華文學是什麼，應當包括什麼，從來就是「爭論」。這些還只是外部問題，尚未觸及更加繁蕪的文學史實際寫作。

馬華文學既難定論，馬華文學史就難以找到下筆的脈絡。最麻煩的是，系統的馬華文學編著，無論是方修或趙戎所編的大系，多被馬華文學的論述視為馬華文學史的芻形。不只如此，方修對馬華文學的看法，也幾乎被理解為他在說明「馬華文學史」。這個現象由來已久，說明了我們的馬華文學史焦慮。我們為什麼如此在意（沒有）馬華文學史？一如台灣文學之於台灣文學史？[3]

在一九九〇年代以前，馬華文學的焦慮來源是中國。馬華文學與中國文學的辯證關係歷

1　詳見陳平原：《作為學科的文學史》（北京：北京大學出版社，二〇一一），頁三九三—三九四；戴燕：《文學史的權力》（北京：北京大學出版社，二〇〇二），頁八二—八三。

2　相關討論見鍾怡雯：〈國家文學與華馬文學〉，《馬華文學史與浪漫傳統》（台北：萬卷樓，二〇〇九），頁二七一—二八六。修改版見鍾怡雯：〈定位與焦慮——華馬／馬華文學的問題研究〉，《經典的誤讀與定位：華文文學專題研究》（台北：萬卷樓，二〇〇九），頁一五五—一七〇。

3　終於在二〇一一年，中華民國建國百年，出現了由台灣人陳芳明教授所寫的《台灣新文學史》。

經「二十年文革」的清理之後，「中國文學支流論」業已跟馬華文學分道揚鑣[4]。這幾年來的馬華文學焦點，落在文學史寫作。或者，更準確的說法，「想像」一部馬華文學史的寫作。

當代的華文文學研究領域，真正意義的馬華文學史從未出現，它被當成東南亞華文文學或海外華文文學的部分，收編在「海外華文文學史」名目之下[5]。僅把馬華文學視為區域文學史，蜻蜓點水式的寫作方式，其實比較接近海外華文文學概論，資料偏差，詮釋誤讀之大，當然不具備馬華文學史的資格，也引發不少馬華學者的反彈和批判。論戰不是本文要談的焦點，然而我們確實對以文學史為名目的馬華論述，投注了極大的關愛目光，到了近乎過敏的地步，卻是事實。

在國家獨立之前，馬華文學已經歷經「馬華文藝的獨特性」（一九四七）的論爭，獨立之後，它爭取的是馬華文學的主體性。二十一世紀中文世界的文學史熱，加深了馬華文學史的焦慮，這焦慮其實是「馬華文藝的獨立性」的焦慮。它是一個獨立的文學系統，文學史，便是證明它自身的最有效證據。換而言之，馬華文學史最大的作用，乃在證明自身的存在。它是馬華文學獨立的象徵。一如本文開始所言，文學史的目的總是不在文學，而指向他處。

回到主題。馬華文學史要從哪裡開始？這也等於提問，馬華文學什麼時候便已經存在？它是否可能如黃錦樹所言，以「文學的文學」或「文學史的文學」，一種以經典為標準考量的馬華文學出場？[6]

答案是否定的。先不論馬華文學，中國古典文學史的起源是卜辭，以一種極為素樸的文獻或史料形式。卜辭的例子提醒我們，文學是一個具有「當代性」的概念，它的義涵在不同的時代有不同的條件考量，沒有一種放諸四海皆準的「文學」定義，它不是一個固定的客體，而是一個不斷變化的概念。本文並不準備討論「文學」[7]，而是藉卜辭的例子切入正題。

馬華文學的起源或許是一些歸類不易的「文獻」，譬如遊記（不是今日業已成熟的次文類旅行散文）、風土記錄、傳記、書信等。它們的作用是還原時代的氛圍，有助於我們更有

---

4 馬華文學與中國文學的論述，可參考林建國、黃錦樹、張錦忠、陳大為以及鍾怡雯的論文，這裡不再羅列，中國文學支流論的歷史沿革，以及中國學者的馬華文學論述，可參考陳大為：〈中國學界的馬華文學論述（1987-2005）〉，《思考的圓周率：馬華文學的板塊與空間書寫》（吉隆坡：大將，二〇〇六），頁二七一五五。

5 如陳賢茂編：《海外華文文學史》（廈門：鷺江，一九九九）。這套書的問題討論詳見陳大為：〈中國學界的馬華文學論述（1987-2005）〉。在此不贅。

6 黃錦樹：〈製作馬華文學：一個簡短的回顧〉，《星洲日報．文藝春秋》二〇一一年二月二十七日，原論文發表於「第一屆亞太華文文學國際學術研討會」（台北：台北大學，二〇一〇年十月一日）。

7 對文學的討論，可參考林建國的〈從文學到美學性——兼論一個馬華文學研究必備的基本理論〉，該文發表於第二屆亞洲華文文化與文學國際學術研討會（吉隆坡：馬來亞大學，二〇一一年十一月五日）。論文為初稿，無法引用。

效的把握時代背景，這些文獻是散文的前身，也就是散文的史前史，而散文是文類之母，因此也可以說，文學史的基礎從散文開始，而史前史的發明與發現，則有助於馬華文學史的奠基工作。

二、作為文學史基礎的散文史

現代文學史或二十世紀文學史或許是更好的借鑑。回顧五四的白話文學史，散文是文類之母，在詩、小說和戲劇出現之前，它就以雜感（散文的前身）的方式出現了。雜感的文學性低，它的功能取向，直面現實和批判社會的能力，使得散文最早的狀態往往是史料。雜感可視為散文的史前史。然而，這並不意味著我們要用「史料」的標準來定義後來的散文，如同我們不會以五四初有的白話文標準來處理二十一世紀的散文史[8]。這也意味著，散文的邊界跟文學一樣，也是浮動的。

相較於其他文類，散文的非虛構文類特質可以呈現馬來亞戰前「文人的精神狀態」、「文學狀態」，以及還原時代的臨場感，因此，日記、書信、社論、雜文、報導文學等廣義的史料性散文均可以囊括進來。

文學史的構成，不能只有作品，它涵蓋文學活動、事件、社團、出版等，同時必須有

「外圍資料」，從政治、社會、歷史、教育以及經濟等等各個角度，協助我們把握或建構那個時代。史料或具散文規模的史料，它們有助於我們更有效而準確的建構一個時代。換而言之，散文同時肩顧了「文學」和「史」的任務。

在白話文學史的源頭，散文以文類之母的方式出現，它是新思想的傳播文體，同時肩負著建立現代文學美學範式的責任。梁啟超「文界革命」的第一要務，便是散文語言革命。為什麼是散文，而不是可以「新一國之民」的小說？散文最接近生活，也最貼近我手寫我口。我手寫我口的新詩必然不會是好詩，因為詩的本質不應該是口語，或至少是經過有意識的「文學」化之後的口語。散文跟詩的本質不同。散文原來的實用功能容許我手寫我口，它很自由，輕易可以被塑造成生活的語言，表達對事物的觀點或理念，只要把大白話變成散文語言，那麼，便可以利用散文語言轉言為文，建立其他的文類範式，因此梁啟超的語言革命順位，首先是散文語言。

散文可以抒情，可以說理，這種功能乃其他文類所無。雖然梁啟超的新民體如今看來根本是舊瓶裝新酒——他使用的語言是文言文，標準的舊形式裝新思想。這是白話散文的起始。跟古典散文一樣，它被賦予實用、現實和批判的功能，因此必須先確立自身的書寫體

8　如同我們不會以胡適《嘗試集》的新詩，作為今日新詩史的評量標準。

式，再幫助其他文類建立美學規範，或者也可以倒過來說，建立其他文類美學範式的同時，它同時也確立了自身的書寫體式。因此，散文幾乎無所不包，在詩和小說之外，均可稱為散文。在五四之初，它敘述性的文體其實更接近文學原料。

我曾經在〈馬華散文史繪圖：邊界，結構，美學〉一文，試圖對馬華散文提出邊界和思考，或許這個探索有助於馬華文學史的基礎建構。馬華文學史遭遇最大的問題是資料不足。我們的文學史想像多半仰賴方修的文學大系，因此馬華散文，從方修開始，問題，也從方修開始。

這樣的敘述邏輯凸顯了兩個問題：一是文獻散佚，幸而有方修簡樸的文學史和文學大系留住史料，如此一來，方修文學史（或其文學史想像）乃成為重要依據。方修先有《馬華新文學史稿》（一九六三）的編撰，後有《馬華新文學大系》（一九七二），是為馬華的第一部大系；繼而再有《戰後馬華文學史初稿》（一九七八）、《馬華新文學簡史》（一九八六）問世，則是新文學史粗胚的起源。借魯迅評鄭振鐸《中國文學史》的說法，《馬華新文學簡史》的筆法是「文學史資料長編」，非史也，但卻有史識。楊松年的《新馬華文文學史初編》（二〇〇〇）則過於簡略，因此，方修以降，我們找不到第二種足以服人的散文史詮釋，方修所秉持的散文觀點，以及現實主實的信仰為馬華文學開了頭，也形成馬華散文研究最根本的問題。特別是戰前馬華散文史，根本就是一部馬華文學現實主義文學史，排除了其他的可能，包括浪漫或抒情傳統。

方修《馬華新文學大系（七）．散文集．導言》對馬華散文的出現有以下的敘述：

> 散文是馬華新文學中最早誕生的一種文體。一九一九年十月起，隨著馬華新文學史的發端，它就以戰鬥的姿態出現。其中最活躍的是政論散文和雜感散文……而政論散文比起雜感散文來尤顯得更成熟，更豐盛，差不多成了馬華新文學萌芽前期（一九一九～一九二二）的散文寫作以至各種文學創作的主流。[9]

以上這段敘述提供的訊息很簡約，可歸納為兩點：第一，散文是馬華新文學中最早出現的文體；第二，散文最早的形態是雜文，那是散文之母。《馬華新文學大系．散文卷》收錄一九二〇到一九四二年近兩百篇散文，抒情／敘事散文不超過二十篇。事實上，馬華文學史的起源一直以來都沿襲這樣的論調：跟中國現代文學史同庚，散文則是最早出的文類。我們如果考古不出不同證據來反駁這個觀點，也就只好接受這段跟中國現代散文發源相似的「上古史」。

---

9 方修編：《馬華新文學大系（七）．散文集》（新加坡：星洲世界書局，一九七二），頁一。

戰前馬華散文的資料異常匱乏，我們只能藉由零星的史料閱讀（大部分來自方修的選著），藉以「重建」戰前的書寫狀況。編選《馬華散文史讀本（1957-2007）》（二〇〇七），也不得不從獨立開始編起，理由同前：沒有足夠的新史料，便無法在方修之外另闢他途。

這個困境最近有了轉變的契機。

新加坡國立大學「東南亞華人歷史文獻數據化計畫」，把戰前的報紙，重要期刊和出版品數位化，全文上網。新出土的資料，反駁了方修的觀點，亦使得馬華文學史有了開始的可能。

三、史前史的發現與發明

我們無法判斷到底方修看到多少材料，是否看到「全貌」。方修的《新馬華文新文學六十年》（二〇〇六）（此書匯合《馬華新文學簡史》和《戰後馬華文學史初稿》兩書，並補充淪陷期及一九六〇、一九七〇年代的文學而成）對馬華文學戰前的論述，以及《馬華新文學大系．散文卷》所選，取樣多來自前述報紙的副刊，譬如《南風》、《星光》、《野馬》、《混沌》、《綠漪》等，則是可以確定的。換而言之，方修的論述對象是單篇作品。按照常理推論，這樣的取樣是沒有專書狀態的權宜之計。

事實並非如此。建置中的「東南亞華人歷史文獻數據化計畫」，把早期的報紙和副刊，文學雜誌和期刊，以及早年的出版品，部分或全文上網。目前的資料可以粗略分成三大項：

（一）報紙：《叻報》（一八八七—一九三二）、《星報》（一八九〇—一八九八）、《天南星報》（一八九八—一九〇五）、《日新報》（一八九九—一九〇一）、《中興日報》（一九〇七—一九一〇）、《總匯新報》（一九〇八—一九四六）、《星洲晨報》（一九〇九—一九一〇）、《振南日報》（一九一三—一九二〇）、《新國民日報》（一九一九—一九三三）、《檳城新報》（一八九五—一九四一）。

（二）雜誌：《蕉風月刊》（一九五五—一九九九）、三十一種文學雜誌創刊號，如《勁草》、《馬來亞月刊》、《熱帶文藝》、《新曲月刊》、《文藝生活》、《新時代》、《知識分子》、《奔流》、《文海》等，以及十數種南洋期刊和雜誌，如《南洋雜誌》、《南洋風》、《南洋研究》、《南洋華僑雜誌》等，出版時間介於一九一七—一九四八。

（三）早期的文學創作集，包括從晚清開始的史料筆記、遊記、雜著數十種，包括侯鴻鑒《南洋旅行記》（一九二〇）、鄭健廬《南洋三月記》（一九三三）、梁紹文《南洋旅行漫記》（一九三三）、招觀海《天南游記》（一九三三）、劉仁航《南洋游記》（一九三五）等。

第三大類顯示，早期的馬華文學並非只有單篇，方修的處置方式令人不解。另一足以跟方修的馬華文學對話的是《蕉風月刊》。早期的《蕉風月刊》全文上網，則是重寫文學史的珍貴史料。方修的論述，幾乎迴避了作為現代主義大本營的《蕉風》，對研究者而言，《蕉風》提供了另外一種可能，跟現實主義三足鼎立的現代主義，以及浪漫主義。

早年出版品的部分或全文上網，有助於我們「還原時代氛圍」，呈現馬來亞戰前「文人的精神狀態」、「文學狀態」。方修所選，個集所占的比例很小。可是，從上網的個集（晚清到一九四〇之間）判斷，數量頗為可觀，特別是集中在一九二〇、一九三〇年代數量豐富的遊記、地方誌、風土誌，例如《馬來半島商埠考》（一九二八）、《馬來鴻雪錄》（一九三〇）、《英屬馬來亞概覽》（一九三五）。它們都被方修以現實主義的散文史觀，以及龐大而單一的雜文類型排除在外。

從文學史的角度來評量，方修《馬華新文學簡史》最大的問題是太集中於文學的內部討論。它對作品採取非常傳統的「賞析」方式，以作品的主題分類分期，對於馬華文學產生的背景著墨過於簡略，甚至以中國的歷史背景作為馬華文學的景深。基本上，在方修的視野底下，馬華文學史仍存在著中國支流的強烈色彩。方修對戲劇的大比例著墨，也說明了他深受中國文學的影響。

《馬華新文學簡史》寫得最弱的是散文，不僅篇幅最少，也沒有對散文有太多的關切，顯示他對散文的基本理念薄弱。然而，最大問題是，他把散文等同於雜文，忽略了還原時代的文獻，龐大的散文「家族」，「簡史」便簡化成作品的「簡介」，徒有外殼而欠缺血肉。方修身處他的當代，缺乏距離的眼光，也缺乏歷史感。對於我們這些「後來者」，他重「文學」而輕「史」的敘述，反而讓我們無法把握他論述的對象，那些零篇散卷，為何要在文學史長河占一席之地[10]。

我們可以合理的假設，一部相對完整的文學史，必然是多元視野和美學觀點實踐的成果。「東南亞華人歷史文獻數據庫」的新史料（包括作品，兩者的界線相對而言是浮動的），對重建戰前的書寫檔案有莫大的助益，同時也意味著，我們有足夠的資本，可以重新檢視方修的馬華散文史寫作技術；同樣的情況，這批史料涵蓋的年限，亦可修正趙戎編選的第二套以愛國和本土色彩為主的大系。

文學史是建立在文類之上的思考，換而言之，它既是晚出，又是一種後設的文類，資料的變化必然影響它的詮釋和視野，而且隨著詮釋者的時代和立場產生變化。沒有「自然生成」的文學史，**它必然是「發現」與「發明」的**，同時也是「**詮釋**」的。馬華散文史的前半期（文學史亦然），尤其**無法使用「經典」和「作者」**這兩個概念去處理。正如五四散文的前半期，雜感讓我們了解五四知識分子的精神狀態，他們充滿批判性的文筆背後，是改革的

10 然而本文並無意苛責方修，寫文學史或編大系，他缺乏的除了理論，尚欠缺人力和財力的挹注。大系得以編成，憑的是過人的毅力，或者對文學的信念。他以土法煉鋼完成的基礎再多闕漏，仍是我們參照的對象。

集體渴望和訴求。我們並沒有意圖在雜感裡尋找經典。事實上，也不可能。

馬華草創期的寫作者創作生命均很短促，作家缺乏延續性，很多「一本」作家（只出過一本書），更多的是作品未結集，創作生命就結束了。事實上一直到一九五〇、一九六〇年代，馬華文壇的情況跟草創期仍然相似。趙戎曾在大系導論裡指出，好些作家在報紙和雜誌發表過一些散文，沒出書，後來就不再寫了。這種文學史狀態，經典如何可能？

回到第一節的「國籍」。早期的馬華文學幾乎是南來文人的創作，而且是遊記的天下。換而言之，馬華文學的開頭，是南來文人的散文史，也是外來者的文學史。這些遊記有一個共同點：把南洋視為整體，並未把馬來亞看成「國家」。所謂的南洋，大約包含馬來半島、婆羅洲、印尼，有時包含菲律賓。其二，這些完成於一九二〇、一九三〇年代的遊記以旁觀者的角度，記錄文土民情和奇風異俗。雖然如此，對早期的馬來亞的生活卻有相當詳實的觀察。

以侯鴻鑒《南洋旅行記》（一九二〇）為例[11]，他對早期的華人移民社會的教育、政治、語言和民間信仰多所著墨，對檳榔嶼的華人竟然維持著三百年前有清一代的風俗甚感詫異。他認為華人保守舊文化固是美德，無法吸收新文明則是故步自封，乃是缺點。在檳城待了一個多月，侯氏對檳城的山林、廟宇、建築、物種以及地理風俗均多所記述，並深為檳城的整潔所吸引，而有他日必舉家徙之檳榔嶼的心願。在馬六甲他認識了馬華公會的創辦人陳禎祿，應邀進餐，寫下第一次見人用手抓飯的場景。對馬來亞的社會結構，中下階層的苦力，僑教和英殖民地問題，都有獨到的觀察。他把馬來人視為「最懶惰的民族」，吃飯以香蕉葉盛之，以手代筷子，吃完不必洗碗。食和住都頗有原始人的特質。每日工作所得必用罄，工作之餘便是閒聊和睡，「簡直沒有文化可言」。

《南洋旅行記》固然充滿知識分子的優越感，以及中國中心的偏見，然而所記頗有時代的意義和代表性，它其實體現另一種意義「馬華文藝的獨特性」——只不過，由一個中國作家所寫，「國籍」不正確，也不可能獲得「正確」的文學史位置。我們無法得知方修忽略此書，或者數量頗豐的遊記究竟為何。這批出版品是馬華地誌書寫的起始點，這支隊伍由外來者、僑民以及居民的創作者所組成，不論是外來者或在地者，或者一九五〇年代兩種視野兼俱的吳進（杜運燮）《熱帶風光》（一九五二）[12]，都是馬華散文史的重要成果。

另外一個例子是羅靖南《長夏的南洋》（一九三四），寫於一九二九到一九三〇的巴達

---

11 以下所引均出自新加坡國立大學圖書館《東南亞華人歷史文獻數據化計畫》網頁。<http://www.lib.nus.edu.sg/chz/SEAChinese/zynr.html>

12 見鍾怡雯：〈從吳進到杜運燮：一個跨國文學史的案例〉，《國文學報》第五一期（二〇一二年六月），頁二二三—二四〇。

維亞（今日的印尼首都雅加達）。據他序文敘明撰稿目的，在於向中國讀者介紹南洋風光。他蒐集了不少照片原來打算放在書內，惜因文字獄被印尼政府監禁七個月之後驅逐出境照片散失，惟發表於《天聲日報》的系列文章得以保留。作者並未交待文字獄的來龍去脈，倒是這系列的散文讓我們看到那個時代南來者的生活剪影。三分之二寫的是印尼，三分之一則談馬來亞。印尼在羅氏筆下跟馬來半島的風土庶幾近之。異於侯鴻鑒《南洋旅行記》的中國中心，羅氏頗能融入當地的生活，他稱馬來人最會享樂的民族，頗有欣羨之意，而非侯氏歧視性的「最懶惰的民族」。同為南來文人，觀點相去甚遠。

這些珍貴的資料，全然不見於方修的編著。此外，「東南亞華人歷史文獻數據庫」尚有宗教團體、僑民學校的刊物，宗親會館史、華人革命史、古典詩集、橡膠史、華僑史料、語言學研究如馬來語的粵音譯義，乃至許雲樵談新加坡的掌故，都是還原時代氛圍的重要文獻。我們因此得以更確實的把握馬華文學史與歷史。

馬華文學的史前史，在文學與史料之間。它是駁雜的歷史，不純的歷史，一如馬華文學的多元駁雜。然而，沒有無用的資料，只有無效的詮釋。

參考書／篇目

林建國：〈從文學到美學性——兼論一個馬華文學研究必備的基本理論〉，「第二屆亞洲華文文化與文學國際學術研討會」（吉隆坡：馬來亞大學，二〇一一年十一月五日）。

陳大為：〈中國學界的馬華文學論述（1987-2005）〉，《思考的圓周率：馬華文學的板塊與空間書寫》（吉隆坡：大將，二〇〇六），頁二七—五五。

陳平原：《作為學科的文學史》（北京：北京大學出版社，二〇一一）。

程光煒：《文學史的興起——程光煒自選集》（鄭州：河南大學出版社，二〇〇九）。

黃錦樹：〈製作馬華文學：一個簡短的回顧〉，《星洲日報．文藝春秋》二〇一一年二月二十七日，原論文發表於「第一屆亞太華文文學國際學術研討會」（台北：台北大學，二〇一〇年十月一日）。

趙　戎編：《新馬華文文學大系．史料》（新加坡：教育出版社，一九七一）。

趙　戎編：《新馬華文文學大系．散文》（新加坡：教育出版社，一九七一）。

戴　燕：《文學史的權力》（北京：北京大學出版社，二〇〇二）。

鍾怡雯、陳大為編：《馬華散文史讀本1957-2007》（台北：萬卷樓，二〇〇七）。

鍾怡雯：〈馬華散文史繪圖：邊界，結構，美學〉，《華文文學》第一〇二期（二〇一一年一月），頁六四—六五。

鍾怡雯：〈從吳進到杜運燮：一個跨國文學史的案例〉，《國文學報》第五一期（二〇一二年六月），頁二二三—二四〇。

鍾怡雯：〈從理論到實踐——論馬華文學的地誌書寫〉，《成大中文學報》第二九期（二〇一〇年七月），頁一四三—一六〇。

馬華散文史繪圖
——邊界、起源與美學

如果我們試圖為馬華散文寫史，那麼，必須先回答一個非常本質的問題：什麼是散文？如果說不出散文是什麼，如何能夠決定它的起源？不被詩和小說收納的次文類或非詩非小說，散文是不是就該挪出位置容納它們？散文的空間邊界究竟在哪裡？一直以來，我們迴避定義，因為誰都說不清楚它應該是什麼，無論文類表徵或美學特質的描述，基本上都建立在「閱讀的默契」或者「武斷的判斷」上；說不清楚散文是什麼，該包括什麼，我們就很難為散文史建立一個相對完整的發展脈絡。

第二，由本質問題延伸出的提問，散文跟時代以及地域的辯證關係。我們必須注意到，散文具有強烈的流動性，它比詩和小說難以規範，最主要的原因是它的包容性太強，涵蓋的次文類太多，台灣近三十年的散文發展尤其體現了強烈的時代性。從農業時代進入主體價值崩解的全球化時代，三十年來散文的質和量急速上升，這期間衍生／開發出的次文類遠遠超過前六十年的創作總量，同時影響了華人世界的散文創作[1]。散文具有強烈的實用性格，在中國文學史上，它原就是為了彌補詩之不足而誕生。所謂「扣緊時代的脈動」，或者「有所為而為」，「文章合為事而作」等描述，均是評價散文的重要指標，也一直是古典散文的存在意義。它強大且全方位的敘述功能，特別適用於局勢動蕩不安的時代，或者看來平靜，實則波濤暗湧的時局。換而言之，直面現實的能力，一直是散文（亦是馬華散文）的重要特質，馬華散文的發展一直有個明顯的現實主義傳統，文學跟時代和社會的關係非常密切。現實傳統在馬華散文史的發展呈現遞減的狀態，然而，抒情傳統卻未像台灣那樣發展成為一支強大的隊伍，馬華散文史的寫作就必須正視這種在地化、流動的特質，方能掌握它的發展脈絡。

第三，馬華散文的起點，也就是它的時間邊界，究竟在哪？這部以「馬華」為名的散文史，究竟要從什麼時候開始寫？歷來對馬華文學史的默契是，跟五四同庚，即一九一九年十月，這是方修定的馬華文學史起點。由於實際的時間早已消失在湮滅的文獻裡，無從辯證，方修的論述便成為馬華文學史的源頭。那麼，我們必須進一步追問，方修的散文史，對馬華散文史的具體影響是什麼？它的問題在哪？

第四，為什為我們需要散文史？它有什麼作用？這兩個問題都直指本文的寫作意圖：為馬華散文史繪圖的用意何在？回顧過去為的是檢討現在，鑑往必然要知來。散文，包括任何文類，都不是獨立存在的美學個體，它是歷史情境下的產物，馬華散文史也不例外，因此討論散文及其寫作體制／機制，反省它的困境和危機，或者轉機，都是繪圖要素。

一、馬華散文的前半生：雜文和作文

談馬華文學史，不可迴避的是方修；馬華散文，必然也從方修開始。這樣的敘述邏輯凸顯了兩個問題：一是文獻散佚，幸而有方修簡樸的文學史和文學大系留住史料，如此一來，方修文學史（或其文學史想像）乃成為重要依據，馬華散文史才有可能。二則是相關討論的匱乏。方修以降，我們找不到第二種足以服人的散文史詮釋，因而方氏文學史觀乃是馬華文學史的起源。換而言之，我們一開始便以方修所理解的現實主實為馬華文學開了頭。

方修《馬華新文學大系（七）．散文集．導言》對馬華散文的出現有以下的敘述：

1　台灣的自然寫作、旅行文學、飲食書寫以及地誌書寫等，均引領全球華人的寫作風潮。馬華的散文基本上也深受啟發和影響。

散文是馬華新文學中最早誕生的一種文體。一九一九年十月起，隨著馬華新文學史的發端，它就以戰鬥的姿態出現。其中最活躍的是政論散文和雜感散文……而政論散文比起雜感散文來尤顯得更成熟，更豐盛，差不多成了馬華新文學萌芽前期（一九一九—一九二二）的散文寫作以至各種文學創作的主流。[2]

以上這段敘述提供的訊息很簡約，可歸納為兩點：第一，散文是馬華新文學中最早出現的文體；第二，散文最早的形態是雜文，那是散文之母。事實上，馬華文學史的起源一直以來都沿襲這樣的論調：跟中國現代文學史同庚，散文則是最早出的文類。我們考古不出不同證據來反駁這個已成共識的定見，也就沒什麼異議的接受了這段跟中國現代散文發源相似的上古史。

馬華文學史的發端至今雖然不到一百年，考掘工作卻因為結構性的問題而異常困難，沒有史料保存的觀念和機制，若非方修的編選與論述，馬華文學史的源頭將是一片空白。方修先有《馬華新文學大系》的編撰，是為馬華的第一部大系；後來又有《馬華新文學史稿》、《馬華新文學簡史》以及《馬華新文學史稿（修訂本）》問世，則是新文學史的起源[3]。借魯迅評鄭振鐸《中國文學史》的說法，《馬華新文學簡史》的筆法是「文學史資料長編」，非史也，但卻有史識。林建國〈方修論〉所言，方修對馬華文學史只作了權宜的處置，因為馬華文學史的複雜遠遠超出方修的能力。方修的時代沒有任何足以支援的理論，那是大環境的問題，不是方修的問題[4]。其實，方修缺乏的不只是理論，尚欠缺人力和財力的挹注。大系得以編成，憑的是過人的毅力，或者對文學的信念，他大概沒料到這套書的影響力和重要性。

當然，方修的文學史或許相當於「資料長編」，然而畢竟做了史識的奠基工作，大系固然有其獨家的觀點，受限於一家的視野，必有其局限以及遺漏[5]。今天我們談馬華散文史，這是最起碼的認知。編選大系時，方修立足於現實主義式的思考，同時也可能排除了不同流

2　方修編：《馬華新文學大系（七）．散文集》（新加坡：星洲世界書局，一九七二），頁一。

3　方修，一九二二年生，一九三八年來馬，長期在新馬的報刊工作，有助於他對文學的觀察和資料蒐集，後又於新加坡大學兼職，《馬華文新文學大系》的編成即在他於新加坡大學任教期間。他在散文卷的序末文說明資料來源除了圖書館之外，靠的多半是私人收藏，非常土法煉鋼。文學史的編撰是大事，必須仰賴龐大的人力物力，以文化事業為前提的運作下方有可能，方修獨力完成的大系，委實不易。

4　林建國：〈方修論〉，收入甄供編：《方修研究論集》（吉隆坡：董教總教育中心，二〇〇二），頁四九〇。

5　新加坡國立大學中文圖書館已把部分館藏微卷上網，包括十幾種重要的報紙全文，詳新加坡國大「東南亞華人歷史文獻數據化計畫」網站，詳細比對，即可判別方修所編大系的遺漏，但作者來源很難辨識，因為報刊常「撿稿」，也就是撿中國的報紙移作己用。

派的作品。早期出版不易，新馬一帶的作家作品尤其缺乏完善保存機制，那個時代的大系，最重要的作用恐怕是留存資料。從另一個角度而言，它亦可視為馬華文學史圖像之體現。在現實主義美學為前提的考量下，我們很難評估究竟淘汰或流失了多少作品，只能根據留下的散文斷定，當時的馬華文壇深受中國文壇影響，從主題、類型、意識形態，乃至批判現實主義式的美學觀，都是中國文壇在海外的支流，特別是魯迅那種直面現實的書寫風格，尤為主流。

《馬華文新文學大系》的理論批評有兩大卷，以今天的眼光來看，當時對理論和批評的概念可能很模糊，所收錄的不少篇章簡陋粗糙，水準可議。值得注意的是，洋洋灑灑兩大卷的評論資料，散文論述卻掛零，「作品的鑑賞與評論」一輯所錄不像評論，倒是如假包換的雜文。乍看之下，會誤以為是散文卷錯置，這些被視為理論與批評的短篇，跟散文卷的雜文，庶幾近之。顯見方修對散文的觀念要不很模糊，要不就是標準很寬。理論批評跟散文的重疊，這正好凸顯了散文的模糊邊界。準此，對馬華散文興起的敘述不免也是表象式的：

> 原因之一是當時中國的辛亥革命已經顯著失敗，南北分裂，軍閥跋扈，列強乘機擴大侵略，國事蜩螗，達於極點，星馬華人普遍地關心政局，傷時憂國，因而政論的閱讀與寫作，乃蔚為一種風氣；作品寫的也多是真情實意，深切動人。6

讀過劉大杰《中國文學發達史》的人，應該很熟悉這種粗糙的唯物史觀——外在條件決定論，作品的生滅興亡無關文學史內部複雜的美學轉折，一切都是社會和歷史的因果；不只是馬華，其實直到一九九〇年代中國學界對五四現代散文的論述，都無法脫離這種史觀，以研究散文著稱的中國學者范培松《中國現代散文史》為例，散文的重要條件都必然要歸之於社會的劇烈變革，社會條件孕育了雜感，也即是雜文[7]。

他們的散文史有兩個特色，第一，雜文是散文的前身，描述性的文字主要在說明現象，不作散文美學的評價。第二，兩人都深受魯迅的影響，以為現代散文的母體，是雜文；就精神譜系而言，則是來自魯迅那種兼具匕首和投槍的批判性文體。方修主編的《馬華新文學大系．散文卷》收錄一九二〇到一九四二年近兩百篇散文，抒情／敘事散文不超過二十篇[8]。要而言之，雜文是現代散文的基礎。

周作人發表於一九二一年的〈美文〉，是對（純）散文美學的初次思考，標示著散文和

6《馬華新文學大系（七）．散文集》，頁一。

7 見范培松：《中國現代散文史》（南京：江蘇教育），頁三九—四五。范培松至少注意到散文的內部條件，但最後都歸結到跟時代的精神有關，非常可惜。

8 詳見鍾怡雯：〈赤道的匕首和投槍——從大系的編選視野論馬華雜文的接受及其問題〉，《馬華文學史與抒情傳統》（台北：萬卷樓，二〇〇九），頁一七七—一七八。

雜文的分道揚鑣，中國的現代散文乃因此迅速開展出以周作人為代表的抒情傳統，而馬華散文的雜文主流則持續了近三十餘年之久。方修隻字未提周作人的「美文」概念，或許因為周作人被視為漢奸的尷尬身分，或許周作人跟方修的文學理念相背。語絲派文人是自由主義者，跟魯迅以文學干預現實的意識形態相去甚遠。南來文人亦分為兩派，各有擁護者，從方修選文的觀點來看，他的現實主義色彩頗為濃厚，是魯迅的擁護者。總而言之，馬華散文因此錯失了跟美文的碰撞，失去擦出火花的可能。這一歷史的偶然，或者必然，錯失的卻是半壁江山：意味著抒情傳統的缺席，或者遲到。

抒情（緣情）和載道（言志）兩個傳統並存是中國散文（或文學）的常態，以方修最推崇的魯迅為例，即兼具吶喊和徬徨兩種特質。雜文的批判以及散文的抒情兩者並不扞格，馬華散文的性格則一直強調社會性，講求文學功能和作用。細讀《馬華新文學大系》的散文卷，社會性又建立在道德勸說、諷喻人世的基礎上。馬華散文史「雜文」混「作文」（散文的練習文）的前半生，對文類缺乏反省，一味針砭時弊，表達意見（有時夾雜著情緒性字眼），結果造成馬華散文體質的先天孱弱，徒具劍拔弩張的外表，缺少深邃細緻的情感鋪陳；長於吶喊，短於徬徨。吶喊是渲洩，徬徨是內心的轉折，相對的，它需要較長的時間去醞釀，是一種需要「閒」功夫，細緻的慢的藝術，當時的馬華社會環境缺少這樣的條件，遑論反省，馬華散文的草創期因此顯得特別長，變化很慢，約一九六〇年代以後，抒情文和敘事文興起，才取代雜文成為創作的主流。

趙戎編《新馬華文文學大系．散文》（一九七一），收錄一九四五到一九六五約近兩百篇作品，雜文近四十篇僅占五分之一，抒情散文成了主流。趙戎在導論中提到，戰後二十年的馬華散文，前十年以雜文和敘述文為大宗，後來的十年則是抒情文的世界。因此方修的序以雜文為論述案例，趙戎的序則多抒情文。

到了第三套碧澄主編的《馬華文學大系．散文（1965-1980）》[9]，則更多的朝抒情文傾斜，這套大系的兩卷散文以抒情文為主軸，碧澄並在〈導言〉指出抒情散文是在六〇年代初流行起來的，跟趙戎的觀察略有出入，雖然如此，他們不約而同指出：雜文不再是散文的主流寫作類型。到了鍾怡雯、陳大為編《馬華散文史讀本（1957-2007）》，收入三十家散文約兩百三十篇作品，雜文僅得張景雲和麥秀二家。這套選本以史的脈絡編選，以人為本，呈現五十年來馬華散文發展的樣貌，編選理念和規模等同大系。從編者的編選視野可知，雜文已成旁枝，狹義的散文，也就是所謂的純散文成為主流。

雖然如此，抒情文和敘事文的增加並不意味著散文貧血的體質轉變，這個散文美學的問

9 第三套馬華文學大系共兩冊，第一冊由碧澄主編，二〇〇一年出版；第二冊由陳奇傑（小黑）主編，二〇〇二年出版。

題留待第二節再詳論。

二、缺席／遲到的抒情傳統

本文第一節指出，馬華散文史的時間和空間的邊界都是曖昧的，溯源和尋找疆界的努力看來似乎徒勞，散文在台灣的難以定義，是因為它太駁雜，包容性太廣，在馬華卻是因為它極為單調，至少在馬華散文史的前半生，它竟然可以等同於雜文，作為批判現實的匕首和投槍，缺少抒情傳統的潤澤和平衡。或許我們應該進一步提問，失衡的原因何在？抒情傳統的缺乏，具體的影響在哪裡？它可不可能像現代主義一樣被移植？

《馬華新文學大系（七）．散文集．導言》在論及馬華散文文體全面成熟期有以下一段話：

> 馬華新文學繁盛期（一九三七～四二）是馬華散文全面成熟的時期，記事、抒情、說理……各種體裁都在這時候充份的發展。此外還有一些新的文體如報告文學、文藝通訊等的興起，加以作者陣容鼎盛，各展所長，因而呈現了百花爭妍，多姿多采的壯觀。當然，基本主體還是抗戰救亡，以及戰時人民生活面貌的描寫。10

如果這段文字的敘述是客觀的，抒情和記事都曾經有過蓬勃發展的狀況，那麼，大系應該呈現跟這段文字相符的成果，散文史的風格應該更多面，事實卻是，大系所收入的散文「基本主體還是抗戰救亡，以及戰時人民生活面貌的描寫」，受限於方修的個人選文標準，大系的散文風貌高度集中，百分之九十以上的散文是雜文；其次，方修注意到已有報告文學興起，然而大系未見收入，顯然他對散文的品味聚焦在雜文上。固然每一位編者均受限於時代因素和個人偏見，各自有其美學考量，然而《馬華文新文學大系》選文高度集中，是最大的缺失。

作為第一套大系，它的示範作用是不言而喻的，無論散文史或散文寫作，它是典律生成的重要源頭。然而，這個典律顯然只是暫時的，入選的雜文裡，我們找不到傳世的作者和篇章，那麼，散文史就必須評估或者解釋這個現象，或者難題。方修後來在《馬華文學作品選．散文（戰後）》收入的選文，仍然不離他的雜文標準，跟趙戎的《新馬華文文學大系．散文》強調抒情文，兩相對比，有頗大出入。

趙戎編的《新馬華文文學大系．散文》，基本上仍以「政治正確」為考量，倒是抒情文已成潮流：

10《馬華新文學大系（七）．散文集》，頁一。

馬華文藝意識則更為蓬勃，這是馬華文藝發展史上一個大轉捩點……但文藝到底是社會的產物，所以出現了後繼者，使文壇生色不少。而這些後繼者大多是土生土長，或從小就來這裡生活的，他們的生活思想與感情，已馬來亞化了的。在散文界上，出現了無數新人，他們以熱愛土地底熱情，抒發對山河風物的愛戀。所以後期我們有了很多優秀的抒情作品。這樣說來，戰後二十年來馬華散文界是循著一條正確的軌道發展的。[11]

要而言之，趙戎的散文美學是以能愛國、表現本土特色為原則。馬華本土意識的提倡並無不妥，問題出在這個標準成為單一原則，作為論斷作品「優秀」與否的考量；其次，所謂的抒情之作，也仍有商榷的空間。換而言之，作為大系的選文，無論方修的雜文或趙戎的抒情文，這些文類都具有展示和示範的作用，當它們跟其他不同國家或地區，跟同一時代相同類型的華文散文比較的時候，它們的位置在哪裡？沒有這樣的認知和直面的態度，對自身的評價或許都是「我們有了很多優秀的抒情作品」。

或許我們的問題出在眼界和視野，以及胸襟。就台灣而論，一九四〇到一九六〇年代，余光中寫出了《左手的繆思》（一九六三）、《望鄉的牧神》（一九六八）、《逍遙遊》（一九六九），仍是葉珊的楊牧於一九六〇年正在寫作他的《葉珊散文集》（一九六六）[12]，若要說

「優秀的抒情作品」，《葉珊散文集》可謂當之無愧。這樣的類比目的不在讓馬華散文現拙，而是要追問，造成缺乏的關鍵在哪裡？或許再引一段趙戎在第二冊大系的序言：

由於我們的散文家都是土生土長的一群，他們誕生在這熱帶的土地上，在這裡養育長大，自然而然地對當地的一山一水，一草一木和各民族的生活風俗習慣，有了深刻的關係和不可磨滅的感情。他們熱愛這裡的一切，所以在字裡行間流露出真誠的無限的激情。在這裡我選了三十多位散文家的作品，結為一集，他們對土地對人民的愛都是共通的，他們的理想與願望，大抵也是相同的。而且，沒有那種灰色的絕望的頹廢的傷感主義底悲鳴，即使有，也只作為一種襯托底描寫罷了。[13]

這段散文美學重複前一段引文的觀點，也就是：選文的首要條件是散文的主題和內容，「寫什麼」比「怎麼寫」重要；其次，所選的作者計有三十餘家八十多篇作品，俱表達了對家國

11 趙戎編：《新馬華文文學大系．散文（1）》（新加坡：教育出版社，一九七一），頁一。
12 葉珊時期的散文完成於一九六一到一九六五年，約在十九到二十四歲之間，十分早慧。
13 趙戎編：《新馬華文文學大系．散文（2）》（新加坡：教育出版社，一九七一），頁二。

的愛與理想。大系不是主題選，也不是愛國文選，要呈現的是異質而非同質，多元而非單元；假設作者或選文同質性高，依此反推，必然是作者或編者其中一方出了問題。否則，那就是一個缺乏創造力的時代，才會「對土地對人民的愛都是共通的，他們的理想與願望，大抵也是相同的」，這種一以概之的描述令人不解，思考邏輯也十分弔詭。

方修《馬華新文學大系．散文集》選文年限是一九二〇到一九四二，趙戎《馬華文學大系．散文卷（一）》年限則是一九四五到一九六五，兩部年限相近的大系所收作者，作者竟然無一重疊，除了兩人的散文美學完全相背之外，比較合理的解釋是，在馬華散文史的前半期，寫作者的創作生命十分短促，作家缺乏延續性，換而言之，早在風格的轉折之前，就夭折了。以楊牧為例，從葉珊的《年輪》到楊牧《奇萊前書》、《柏克萊精神》等等歷經多次風格蛻變，一個最重要的原因是，持續的探索不間斷的寫作。這樣的成果包括以下的條件：至少五到十年，擁有良好的生產機制，發表管道、出版事業和市場反應等條件配合，加上個人的才氣和視野，毅力和努力等等諸多因緣聚合。

楊牧多次論及周作人散文風格，引為圭臬，最足以代表五四抒情傳統的傳承；此外，他最推崇歐洲幾位浪漫主義詩人，自許為「右野外的浪漫主義者」，得其「山海浪跡上下求索的抒情精神」[14]。借高友工對抒情傳統得以成形最主要的關鍵是：「美感經驗需要的是一個內化過程，要達到的是一個內省的境界」[15]。所謂內省的境界看像哲學議題，實則放諸散文創作，即是楊牧所謂的「上下求索的抒情精神」，魯迅的「徬徨」，是一種需要時間慢慢反芻的閒功夫，出發點是創作者的內心和靈魂；是一種具體情境的心境，那是客觀事物在創作者所引起的回響。這回響的豐富與否，則牽涉到更複雜的積累——創作者的學養和才氣，視野和生命經歷。最後，則是技術——創作者的表達能力，是否足以成功傳達這種心境。

這些複雜的條件都要有一個最基本的條件：時間。然而，早期馬華作家寫作不易，先有生存之道，才有餘裕舞文弄墨。最後，文學多半成了青春的紀念品。趙戎在大系導論裡指出好些作家在報紙副刊和雜誌發表寫過一些散文，沒出書，後來就不再寫了。早期的文學大環境如此，馬華文學史的前期出現巨大斷層也就不足為奇。

果然如此，則抒情傳統如何可能？從兩部大系觀察到的情況是，馬華散文的處境在艱難的環境下只能求生存，在方修重雜文，趙戎重本土特色的選文標準之下，兩部大系跟抒情傳

14 引自楊牧：〈右野外的浪漫主義者〉，《葉珊散文集》（台北：洪範，一九七七），頁七。此書原於一九六六年，由文星出版。

15 高友工論及抒情傳統的重要文論，出自高友工：《中國美典與文學研究論集》（台北：國立臺灣大學出版中心，二〇〇四），要而言之，他以為抒情傳統是中國自有史以來以抒情詩所形成的一個傳統，其建立與發展的解釋是基於一套基層的美典的成長，這套美典因為與抒情傳統息息相關，可名之為抒情美典。但也可以根據它的目的是表現內心而稱為表現（或表意）美典，詳見該書頁一〇四—一〇七。

統成為平行線，大系最大的意義變成是史料保存。依據趙戎的觀點，抒情文跟雜文和敘事文原可鼎足而立，惜乎他沒有進一步發展抒情的概念。反省文學史，是以重寫文學史為出發點。反省歷史的意義在於藉歷史經驗檢視現在，現今馬華的生產機制，比起方修和趙戎的時代似乎好多了，然而，我們的創作成果呢？

結論

本文藉馬華最早的兩部散文大系，討論馬華散文的邊界和美學建構，發現其美學構成欠缺抒情傳統，並論述這個現象的人為因素，以及時代的緣由。這樣的立論基礎建立在「一個相對完整而有活力的文學，必然是不同美學觀點實踐的成果」的假設上，試圖朝向一個抒情傳統的建構。

馬華文學的生產機制雖然比不上台港大陸，或者隸屬國家文學的馬來文壇資源豐富，然而絕對比方修或趙戎的時代來得完善，至少有出版和市場機制為寫作人撐腰，各種文學獎的鼓勵和宗親會的出版獎助，甚至可以跨國出版[16]。最重要的是，在網路時代，發表完全不成問題，副刊登與不登，差別只在稿費有無，網路的點閱率說不定比副刊還高，而且散播得更遠。問題也在這裡。抒情傳統最根本的條件，卻是一個內省的境界。它需要的是緩慢的內化過程，我們遭遇的恰恰是講求極速的網路時代，高度交流，來不及沉澱，抒情傳統連積累的機會都沒有，就被捲入速度的浪潮裡。魯迅的朝花夕拾，周作人苦雨齋喝苦茶聽苦雨品味的苦味人生；沈從文凝望他消失的邊城，被美學化的精神故鄉；或者楊牧觀察年輪的閒情，陷入思考的專注……。這一切，在網路時代都逐漸化為上古史。

馬華散文在次文類的建構上，無論是自然寫作、飲食文學或者地誌書寫都十分努力。然而我們缺乏內省的散文，那是一種境界和修練，或許可稱之為情感的深度，是散文的基礎。所有的散文寫作，都建立在這層修養上。以此回應第二節的提問，抒情傳統絕對不可能移植，那是內在功夫，個人的修行。

我們還有機會，或者氣魄彌補這塊缺口嗎？

16 旅台一脈，以及少數在馬的創作者均在台灣和中國出版作品，畢竟那是華文世界的擂台，能見度高，相對競爭也高。

參考書目

方　修：《馬華文學史補》（新加坡：春藝圖書，一九九六）。
方　修：《馬華文學史稿》（新加坡：星洲世界書局，一九六三）。
方　修：《馬華新文學簡史》（吉隆坡：董教總，一九八六）。
方　修：《戰後馬華文學史初稿》（新加坡：自印，一九七八）。
方　修編：《馬華新文學大系．理論批評》（新加坡：星洲世界書局，一九七二）。
方　修編：《馬華新文學大系．散文集》（新加坡：星洲世界書局，一九七二）。
方　修編：《馬華文學作品選．散文（戰前）》（吉隆坡：董教總，一九八八）。
方　修編：《馬華文學作品選．散文（戰後）》（吉隆坡：董教總，一九九一）。
王鍾陵編：《二十世紀中國文學史文論精華（散文卷）》（石家莊：河北教育，二〇〇〇）。
林建國：〈為什麼馬華文學？〉，收入陳大為、鍾怡雯、胡金倫編：《赤道回聲：馬華文學讀本Ⅱ》（台北：萬卷樓，二〇〇四），頁三—三二。
范培松：《中國現代散文發展史》（南京：江蘇教育，一九九三）。
范培松：《中國散文批評史》（南京：江蘇教育，二〇〇〇）。
張錦忠：《南洋論述：馬華文學與文化屬性》（台北：麥田，二〇〇三）。
張錦忠編：《重寫馬華文學史論文集》（埔里：暨南國際大學東南亞研究中心，二〇〇四）。
陳大為、鍾怡雯、胡金倫編：《馬華文學讀本Ⅱ：赤道回聲》（台北：萬卷樓，二〇〇四）。

陳大為、鍾怡雯編：《馬華文學讀本Ⅰ：赤道形聲》（台北：萬卷樓，二〇〇〇）。

陳大為：《思考的圓周率：馬華文學的板塊與空間書寫》（吉隆坡：大將，二〇〇六）。

陳大為：《馬華散文史縱論1957-2007》（台北：萬卷樓，二〇〇九）。

陳奇傑編：《馬華文學大系．散文卷（二）》（吉隆坡：彩虹，二〇〇二）。

黃錦樹：《馬華文學：內在中國、語言與文學史》（吉隆坡：華社資料研究中心，一九九六）。

黃錦樹：《馬華文學與中國性》（台北：元尊文化，一九九八）。

楊松年：《新馬華文現代文學史初編》（新加坡：教育出版社，二〇〇〇）。

甄　供編：《方修研究論集》（吉隆坡：董教總，二〇〇二）。

碧　澄編：《馬華文學大系．散文卷（一）》（吉隆坡：彩虹，二〇〇一）。

趙　戎編：《新馬華文文學大系．散文（1），（2）》（新加坡：教育出版社，一九七一）。

鍾怡雯、陳大為編：《馬華散文史讀本Ⅰ．Ⅱ．Ⅲ》（台北：萬卷樓，二〇〇七）。

鍾怡雯：《亞洲華文散文的中國圖象（1949-1999）》（台北：萬卷樓，二〇〇一）。

鍾怡雯：《馬華文學史與抒情傳統》（台北：萬卷樓，二〇〇九）。

鍾怡雯：《無盡的追尋——當代散文的詮釋與批評》（台北：聯合文學，二〇〇四）。

鍾怡雯：《經典的誤讀與定位——華文文學專題研究》（台北：萬卷樓，二〇〇九）。

鍾怡雯編：《馬華當代散文選（1990-1995）》（台北：文史哲，一九九六）。

杜運燮與吳進

——一個跨國文學史的案例

一、馬華作家吳進，中國詩人杜運燮

馬華現代文學的初始階段，主力的創作群體大多是從中國南來的作家。這片位處熱帶的南洋，在南來作家筆下是「僑居地」，他們將馬來亞視為工作或旅居的異邦，並沒有對土地產生情感，也就不可能有系統而大規模的地誌書寫。南來作家的散文、雜文或詩，空間多半只是故事或情感的背景和舞台，不是書寫重心。

撇開空泛與膚淺的描述不談，第一位對馬來亞風土民情進行有系統的書寫，而且達到相當藝術水平的作家，是吳進（一九一八—二〇〇二）的《熱帶風光》（一九五一）[1]。本名

1　吳進：《熱帶風光》（香港：學文書店，一九五一）。

杜運燮的吳進，出生於馬來亞北部霹靂州的實兆遠（Setiawan）小鎮，唸完初中後，到中國福州讀高中，畢業於西南聯大外文系。在西南聯大時期開始寫詩，跟穆旦和鄭敏被譽為「聯大三星」。吳進在現代文學史上的身分與定位，是中國九葉派詩人杜運燮，而非馬華作家吳進。

杜運燮跟穆旦、辛笛、鄭敏、袁可嘉、陳敬容、杭約特、唐祈和唐湜等詩人均為九葉詩派成員，近年來的論述，多半把他們評價為深受西方現代主義影響的一代，杜運燮也承認自己受奧登（Wystan Hugh Auden, 1907-1973）的影響[2]，「他（奧登）初期的詩寫於大學校園。他的政治思想被認為是左的。反對法西斯（去過西班牙，到過中國抗戰前線並寫過關於抗戰的組詩），當然，艾略特和奧登的現代派表現手法我都特別感興趣，認真琢磨和借鑑，也就是如何加以中國化」[3]，比他大十一歲的奧登詩風明朗、機智，兼有朝氣和銳氣，頗合他的脾性。不過，奧登對杜運燮的影響恐怕不止詩風。西南聯大外文系就讀期間，杜曾任中國遠征軍的翻譯，參加英軍在印度和緬甸的戰爭，這樣的人生歷練固然有大時代的因素，卻也頗有效法奧登的意味。一九四七到一九五〇年，杜運燮先後在新加坡的南洋女中和華僑中學任教，一九五一年北上香港，經西南聯大的老師沈從文推介，去編輯《大公報》。翌年重返中國，歷經文革下放，後到山西師範學院教書，一九七九年重回北京，直到去世，成為異鄉人——當然，所謂「異鄉人」者，完全是一個以出生於馬來亞的華人，而輾轉流徙，而最終逝世於非出生地的說法。對於杜運燮那輩的華人而言，或許中國跟馬來亞一樣，都是故鄉。

在現代文學的論述上，杜運燮遠比吳進有地位。吳進著有一本散文，杜運燮則有四本詩

2 相關研究可參見同為九葉派詩人袁可嘉所寫的〈西方現代派與九葉詩人〉一文，見袁可嘉：《半個世紀的腳印》（北京：人民文學，一九九四）。藍棣之曾編選《九葉派詩選》（北京：人民文學，一九九二），其長篇序言對九葉派的背景，包括形成與發展的過程，風格及流變均有非常詳盡的敘述；此外，還有游友基《九葉詩派研究》（福州：福建教育，一九九七）和馬永波《九葉詩派與西方現代主義》（上海：東方，二〇一〇）等相關論著。杜運燮受奧登詩風影響的說法，最直接的證據，則參見王偉明：〈載盡人間許不平——與杜運燮對談〉，《詩雙月刊》第三九期（一九九八年四月），頁八。該文同時收入《杜運燮六十年詩選》（北京，人民文學，二〇〇〇）。綜合藍棣之和游友基的研究，九葉詩派是一九四〇年代形成的詩歌流派，其實人數頗多，所謂九葉以九位詩人為代表的說法，乃是在一九八一年，江蘇人民出版社把杜運燮、穆旦、辛笛、鄭敏、袁可嘉、陳敬容、杭約特、唐祈和唐湜九人的部分詩作編為《九葉集》出版，因此被學術界追認為九葉詩派。九葉的「九」實應理解為「多」，這個詩派除了西南聯大詩人群之外，尚包含《詩創造》和《中國新詩》詩刊部分詩人，以及《創造詩叢》和《森林詩叢》的部分詩人。此外，一九四〇年代表近現代主義詩風的詩人，均可包含在內。

3 王偉明：〈載盡人間許不平——與杜運燮對談〉，《詩雙月刊》第三九期（一九九八年四月），頁八。

集，一本散文[4]；隨著近幾年對「九葉派」的研究，杜運燮逐漸為人所重視，成為中國現代文學史一部分。相反的，在馬華文學史上，吳進只出現過在趙戎編的《新馬華文文學大系·散文卷》（一九七一）、馬崙《新馬華文作者風采》（二〇〇七），以及鍾怡雯和陳大為主編的《馬華散文史讀本I·II·III》（二〇〇七）[5]。編大系的趙戎顯然對吳進所知不多，並未提及他的詩人身分杜運燮，甚至把他當成南來文人。吳進自己表示，「那裡（新馬）的讀者相當長一段時間更熟悉吳進的散文，而不知杜運燮也寫詩」[6]，以吳進為筆名寫的《熱帶風光》，是在香港編《大公報》期間出版的。他跟馬來西亞最後的關係，大概是回到霹靂州出版詩集《你是我愛的第一個》（一九九三）。

一九四七到一九五〇年，吳進在新加坡的南洋女中和華僑中學任教期間，寫下著名的散文集《熱帶風光》。吳進對馬來亞的情感和了解，遠比南來作家更為深厚，這系列散文書寫自身的生活經驗，另一方面學習馬來文，作了許多具有學術價值的民俗文化考據工作。馬來歷史典故、在地文化資料，以及自身經驗的多重鑄合，一九四〇年代完成的散文遂有一九九〇年代「文化散文」的規格[7]。吳進之所以跟馬華文學史發生關係，最主要是因為《熱帶風光》。

吳進要寫的本來是「一部反映華僑拓荒歷史的長篇小說」，《熱帶風光》原來是小說的前置作業，以讀書札記性質寫成的副產品[8]。最後小說沒寫成，卻成了「在地文化的田野記錄」。他以人類學的角度，一種百科全書式的寫作方式，對馬來亞盡可能進行全方位的導讀與分析，成了地誌書寫的最好範本之一。寫作此書時，吳進利用教書餘暇，到博物館、圖書

---

4 杜運燮另有兩本詩自選集《杜運燮詩精選一〇〇首》（自費出版，一九九五）和《杜運燮六〇年詩選》（二〇〇〇），以及一本詩文集《海城路上的求索》（一九九八），另有與詩友合輯《九葉集》（一九八一）、《八葉集》（一九八四）。

5 杜運燮在《海城路上的求索‧自序》裡表示，《熱帶風光》一書有三稿散文收入馬來西亞、新加坡和《新馬華文文學大系》，〈熱帶三友〉收入馬來西亞華文課本的時間最長，見杜運燮：《海城路上的求索》（北京：中國文學，一九九八），頁六。趙戎《新馬華文文學大系》視吳進為南來文人，見趙戎編：《新馬華文文學大系‧散文（1）》（新加坡：教育出版社，一九七一），頁八。餘則待查。

6 杜運燮：《海城路上的求索‧自序》，頁二。

7 文化散文興起於一九九〇年代的台灣，跟余秋雨出版的第一本散文《文化苦旅》（一九九二）有密切關係。這本標榜「大」散文的文化散文，以軟筆寫冷硬的大歷史，抒發人文關懷，余氏以後數本散文皆以這種風格取向，在台灣掀起余秋雨旋風，台灣媒體甚至稱之為「余秋雨現象」。余氏散文同時在華人讀者群取得熱烈迴響，並循張愛玲模式從海外（台灣、香港及東南亞等）紅回中國。不同於「海外」的高度評價，他在中國成為爭議性人物。余氏採取了非常有效的書寫策略，大歷史的題材在他筆下感性兼具知識性（這也是最危險的，一旦史料錯誤，負面影響深遠，惜此乃余氏「風格」之一）。

8 杜運燮：《海城路上的求索‧自序》，頁二。

館去蒐集資料[9]，以一種學術研究的方式寫下這本多長篇鉅製，架構完備的散文。以今天更細緻的文類觀點來看，他的散文其實更接近知識性散文，抒情少，敘事多，兼有雜文的議論性，把馬來亞的種族、語言、社會、文化以及歷史，以散文的方式做了獨特的處理。《熱帶風光》是「在地文化」書寫的重要起點。他的人文地理學視野，遠遠超越了五〇年代，以及當代的馬華文學。鍾怡雯曾在〈從理論到實踐——論馬華文學的地誌書寫〉一文指出，吳進筆下的馬來半島，其實是「鄉愁」的替代品，此書最動人之處應該是裡頭蘊藏著的時間之眼。他壓抑著情緒，以知性之筆，寫下可能回不去的馬來半島[10]。

這樣的推論在王偉明〈載盡人間許不平——與杜運燮對談〉一文裡，獲得進一步的印證，「我在新加坡先後在南洋女中和華僑中學任教，均因支持學生的愛（中）國活動而被英殖民政府強迫解聘。一九五〇年第二次被解聘失業時，新中國已成立，我也嚮往參加建設新生的祖國」[11]，由此推測，寫作《熱帶風光》時，吳進已有去國離家的打算——不被出生之地馬來亞（出生之地已是英殖民地）接納，那麼就「回」到「祖國」中國，「這是因為多年來華僑多半生活在外國殖民或種族主義統治下，過著寄人籬下『海外孤兒』被欺壓的艱辛生活」[12]。兩段引文值得注意的是「祖國」和「華僑」的使用，確實頗類具有僑民意識的南來文人，這分明跟《熱帶風光》熟稔馬來風土，能翻譯班頓（pantun，馬來詩歌）的吳進很難湊在一起，也跟《熱帶風光》深具「馬華文藝獨特性」的風格扞格，同時也讓《熱帶風光》

具有可辯證的想像空間。

實際上，《熱帶風光》自身就擁有在地與中國的雙重視野，他的敘述視角有時是華僑，有時是馬來亞人，甚至兩者並存。有時稱華人為華僑，中國則是祖國。《熱帶風光》兼有「吳進」跟「杜運燮」兩者的疊影，前者是馬華作家，後者則是遠比吳進有名的九葉派詩人。

本文擬從《熱帶風光》的「雙重視野」出發，討論吳進在馬華文學史的意義，散文家吳進和詩人杜運燮在馬華文學史的錯過和缺席，並論述杜運燮（吳進）的「雙重（故鄉／國籍）文學身分」個案，凸顯出馬華文學的複雜而多樣，以及馬華文學的研究問題。在全球化之前，馬華作家的（被迫）流動和遷徙，跟當代作家自由／自主的移動並不相同，杜運燮的個案，絕非現有的文學理論或學術用語可以處置。我們要「敘述」杜運燮和他那輩的華人，特別是當我們把杜運燮放入文學史裡去思考的時候，必須還原那個時代的氛圍，使用更準確而細緻的思考和用詞，才能給予恰如其份的評價。

9 柳舜：〈我的老師杜運燮〉，《詩雙月刊》第三九期（一九九八年四月），頁四一。

10 對於吳進《熱帶風光》的初略論述，參見鍾怡雯：〈從理論到實踐——論馬華文學的地誌書寫〉，《成大中文學報》第二九期（二〇一〇年七月），頁一四五—一四六。

11 〈載盡人間許不平——與杜運燮對談〉，頁五—六。

12 〈載盡人間許不平——與杜運燮對談〉，頁五。

二、熱帶風光：雙重視野之下的地誌書寫

《熱帶風光》出現在一九五〇年代，無論就文學史的發展，或者地誌書寫的角度去審視，都是異數。上一節論及，吳進的人文地理學視野，遠遠超越了一九五〇年代，以及當代的馬華文學。魯白野的《馬來散記》（一九五三）和《獅城散記》（一九五四）完成於一九五〇年代，兩書雖是主題書寫，卻質木無文，偏向史料式的地理學觀察報告，跟建構地方意義的地誌書寫相去甚遠，頗類早期的《馬來鴻雪錄》（一九三〇）、《馬來半島商埠考》（一九二八）、《英屬馬來亞概覽》（一九三五）等，以歷史考據勝出的雜記。因此，我們應該把《熱帶風光》放在戰後馬來亞的歷史框架裡，從時代背景去還原當時的時代氛圍，或許可以看出一些端倪。

一九四七年的馬來亞文壇，興起「馬華文藝的獨特性」與「僑民文藝」的論爭。加入論爭的作家除了馬來亞出生的華人作家之外，尚包括南來文人胡愈之和遠在香港的郭沫若。這場論戰打得轟轟烈烈，乃是本土意識和中國意識第一次短兵相接。表面上看來，這是一場文藝論爭。根據謝詩堅的研究，論爭的背後，實有共產黨和國民黨的政治力介入，這場論戰從一開始的文藝之爭，變成國共兩股政治勢力的角力[13]，因此，「馬華文藝的獨特性」與「僑民文藝」的論爭，或許可以解讀為不同政治立場的華人，以文藝為戰場的意識形態論爭，體

現了那套毛澤東文藝跟政治不可切割的理論。值得注意的是，論戰時間是從一九四七年底十一月開始，到一九四八年四月結束，英殖民政府緊接著在同年六月頒布緊急法令，試圖削弱漸成氣候的共產黨。緊急法令對華人最大的影響是，住在偏遠地區的居民被送入新村集中管理，更多被懷疑援共的華人被遣送回中國，馬華公會的創辦人陳修信甚至把這個措施視為「排華政策」[14]。此外，英政府想從教育下手，徹底剷除共產黨的勢力，對中國有感情的華校是英政府的第一目標，一九五〇年更試圖關閉華僑中學和南僑女中。

陳述這段歷史背景的用意，是為了說明任教於華僑中學教書的吳進，必然深刻感受到文藝和時代的強烈震盪。曾在中國讀書，同時又隨中國軍隊遠征印度和緬甸的經歷，大概頗有「效忠祖（中）國」的嫌疑，身分也頗類南來文人。我們可以推測，寫作具有馬來亞地域色彩的《熱帶風光》，是對「馬華文藝的獨特性」的具體回應，同時也是身分的表白。書寫本

13 論爭當事人之一的苗秀為《新馬華文文學大系．理論卷》所寫的導論，對馬華文藝的獨特性論爭始末有詳盡的敘述。見苗秀編：《新馬華文文學大系．理論卷第一集》（新加坡：教育出版社，一九七一），頁一三—二〇；又見謝詩堅：《中國革命文學影響下的馬華左翼文學（1926-1976）》（檳城：韓江學院，二〇〇九），頁一二六—一四四。

14 何國忠：《馬來西亞華人：身分認同、文化與族群政治》（吉隆坡：華社研究中心，二〇〇二），頁三八—四〇。

土，在那個時代氛圍底下，等同於「愛國」。雖然如此，現實並不容許他留下，他被迫離開華僑中學，無以為生，當然只能遠走他鄉。或者，更正確的說法，返回另一個祖國。吳進的例子並非個案，從一九四八到一九五三年，被遣返中國的華人計有兩萬餘人[15]。

其次，新加坡當時是政治文化中心，南來學者和文人如郁達夫、許雲樵、姚楠等在一九四〇年便已成立「中國南洋學會」，是最早研究東南亞華人和南洋課題的團體[16]。中國南洋學會對新馬華人史採取全方位的研究，包括史地、人種、語言、教育、經濟文化等等，這種研究方式，在《熱帶風光》那裡，則是體現為百科全書式的地誌書寫。這本雜揉了雜文和散文的「小說副產品」，應該深受「南洋研究」的風潮所影響，《熱帶風光》可說具體而微的體現了一個時代的氛圍。

當然，作為一部超越時代視野的散文，《熱帶風光》的意義絕不止於此，我們應該把《熱帶風光》放入馬華文學史，給予它一個合理的位置。

跟吳進同時代的散文家蕭村（一九三〇—）出生於馬來亞，寫過《山芭散記》（一九五二），同樣書寫赤道風光，最後跟吳進一樣，也回到中國定居。不過，《山芭散記》的敘事基調較抒情，偏向馬來亞的生活細節和記事，並不像《熱帶風光》一樣具有強烈的說明性，以及知識性格；其次，從《山芭散記》單純記事的敘事方式看來，蕭村的預設讀者，應是馬來亞讀者。《熱帶風光》則很明顯的預設了第二類對馬來亞不了解的讀者，包括中國或馬來亞的華人，因此寫作方式抒情之外，最重要的是加入考證和說明，具有很強烈的、引領讀者去認識馬來亞的意味。或者我們也可以說，為了寫作《熱帶風光》，吳進也「重新」認識他成長的地方。

或許我們應該先回到杜運燮身上。

早在寫作《熱帶風光》之前，杜運燮寫過一首九十六行的長詩〈馬來亞〉（一九四二），一節六行，總共十六節。此詩寫於昆明，從詩的內容推測，應是日軍入侵馬來亞之後所作。前面八十四行是對馬來亞的禮讚，歌頌馬來亞的豐饒和美好。最後兩節均以「今天在屠殺」起頭，批判日軍的屠殺。「不理會外國紳士的諾言和法治／『保護』是欺騙，一切要靠自己」[17]則諷刺英殖民政府的無能和懦弱，具有強烈的反戰和反殖民意識，兼反襯出前面十四節禮讚的正當性。這首詩大體而言是敘事詩，如果隱去最後兩節直接而強烈的批判語言，說它是抒情兼詩版的《熱帶風光》亦不為過。其次，我們可以把這首詩視為《熱帶風

15 何國忠：《馬來西亞華人：身分認同、文化與族群政治》，頁四〇。原資料見 Victor Purcell, *Malaya: Communist or Free?* (Stanford, Calif.: Stanford UP., 1954), p. 146.

16 中國南洋學會於一九五八年更名為南洋學會（South Seas Society），由知名學者王賡武擔任《南洋學報》的主編，南洋學會成為南洋問題研究中心。

17 藍棣之編：《九葉派詩選》（北京：人民文學，一九九二），頁一〇八。

光》的「初稿」，書寫《熱帶風光》的遠因之一。

到新加坡教書時，吳進年屆三十，已經到過印度和緬甸，兩次重返中國，離鄉（馬來亞）、以及異地異鄉的經驗，或許也促使他重新省思、認識馬來亞。從創作者的角度來看，空間和時間拉開的距離夠長，足以讓他擁有第三者的視角／視野，思考馬來亞對他的意義。這種觀看馬來亞的方式，便是《熱帶風光》的兩地視野，譬如〈「醍醐灌頂」般的「沖涼」〉：

初由熱帶到中國，常把「洗澡」講成「沖涼」，為朋友們所識笑；回到熱帶後，也總未能立即習慣說「沖涼」以代「洗澡」。每次提到洗澡，都不免要多費一番口舌：「當我洗完澡——沖過涼以後……」正如這裡的許多「僑生」講話時，喜歡夾些英文，卻又似乎生怕別人未讀過英文而立刻加以翻譯：「我的 Father——我的父親現在……」[18]

吳進藉由不同辭彙的使用，書寫兩地的「中國經驗」和「馬來亞經驗」的差異，此文主要還是寫馬來亞華人「沖涼」的經驗和歷史。然而這篇散文的誕生，卻是發現「洗澡」（中國）而起。「沖涼」和「洗澡」代表了熱帶和溫帶的兩種生活方式，引文是一段兩地經驗的對比，我們可以讀出一個創作者的敏銳觀察。吳進更進一步譬喻，洗澡是輕聲說話式的「絮語」，沖涼是「鐃鈸的巨響」：

（洗澡）只是如海邊無風無浪時的所謂『絮語』，給你的感覺是想得遠。沖涼時則完全不一樣了，一桶一桶水沖下來，就如一下下鐃鈸的巨響，聽到那種聲音，你不禁也會有痛快的感覺，給你的是力的感覺。[19]

以上引文是吳進文字的特質，他的散文充滿詩的質地，時而帶點幽默和調侃，跟他喜歡機智明朗的奧登有關，也跟杜運燮輕靈的詩風近似。引文比較兩種洗澡方式，呈現的是兩地視野。散文從沖涼方式，沖涼房的建築式樣，到沖涼的樂趣和痛快感，男人和女人沖涼的差別，均作了詳細而幽默的敘述。中國女人到馬來亞後，沒有沖涼房時，便學馬來女人以紗籠圍在胸部，用洋鐵吊桶打井水沖，再以乾紗籠蓋在外面，在公眾前就把濕的脫去。沖涼是華人移民「水是藥」的生活智慧，先民用來對治濕熱黏膩天氣的良方。散文最後以「沉浸在音樂裡的感覺」[20]的山芭沖涼記憶作結。感性經驗再加上清朝謝清高的《海錄注》考證的沖涼掌故，要而言之，這篇散文除了是個人在馬來亞的生活記憶，同時也描繪出早期馬來亞社會

18《熱帶風光》，頁三二。
19《熱帶風光》，頁三六。
20《熱帶風光》，頁三八。

的面向。

《熱帶風光》除了體現一個時代的大歷史氛圍之外，也建構了充滿細節的華人移民史。以新人文地理學的觀點來看，吳進筆下的馬來亞充滿「地方感」（sense of place）。人文主義地理學者艾蘭．普蘭特（Alan Pred）在〈結構歷程和地方：地方感和感覺結構的形成過程〉論地方感時指出，新人文主義地理學者提出「地方」不只是客體，而是主體的客體。段義夫（Tuan Yi-fu）等學者更進一步延伸這個觀點，使之更周延，「地方」因此是經由記憶積累；經由真實的動人的經驗，以及認同感；經由意象、觀念和符號等形塑而成。[21]

艾蘭．普蘭特強調地方是主體的客體，而非兩種對立且截然二分的關係，並不難理解。這個見解的關鍵，乃是「情感」。經由情感的投射，地方因此變成一個承載著個人的記憶和經驗的焦點，因此而產生「認同」[22]。段義夫的說法進一步把艾蘭．普蘭特的觀點跟「認同」產生聯結。〈「醍醐灌頂」般的「沖涼」〉頗具代表性，乃是因為它是《熱帶風光》的基調。然而《熱帶風光》的馬來亞「認同」，其實是複雜的。吳進生於馬來亞北部，北馬、南馬都生活過，他對馬來亞當然有感情，可是這樣的感情卻是經由「他地／他鄉」的「他者」眼光，多次折射之後產生的。

我們可以再舉〈涼爽的亞答厝〉為例。這篇散文採取的仍然是多次折射之後的視角，跟〈「醍醐灌頂」般的「沖涼」〉一樣，中國經驗仍然是參照系，他以參差對比的筆法，把亞答

（atap）屋跟中國的茅屋並舉，這種書寫角度，同時利於馬來亞和中國讀者了解兩種不同的建築材質：

從遠看，中國的茅屋的屋頂部分與亞答屋十分相似，但茅草給人以飽滿溫暖的感覺，而亞答給人的則是消靜涼爽的感覺。亞答屋叢聚在一起的村落，似要比茅屋更好看些，因為新舊亞答的顏色頗有差別；新換的亞答多是帶點綠色，看來又脆又大硬，較有生氣，彷彿是剛燙好的衣服；換了較久的就漸漸變成枯黃，深樓，而最後變成爛葉色，大風一刮，便一片片隨著飛掉了。此外，茅草當然對於聲音是不大有反應的。說到聲音，前面只提到雨聲，其實，在山芭裡住亞答屋還可以聽到許多許多愉快的聲音，使在那裡度過兒童時代的人們永遠不能忘記。[23]

21 艾蘭．普蘭特：〈結構歷程和地方：地方感和感覺結構的形成過程〉，收入夏鑄九、王志弘編譯：《空間的文化形式與社會理論讀本》（台北：明文，一九九四），頁八六—九二。

22 這裡作者的認同乃暫用，必須上下引號，詳見本文第三節。

23 《熱帶風光》，頁二八。

這段文字從感覺、顏色和聲音等不同層次來寫亞答屋，同時也寫茅屋，兩種角度都處理得恰到好處，然而他的重點仍然是亞答。相較之下，他似乎也對亞答屋比較有感情，原因很簡單，那是因為時間——他的童年時光就在亞答屋裡度過。即便茅屋比較迷人，童年記憶、懷舊之情仍然會為亞答屋鍍上美好的光影和景深。因此，我們可以藉由這樣的實例來修正J. Hillis Miller的觀點。

J. Hillis Miller在《地誌學》（*Topographies*, 1983）指出，「地景並非先驗性的存在之物（pre-existing thing），它是一個透過在地的生活，被人為地創造出來的富有意義的空間」[24]，這樣的觀點因此有商榷的餘地，在地人既有「洞見」，常常也可能有「不見」，熟悉感可能遮蔽了我們的感覺，以《熱帶風光》而言，它超越時代的視野，應該來自多次「離鄉」的「異域」經歷。異域者，包括中國、印度和緬甸等，乃是以馬來亞為出發點的權宜說法。經由中國詩人杜運燮和馬華作家吳進的雙重視野，《熱帶風光》詮釋了一個豐富且多層次的馬來亞。同時，也經由他者的眼光，看到馬來亞跟中國的差異，以及自己的匱乏。換而言之，寫作是重新認識自己故鄉的方式。

如果沒有異地經歷，吳進不會意識到自己的局限，進而回頭重新認識馬來亞。那麼，杜運燮在文學史的位置，僅僅就只是中國九葉派詩人，他不會以「吳進」之名進入馬華文學史，而成為跨國文學史的案例。必須強調的是，《熱帶風光》的寫作雖然使用了學術研究的方式，它完成的卻非史料式的地理學報告，或者歷史考據，而是加入「想像的技術」，以散文的形式，自身的生活體驗，充滿感情的筆調，建構了有別於魯白野的《馬來散記》或《獅城散記》雜記／雜文的書寫方式。地方感是地誌書寫的重要元素，吳進當時並沒有地誌書寫的概念，卻完成了相當成熟的地誌書寫，因此在地生活之外，地誌書寫的第二個條件是，書寫者同時要兼有他者敏銳的眼光和視野——J. Hillis Miller這段話宜有如此但書。

作為書寫馬來亞的地誌書寫，《熱帶風光》並不止於華人生活經驗的挖掘，同時對馬來文化和文學亦多所著墨。從班頓、馬來語的構成、馬來語和中文之間相互的滲透和影響，都有獨到的見解，並不止於描寫生活經驗。從吳進能翻譯班頓和英文作品[25]判斷，他至少可以掌握，甚至精通三種語言。〈峇峇〉、〈娘惹〉、〈頭家〉、〈浪吟舞〉、〈馬來人的詩歌〉、〈阿魔克〉、〈紗籠．木屐〉等散文，對整個馬來文化有非常深入的敘述和了解，同時也兼顧印度文化，書寫馬來亞文化的雜糅（hybridity），不同人種和語種的交匯，兼多變化的地方特

---

24 J. Hillis Miller, *Topographies.* California: Stanford U. P.（1995）, p. 21.；同樣的討論也可以用在吉爾茲（Clifford Geertz）的「地方性知識」（local knowledge）。

25 吳進在〈馬來人的詩歌〉一文，附錄了他翻譯的二十首班頓。〈峇峇〉則附錄他翻譯《海峽時報》（*New Straits Times*）〈峇峇缺乏主動性〉一文。

質。《熱帶風光》書寫了吳進那世代華人的「感覺結構」（Structure of Feeling）。

雷蒙・威廉斯（Raymond Williams）的「感覺結構」，指的是在特殊地點和時間之中，一種生活特質的感覺；一種特殊活動的感覺方法，結合成為「思考和生活的方式」，是一種幾乎不必特別去表現的特殊社群經驗，它是一種深刻而廣泛的情感。感覺結構把社會和歷史脈絡納入，討論它對個人經驗的衝擊。因此感覺結構是民族、地方文化形成過程中不可少的思考。[26]雷蒙・威廉斯的觀點兼顧社會和歷史脈絡，較「地方感」更具人文視野。吳進利用馬來亞的先天資源，在五〇年代便發展出相對成熟的地誌書寫，為我們寫下那輩華人「思考和生活的方式」，他們觀看世界的方法，建構了多元文化與多語的馬來亞社會經驗。這樣的視野背後，杜運燮的中國經驗功不可沒。我們因此可以說，沒有杜運燮，也就沒有吳進。

三、從南洋到長城：家國與國家的意義

按照以上的論述，《熱帶風光》作為雙重視野下完成的馬華地誌書寫，殆無疑問。然而，我們還要進一步提問，杜運燮和吳進之間，究竟是怎麼一回事？為什麼杜運燮要以吳進的筆名寫《熱帶風光》？根據他在華僑中學的學生回憶，當時學生都知道「杜老師是有名的詩人」[27]，那麼，吳進的意義在哪？筆名是另一種身分的象徵，寫詩的杜運燮為什麼捨杜運

變之名寫散文？

返馬之前，杜運燮出版了第一本詩集《詩四十首》，常被討論的〈滇緬公路〉（一九四二）[28]，跟〈馬來亞〉兩首長詩均收入這本詩集，同樣寫於昆明，兩首詩都反日本侵略，寫作手法類似，禮讚的敘事方式也相同。這兩詩並舉，可以看出當時的杜運燮對中國和馬來亞的感情。回到《熱帶風光》，也許可以看出一些端倪。

吳進在《熱帶風光》常以華人跟華僑，中國與祖國兩組辭彙交互使用。我們要解決的問題是，一直到晚年受訪，吳進仍然稱馬來亞華人為華僑，稱呼中國為祖國，為什麼？

從《熱帶風光》的上下文來判斷，兩組辭彙並沒有涉及今日我們常用的認同概念（the concept of identity），換而言之，他稱自己是華僑或中國為祖國，其實反映了當時一般華人的認知，或者，這是那個時代的華人慣用語彙，並不等同於「中國認同」：一個意識形態鮮明強烈，具有排他意義，以中國這個政治實體為依歸的現代辭彙。我使用「情感」代替「認

26《空間的文化形式與社會理論讀本》，頁九二—九六。

27 柳舜：〈我的老師杜運燮〉，《詩雙月刊》第三九期（一九九八年四月），頁三九—四二。

28〈滇緬公路〉寫被稱為血線的滇緬鐵路。這是一條抗日戰爭時的要道，滇緬公路建於一九三八年，是中國抗日戰爭時，西南後方的國際通道，始於昆明，終於緬甸臘戍。二十萬的勞工多半是老弱婦孺，由於缺乏機械，多以手工鋤頭作業，築路工的死亡人數不確定。

同」，理由有二：首先，以吳進的例子而言，《熱帶風光》已經足夠說明他的立場。沒有馬來亞經驗，他根本無法呈現馬來亞的時代氛圍，也不會有如此強烈的地方感和感覺結構。《詩四十首》裡，甚至沒有為中國而寫的詩歌，與其說〈滇緬公路〉具有中國情感，毋寧說這是杜運燮詩風慣有的反戰和反殖民意識。

其次，王賡武對認同的研究指出，一九五〇年前的華人並未有認同的概念，而「只有華人屬性的概念，即身為華人和變得不似華人」[29]，這種相對單純的認知，並不能由此引伸為認同。他認為，對新興國家的成立，東南亞華人最大的改變是「換上一個新的合法身分，至多也不過再進而表明政治上的效忠」[30]，也仍然談不上認同。王賡武顯然對「認同」這個辭彙的使用非常謹慎。以「認同」來描述吳進跟中國和馬來亞這兩國之間的關係，遠沒有「感情」或者「歸屬感」來得貼切，而且符合那個時代的意義。感情不難理解，至於歸屬感，借英國學者湯林森（John Tomlison）的說法，乃是植根於氏族、宗教與傳統等等結構，為的是在這些形而上的價值裡找到安身立命的位置，換而言之，即是一種存在感[31]。對杜運燮而言，馬來亞和中國均可以是他的情感歸屬之處。

在那個文藝論爭的年代，我們或許可以進一步印證王賡武的說法，並找到杜運燮化身為吳進的蛛絲馬跡。「馬華文藝的獨特性」與「僑民文藝」的論爭最後，焦點並不在文藝上，而是跟「愛國」扯上關係。換而言之，支持馬華文藝的獨特性，就是熱愛馬來亞，反之則非。作為本土派的苗秀觀點最具代表性，「如果作家是熱愛馬來亞的，效忠本土的，以馬來亞為唯一的家鄉的，那麼他創作出來的作品，縱然所寫題材並非『此時此地』，也是馬華文藝，富有馬華文藝的獨特性，反過來說，如果作家是暫時僑居馬來亞，以僑民身分從事寫作，那麼即使所寫的是馬來亞題材，所反映的是馬華社會現實，這作品就一般文學觀點而言，也許很有價值，但決不是馬華文藝的作品」[32]，這段引文是《新馬華文文學大系．理論卷》（一九七一）的導論，等於是離文藝論戰二十三年之後的論定，可以更清楚的看到當時論戰的核心。當時苗秀寫了一篇〈論「僑民文藝」與「馬華文藝獨特性」〉（一九四八），特別強調馬華文藝的獨特性，乃是「應該是以馬華大眾語為作品的語言」[33]。

當時杜運燮的身分幾乎等同於南來文人，理應感受到時代尖銳的對峙。基於對中國與馬

29　王賡武：《中國與海外華人》（台北：臺灣商務，一九九四），頁二三四。
30　《中國與海外華人》，頁二三九。
31　湯林森（John Tomlison）著，馮建三譯：《文化帝國主義》（上海，上海人民，一九九九），頁一六三。
32　苗秀編：《新馬華文文學大系．理論卷第一集》（新加坡：教育出版社，一九七一），頁一九。
33　苗秀：〈論「僑民文藝」與「馬華文藝獨特性」〉，收入《新馬華文文學大系．理論卷第一集》（新加坡：教育出版社，一九七一），頁二五九。

來亞的雙鄉情感，於是使用筆名吳進，等同於以全新的身分出現在馬華文壇[34]。吳進最後定居中國，《熱帶風光》亦甚為符合苗秀「很有價值，但不是馬華文藝作品」的標準。然而，他確實以《熱帶風光》具體回應了苗秀的「馬華大眾語」以及「馬華文藝的獨特性」。苗秀把文學和愛國劃上等號的觀點只會窄化馬華文學[35]，這裡我想把愛國者的「國」錯讀為「家國」，翻轉「國家」的意義，如此，讓吳進也變成愛「國」的作家，成為馬華文學的「合法」作家。

對吳進這一輩的馬來西亞人而言，「家國」的意義遠大於「國家」的意義，原生情感（primordal sentiments）和公民情感（civil sentiments）並無衝突[36]，而且常常是兩者混為一體。吳進對中國既有原生情感（祖國者，祖先之國，文化的根源），也有公民情感。對馬來亞也一樣，公民情感和原生情感兩者常是混淆的——當晚年的杜運燮對兒子杜海東自稱為「海外歸來的炎黃子孫」、「從海外歸來的華僑」[37]，則原生情感和公民情感之間的界限變模糊了，當年自稱華僑的吳進，跟此時自稱華僑的杜運燮，有了溝通的可能——他們擁有同樣的身分，華僑可以是馬來亞人吳進，華僑也是中國詩人杜運燮——換而言之，不論在馬來亞或中國，吳進或杜運燮，都兼具華僑身分，那是因為，他有兩個家園。既有兩個家園，則隨時都可以是局外人，也是局內人。他對這兩地同樣有歸屬感。如此，我們才能合理看待杜運燮在歷經文革下放之後所寫的詩，〈為長城唱支歌〉（一九九四）、〈再登慕田峪長城〉（一九九五）、〈戀龍情結〉（一九九五）、〈香港回歸頌〉（一九九七）等，充份顯示出原生和公民情感的混合，頌讚長城或龍這兩個十分中國的符號，往往是對中國有感情的海外華（詩）人所為，這類中國符號最常為溫瑞安所用，往往也暴露了說話者不在中心的位置，可見杜運燮的馬來亞身分從未撤離。至於〈香港回歸頌〉則是站在中國的位置發聲，充滿殖民地回歸祖國的歡愉。這首詩的大中國意識當然有商榷的餘地，然而如果我們熟悉杜運燮的詩風，則這首詩實為他一貫的反殖民風格。其次，作為「炎黃子孫」，理當希望中國一統，四海歸心。

杜運燮在後期的詩裡一再宣稱自己是「炎黃子孫」。為什麼他會反覆強調自己的「正字標記」？那是因為中國詩人杜運燮從來沒有忘記他的馬來亞身分，惟有意識到自己不是（炎

---

34 吳進另有筆名吳達翰，見馬崙：《新馬華文作者風采》（新山：彩虹，二〇〇〇），頁六三。

35 按照苗秀的觀點，馬華文學史可以等同於「馬華『愛國作家』文學史」。馬華文學史大概也沒什麼好寫了。

36 這裡挪用人類文化學者吉爾茲（Clifford Geertz）在《文化的闡釋》（*The Interpretation of Culture*）所提出的原生性認同和公民性認同觀點。公民情感認乃本人杜撰，靈感衍生自公民性認同。「情感」比「認同」更能貼切而準確的敘述杜運燮。

37 杜海東：〈熱帶三友．不是序〉，收入杜運燮：《熱帶三友．朦朧詩》（北京：北京作家，一九八四），引文分別見頁五、頁七。

黃子孫），才要不斷提醒自己，杜運燮其實從未離開過馬華作家吳進。事實上，杜運燮寫得比較有感情的詩，往往也跟馬來亞有關，儘管他宣稱馬來亞是第二故鄉。

〈你是我愛的第一個〉（一九九二）是杜運燮離開「馬來亞」四十年後，第一次返實兆遠所寫。他稱這已經獨立，且已經是「馬來西亞」的故鄉為「第二故鄉」，此詩以抒情筆調白描實兆遠的山海，以及熱帶風情：

灼熱的泥土
灼熱的下午
漁船緩緩航過
藍海灣、白沙灘、高椰樹
背景的空氣也撒滿灼熱
連白日夢的邊緣也灼熱……[38]

這首詩的情感和用詞都充滿赤道的火熱，已經七十四歲的詩人顯然情感起伏，他在這首詩裡表示馬來亞是生命初始之地，也是他「惟一」熱愛的「第一個」，雖然他自始至終認定馬來西亞是第二故鄉。既是最愛，那麼，為何是第二，而不是第一？我們不必強做解人，重點在於他寫馬來亞跟寫中國，投入的情感完全不同。這「初戀的鍾情／綠色的鄉愁」即便是第二，也仍然是創作最重要的底氣，情感的歸依。從杜運燮身上，我們看到「雙鄉」的可能，也看到所謂原生情感和公民情感的非相對性。他的創作生命在西南聯大讀書時開始。從沈從文、朱自清、卞之琳等名家那裡習得寫作技藝；跟穆旦等文友的交往，都影響了他的創作。從文學史的後見之明來看，這些養份同時也為貧瘠的馬華文學史加值。杜運燮既是中國詩人，也是馬華作家，終其一生，中國詩人杜運燮都離不開寫《熱帶風光》的吳進。馬華文學史應有他的一席之地。[39]

《熱帶風光》的書寫背後，牽動的是一九四〇、一九五〇年代那一輩華人的家國經驗，他們跟馬來亞和中國的情感糾葛。其次，《熱帶風光》的誕生，跟當時的文學論爭有密切的關係。本文認為它體現了一個時代的氛圍，理由在此。《熱帶風光》以散文回應時代，也讓它在文學史上，為馬華地誌書寫立下標竿。至於杜運燮跟吳進，則顯示雙重文學身分的可

38　杜運燮：《海城路上的求索》（北京：中國文學，一九九八），頁一三三。

39　這也是馬華文學史的問題，它牽涉到太多流動和遷徙，流動就產生出版地以及國籍如何界定的問題，此外，意識形態以及邊界，都考驗論述者的視野和胸襟。其次，因為新的資料出土或出現，馬華文學的起源必須不斷更改，邊界也必須不斷修訂。如果連郁達夫都能收入馬華文學大系，那麼，想像一部相對完整而周全的文學史，實在是困難重重。當然，文學史寫作又是另一個更複雜的問題，這裡暫略。

能，杜運燮是跨國文學史最好的個案，或許也可有助於讓我們思索旅台文學，包括已經入籍台灣的李永平、張貴興和黃錦樹。

被迫離開新加坡後，基本上，杜運燮進入中國現代文學史，至於吳進，則留給了馬華文學史。中國文學史忽略了他寫馬來亞的詩，這對作品豐富的中國文學史或無損，然而忽略了杜運燮為數頗豐的寫馬來亞的詩歌，則是馬華文學史的損失。在馬華文學史上，杜運燮從未以馬華詩人的身分出現過，儘管他早在一九四二年，就寫過深具「馬華文藝獨特性」，對馬來亞充滿感情的長詩〈馬來亞〉。

參考書目

Crang, Mike著，王志弘等譯《文化地理學》（台北：巨流，二〇〇三）。

Cresswell, Tim著，徐苔玲、王志弘譯《地方：記憶、想像與認同》（台北：群學，二〇〇六）。

Miller, J. Hillis. *Topographies*. California: Stanford U. P.（1995）.

Tuan, Yi-Fu. *Space and Place: The Perspective of Experience*. Minneapolis: University of Minnesota Press.（1977）.

王偉明：〈載盡人間許不平——與杜運燮對談〉，《詩雙月刊》第三九期（一九九八年四月），頁五—一四。
王賡武：《中國與海外華人》（台北：臺灣商務，一九九四）。
吳　進：《熱帶風光》（香港：學文書店，一九五一）。
何國忠：《馬來西亞華人：身分認同、文化與族群政治》（吉隆坡：華社研究中心，二〇〇二）。
杜運燮：《你是我愛的第一個》（怡保：霹靂文藝協會，一九九三）。
杜運燮：《杜運燮六十年詩選》（北京：人民文學，二〇〇〇）。
杜運燮：《南音集》（新加坡：文學書屋，一九八四）。
杜運燮：《海城路上的求索》（北京：中國文學，一九九八）。
杜運燮：《晚稻集》（北京：北京作家，一九八四）。
杜運燮：《詩四十首》（上海：上海文化生活，一九四六）。
杜運燮：《熱帶三友．朦朧詩》（北京：北京作家，一九八四）。
柳　舜：〈我的老師杜運燮〉，《詩雙月刊》第三九期（一九九八年四月），頁三九—四二。
苗　秀編：《新馬華文文學大系．理論》（新加坡：教育出版社，一九七一）。
夏鑄九、王志弘編譯：《空間的文化形式與社會理論讀本》（台北：明文，一九九四）。
馬　崙：《新馬華文作者風采》（新山：彩虹，二〇〇〇）。
馬永波：《九葉詩派與西方現代主義》（上海：東方，二〇一〇）。

游友基：《九葉詩派研究》（福州：福建教育，一九九七）。
湯林森（John Tomlison）著，馮建三譯《文化帝國主義》（上海：上海人民，一九九九）。
趙戎編：《新馬華文文學大系·散文》（新加坡：教育，一九七一）。
謝詩堅：《中國革命文學影響下的馬華左翼文學（1926-1976）》（檳城：韓江學院，二〇〇九）。
鍾怡雯、陳大為主編：《馬華散文史讀本 I · II · III》（台北：萬卷樓，二〇〇七）。
鍾怡雯：〈從理論到實踐——論馬華文學的地誌書寫〉，《成大中文學報》第二九期（二〇一〇年七月），頁一四三—一六〇。
藍棣之編：《九葉派詩選》（北京：人民文學，一九九二）。

中國南遊（來）文人與馬華散文史

一、緒論：文學史與缺席的南遊文人

馬華文學的誕生，是因為中國南來文人，這幾乎已成文學史事實與定論[1]。馬華文學的開頭，是南來文人的散文史，也是外來者的文學史。換而言之，沒有中國文學，就沒有馬華文學。沒有南來文人，就沒有馬華作者。這兩者的關係是流動的，並不完全對立，南來文人可能成為馬華作家，陳鍊青（一九〇七—一九四三）即是一例。馬華作家最終也可能進入中

1　編第一套馬華文學大系的方修和第二套馬華文學大系的趙戎都持類似觀點。見方修：〈中國文學對馬華文學的影響〉，《馬華文學史論集》（新加坡：新加坡文學書屋，一九八六），頁三八—四〇。趙戎：《論馬華作家與作品》（新加坡：青年書局，一九六七），頁八二。

國文學史，譬如九葉派詩人杜運燮。根據郭惠芬的統計，從一九一九到一九四九年之間的南來作者，可確認身分的計有一五九人[2]。

中國南來文人的定義，前人已有定論，這裡不再贅述[3]。除了南來文人之外，另有一群中國「南遊」作家所完成的記遊作品，這裡暫且稱他們為「南遊文人」，他們於一九二〇、一九三〇年代完成了一批遊記和風土誌，記錄風土民情和奇風異俗，以及地理知識，兼有史料的價值。

這些遊記有以下三個特點：首先，把南洋視為整體，並未把馬來亞看成「國家」，這樣的觀點自有其時代意義，第二節將詳論。其次，他們的身分不是作家，南遊的目的不在文學，而在教育、募款等，記遊乃是副產品[4]。再者，這批作品在方修的《新馬華文新文學六十年》（二〇〇六）（此書匯合《馬華新文學簡史》和《戰後馬華文學史初稿》兩書，並補充淪陷期及一九六〇、一九七〇年代的文學而成）並無著墨，亦不見於方修所編《馬華新文學大系・散文卷》。

《馬華新文學大系・散文卷》選文來源多取自報紙副刊，譬如《南風》、《星光》、《野馬》、《混沌》、《綠漪》等，換而言之，方修的論述對象是單篇作品。按照常理推論，這樣的取樣是沒有專書狀態的權宜之計。兩種解釋：一是方修沒見到這批資料，二是不符選文標準。第二種情況比較複雜，牽涉到意識形態和美學標準。方修對散文的文體概念接近雜文，

《馬華新文學簡史》寫得最弱的是散文，不僅篇幅最少，也沒有對散文有太多的關切，顯示他對散文的基本理念薄弱。最大問題是，他把散文等同於雜文，狹化了散文，自然就忽略了許多應該納入討論的、比收入大系的散文更具文學史意義的「廣義的散文」，這對文獻或作品豐富的大國文學史或許影響不大，對小國文學如馬華，則影響甚鉅。

方修《馬華新文學大系（七）・散文集・導言》對馬華散文的出現有以下的敘述：

> **散文是馬華新文學中最早誕生的一種文體。一九一九年十月起，隨著馬華新文學史的**

2 郭惠芬：《中國南來作者與新馬華文文學》（廈門：廈門大學出版社，一九九九），頁一二。郭的統計有誤，杜運燮出身於馬來亞霹靂州實兆遠（setiawan），並非南來文人。馬華作家進入中國文學史的比例極少，杜運燮是其中之一。相關討論詳見鍾怡雯：〈從吳進到杜運燮：一個跨國文學史的案例〉，《國文學報》第五一期（二〇一二年六月），頁一二三。

3 較完整的研究除了方修之外，可參考林萬菁：《中國作家在新加坡及其影響（1927-1948）》（新加坡：萬里，一九七八），以及郭惠芬：《中國南來作者與新馬華文文學》（廈門：廈門大學出版社，一九九九）。

4 一九二〇年代，適逢現代教育體系在中國的成立，除了新興教育體制的成立，也大力推動女學。一九二〇到一九三〇年間，則是大力推動平民教育與鄉村教育。可是，各縣的教育經費優先考慮小學基礎教育，中學以上的教育經費往往不足，再加上民初政局多變，於是轉往海外向華僑募款。詳見王艷芝：〈淺析民初教育經費的來源〉，《黑龍江史誌》第二七四期（二〇一二年九月），頁四五—四七。

發端，它就以戰鬥的姿態出現。其中最活躍的是政論散文和雜感散文……而政論散文比起雜感散文來尤顯得更成熟，更豐盛，差不多成了馬華新文學萌芽前期（一九一九～一九二二）的散文寫作以至各種文學創作的主流。[5]

以上這段敘述可歸納為兩點：第一，散文是馬華新文學中最早出現的文體；第二，散文最早的形態是雜文，那是散文之母。散文等同於雜文的文學觀點，形成方修在選文上的偏差。其次，方修所秉持的散文觀點，以及現實主義的信仰為馬華文學開了頭，也形成馬華散文研究最根本的問題。特別是戰前馬華散文史，根本就是一部馬華文學現實主義文學史，排除了其他的可能，包括浪漫或抒情傳統。《馬華新文學大系．散文卷》收錄一九二〇到一九四二年近兩百篇散文，抒情／敘事散文不超過二十篇。這個嚴重失衡的比例凸顯了方修散文觀點的偏頗。以下引文是方修的選文標準：

特別是在戰前，九十巴仙以上的作品都是由報章副刊來容納。原因是當時各華文報都有重視副刊，發展副刊的風氣，而當地的印刷條件，出版條例等等，也不利於專書和雜誌的出版業的發展，這就使得報章副刊成為了戰前文壇的砥柱，絕大部分的新文學作品都散落在各報的副刊上面。近年來雖然有人多方搜羅輯佚，編出了些專書或選集，但質上量上都還非常不夠。因而，目前要來研究馬華新文學史，尤其是戰前的一段，就不能避重就輕，以現有的書籍作為對象，而是要由閱讀舊報章上的原始資料著手，到舊紙堆裡去從事耐心探掘的工作。少數的專書和選集，只能盡其補充輔助的工作。[6]

方修的說明可歸納為兩點：一、以單篇為主，以專書為輔；二、資料蒐集以新馬地區為主。第一點悖於常理，令人難解，排除選集尚可理解，專書不能作為大系的參考，就無從解釋了。方修對這個選文規則並未做全面的解釋。按照這個標準，長篇小說豈不全要排除在外？至於第二點，則可以解釋何以這批南遊文人未收入大系的原因。這些書籍均在中國出版，方修既以發表於新馬地區的作品為主，理所當然的忽略了這些可以豐富馬華文學史的作品。然而，即便方修讀到這批資料，也未必符合他的單篇和現實主義的選文標準。基於這樣的文學史反思，我們有必要重新再檢視這批作品。

既然大系所收的作家大多是名不見經傳的文人，更多的是只有散篇而未能成書的作者，

5　方修編：《馬華新文學大系（七）．散文集》（新加坡：星洲世界書局，一九七二），頁一。

6　方修：《新馬文學史論集》（新加坡：新加坡文學書屋，一九八六），頁一八。

那麼，這批業已成書的散文，更具備納入文學史討論的資格。文學史是建立在文類之上的思考，換而言之，它是晚出又是一種後設的文類，資料的變化必然影響它的詮釋和視野，同時，也因為詮釋者的時代和立場產生變化。沒有「自然生成」的文學史，它必然是「發現」與「發明」的，同時也是「詮釋」的。馬華散文史的前半期（文學史亦然），尤其無法使用「經典」和「作者」這兩個概念去處理。那麼，南遊文人所書寫的戰前馬來亞散文「專書」，尤其顯得重要。其次，南遊文人在新馬逗留短則三個月，長者達近兩年之久，並非蜻蜓點水式的「到此一遊」，筆下風物可視為地誌書寫的雛形。這批由外來者或南遊者的遊記所提供的南洋視野，為我們提供另一種不同於南洋作家的時代記錄。散文的非虛構（non-fiction）文類特質，同時兼顧了「文學」和「史」的任務。這些遊記在「文獻」和散文之間，兼具社會學和歷史價值的史料意義，從政治、社會、歷史、教育以及經濟等等各個角度，協助我們進一步把握或建構那個時代，它們應該納入馬華文學史的論述範疇。

二、遊記與南洋視野的成形

馬華文學史的初期，早在一九二〇年代即有侯鴻鑑《南洋旅行記》（一九二〇）以近白話的文言完成的作品，以及梁紹文《南洋旅行漫記》（一九二四）、招觀海《天南游記》（一九三三）、鄭健廬《南洋三月記》（一九三三）、劉仁航《南洋遊記》（一九三五）等[7]。在時間順序上，除了《南洋旅行記》和《南洋旅行漫記》，其他作品出版時，已經進入一九三○年代。所謂的南洋，包含馬來半島、婆羅洲、印尼、泰國、緬甸，以及菲律賓等，最遠到印度和斯里蘭卡，南到澳洲、紐西蘭以及太平洋諸島[8]。集體南遊的時代風潮一直持續到抗戰，南遊的目的多半志在募款興學，遊記只是南遊的副產品，這是值得注意的文學史現象。

侯鴻鑒南來的目的既非避難逃亡如吳天，亦非尋求生計如艾蕪，或者尋找寫作材料如老舍，更不是為了發展海外文藝這等崇高的理由，如郁達夫或胡愈之等[9]。除了「考察一切，記載互異，見聞所在」，尚有「氣候物產實業歷史地理之調查，以供國人之參考」，其中最

7 諸書均出自《東南亞華人歷史文化數據庫》<http://www.lib.nus.edu.sg/chz/SEAChinese/zynr.html>，以下引用時不再重複出處。其中《南洋旅行漫記》原是一九二四年由上海中華出局出版，數據庫使用的是一九三三年版本。

8 許雲樵《南洋史》對南洋的解釋如下：「南洋者，中國南方之海洋也，在地理學上，本為一曖昧名詞，範圍無嚴格之規定，現以華僑集中之東南亞各地為南洋。昔日本以受委任統治之澥小群島（Micronesia）為內南洋（或裡南洋），而以東南亞各地以及澳洲，甚至包括印度，為外南洋（或表南洋），或總稱南方。」見許雲樵：《南洋史》（新加坡：星洲世界書局，一九六一），頁三。

9 詳見林萬菁：《中國作家在新加坡及其影響（1927-1948）》（新加坡：萬里，一九七八），頁九—一六。

重要的，是為經營女學，募集基金而來。這也是南來作家和南遊文人最不同的地方。

雖然目的在募款，侯鴻鑒對早期的華人移民社會的教育、政治、語言和民間信仰多所著墨，對檳榔嶼的華人竟然維持著三百年前有清一代的風俗甚感詫異。他認為華人保守舊文化固是美德，無法吸收新文明則是故步自封，乃是缺點。在檳城待了一個多月，侯氏對檳城的山林、廟宇、建築、物種以及地理風俗均多所記述，並深為檳城的整潔所吸引，而有他日必舉家徙之檳榔嶼的心願。在馬六甲他認識了馬華公會的創辦人陳禎祿，應邀進餐，寫下第一次見人用手抓飯的場景。對馬來亞的社會結構，中下階層的苦力，僑教和英殖民地問題，都有獨到的觀察。他把馬來人視為「最懶惰的民族」，吃飯以香蕉葉盛之，以手代筷子，吃完不必洗碗。食和住都頗有原始人的特質。每日工作所得必用罄，工作之餘便是閒聊和睡，諷之為「簡直沒有文化可言」。

《南洋旅行記》固然充滿知識分子的優越感，以及中國中心的偏見，然而所記頗有時代的意義和代表性，它其實體現另一種意義「馬華文藝的獨特性」——只不過，由一個中國作家所寫，「國籍」不正確，也不可能獲得「正確」的文學史位置。

梁紹文《南洋旅行漫記》（一九二四）考察南洋的教育與實業，以及社會現狀。他於一九二〇年買船南下，登陸新加坡並住了一個月。除了記述海上華洋雜處的情況，跟英國人、印度人同船的生活，也讓他經歷了不同的文化衝擊。以今日的旅行文學來檢視，《南洋旅行漫記》文字流暢，充滿細節和生活感，實是一本精采的行旅紀要。

梁紹文同時也注意到南洋華人的複雜社會情況，既有土生華僑（當時稱為哇哇仔），不識中國語，甚至連方言都不懂。另有一脈則戮力保有中華文化，出力出錢辦華教，甚至被英政府驅逐出境。一九二〇年代新加坡的華教開始興盛，張弼士在南洋辦學，可推為華僑教育第一人，也由於華文學校的創立，讓當地華人除了方言之外，學會了普通話，因而各方言幫派械鬥的情況得以改善，也漸漸凝聚愛（中）國的向心力，熱心於「對祖國典章文物的研究」。〈紀英人摧殘教育始末〉寫道：「華僑自從辦了學校後，很像旭日初升一樣，將從前的暮氣逐漸消除，一種振奮刷新的氣象，蓬蓬勃勃，甚是可喜」[10]。梁紹文對南洋華人的社會和歷史特別感興趣，特別是華人對英殖民地政府統治的抵抗，多所著墨。

這樣的觀察確實具有史料意義。一九一六年，畢業於北京高等女子師範學院的余佩皋，到新加坡創辦南洋女子師範學校（今南洋女子中學前身）。一九二〇、一九三〇年代華教蓬勃發展，也因此導致英校學生下降，引來英人的關注，深恐華人勢力滋長難於管理統治。華校的大規模成立跟五四文化運動有關，教學媒介由文言改成白話，加強英語教育，同時，華教也直接促成華人對中國的向心力，令英人心生警惕。

10　梁紹文：《南洋旅行漫記》（上海：中華書局，一九三三〔一九二四〕），頁三五。

華校的成立，其實跟中國近代政治有著非常密切的關係。百日維新失敗後，康有維流亡海外，便力勸華人辦校，孫中山也在新馬各地興學，兩者都推動了華文教育的發展。英人在一九二〇年頒布「一九二〇年學校註冊法令」，乃馬來亞半島第一次出現了控制華校動向的法令，表面上是管制華校，實則監控華校[11]。「一九二〇年的春天，海峽殖民政府忽然以迅雷不及掩耳的手段，指揮御用的議政局，宣布一種取締教育條例。這種條例的目的，完全為取締華僑教育而設」[12]。梁紹文南行時剛好是一九二〇年的春天，見證了法令頒布之後的華教。這豈不是符合方修馬華文學「揭示當地的現實本質」的條件？《南洋旅行漫記》之兼有文學與史料的意義，乃得益於「漫記」的體裁，一種散彈式的蔓雜寫法，無所不包，卻兼有百科全書面面俱到的特質，前面提過，「文學」不是這些遊記的目的，侯鴻鑒所謂「考察一切，記載互異，見聞所在」，「氣候物產實業歷史地理之調查，以供國人之參考」，然而這些札記，卻意外為馬華文學留下時代的印記。

現實的南洋和想像的南洋之差異令這些中國中心的知識分子大開眼界，譬如起程前，梁紹文總以為華僑文化薄弱，沒想到南洋有大文豪邱菽園，有錢有才，康有為南遊時給予金援和庇護，文才且深為梁啟超推崇。以文獻和文學的比例而言，《南洋旅行記》顯然文獻的比重大，至於《南洋旅行漫記》則兼而有之。

梁紹文既有大歷史的視野，同時也關注小細節。他寫下當時馬來亞幾個城市的過客觀察，例如吉隆坡、怡保、芙蓉、馬六甲，包含開埠功臣，重要人物與地貌，以及當地人的風俗習慣。僑民有「風是鬼，水是神仙」的生活智慧，指他們「怕風很厲害，愛水很迫切」，南洋多熱病，而水能治百病，惟水寒，當地僑民一日沖涼數次，以水為藥。華民裡貧富懸殊，有大商賈，更多的是苦力，礦工、膠工、拉車的扛重的。資方為了防止苦力存錢另起爐灶，在礦場旁設鴉片館或妓院，誘工人千金散盡。他以頗大的篇幅（頁一〇二—一一〇）書寫華人南來賣豬仔，這個具有歷史價值的題材，應該在馬華散文史留下紀錄。

《南洋旅行漫記》對平民百姓的生活觀察敏銳細緻，無論是馬來化的中國人，或者馬來人的生活狀況，以及華人南渡之後的信仰保存之全，以及華僑的風俗幾百年來之不易，就文學性而論，比同時期收入《馬華新文學大系．散文卷》的散文來得更強，也更「散文」。即

11 此時成立的學校包括華僑中學（一九一九）、鍾靈中學（一九二三）、尊孔中學（一九二四）、坤成女中（一九二五）、中化中學（一九二四）、培風中學（一九二五）。這時馬來亞華人受到中國時局的影響，曾進行反日示威，也對英政府表達不滿，可參考林水檺：〈獨立前華文教育〉，收入林水檺、何啟良、何國忠、賴觀福合編：《馬來西亞華人史新編（第二冊）》（吉隆坡：中華大會堂，一九九八），頁二二二—二二五。「一九二〇年學校註冊法令」一事可參考鄭良樹：《馬來西亞華文教育發展史（第二冊）》（吉隆坡：馬來西亞華校教師總會，一九九八），第五及第六章。

12 以上見《南洋旅行漫記》，頁三一—四〇。

便副刊的單篇再重要，斷無忽略這類專書的理由。就方修對馬華文學「取材於新馬的現實社會」、「服務於當地的各民族勞苦大眾」[13]的理解，無論《南洋旅行漫記》或招觀海《天南游記》均十分符合。

招觀海南遊的目的雖然志不在教育，卻參觀了近三十間華校，寫下了華教當時面臨的情況，包括教材從中國來，不甚符合南洋民情；缺乏辦學經驗，學校的董事會和教職員難以協調，每間學校各有辦事方法，缺乏統一程序等。招觀海也記錄了南洋華人在地化的風俗，譬如大伯公是當地最有勢力的民間信仰，見於任何有華人蹤跡之處，對生活起著指引和保庇的作用，是華人的精神依靠，甚至能出處方治病，譬如「芥菜蕃薯湯」專治新客熱病。

羅靖南《長夏的南洋》（一九三四）寫於一九二九到一九三〇年的巴達維亞（今印尼首都雅加達）。他原來蒐集了不少照片打算放在書內，惜因被印尼政府監禁，七個月之後驅逐出境，照片散失，惟發表於《天聲日報》的系列文章得以保留。作者並未交待文字獄的來龍去脈，倒是這系列的散文讓我們看到那個時代南來者的生活剪影。此書三分之二寫的是印尼，三分之一則談馬來亞。印尼在羅氏筆下跟馬來半島的風土庶幾近之。羅氏頗能融入馬來亞的生活，他稱馬來人最會享樂的民族，頗有欣羨之意。然而他序文明敘「我是一個對文藝沒有研究的人，不知道什麼是文藝作品」，撰稿目的，在於向中國讀者介紹南洋風光[14]。羅氏的例子是典型，這批遊記的作者都不是作家，大概也沒有料到，他們的「記遊」的無心插柳之作，有一天會進入馬華文學史。

同樣的情形可以套用在鄭健廬《南洋三月記》和劉仁航《南洋遊記》。兩人的目的都跟教育有關，兩書都以近白話的文言寫成，對華僑學校的招生和教學狀況多所記錄。就文字的藝術而言，或許這兩本均在白話散文的邊緣，文獻的社會學作用大於文學。《南洋遊記》發表於一九三〇年的上海《申報》，對馬華文學而言，他的身分不只是外來者、南來者，他的觀點也是外來的，對「吉能人」、「吉寗人」（即吉寧人，當地華人對印度人的歧視稱呼）的描寫，仍然是禮儀之邦的中原中心姿態。他認為印度人膚色之黑，乃是浴海水而黑，印度人如出現在中國境內，夜晚與之相遇，必疑以為鬼。[15]毫不掩飾的種族歧視如今必遭撻伐，然而出現在一九三〇年的上海，面對中國讀者，則體現了那個時代中國文人的南洋「視野」。

要而言之，這些遊記有以下特質：

（一）航行路線相近，均在新加坡登陸。由於南洋涵蓋印度，因此旅行路線有遠至印度者。

13《新馬文學史論集》，頁一九—二〇。

14 羅靖南：《長夏的南洋》（上海：中華書局，一九三四），頁一。

15 劉仁航：《南洋遊記》（上海：南洋編譯社，一九三五），頁四二。

（二）寫作體例近似，細節如對氣候、物種、礦產、風俗、人物和見聞均有十分詳細的記述，大的如政治、經濟、教育和交通體系均有著墨。

（三）無論南遊文人的目的為何，他們留下了南洋的教育資料和觀察。他們的行蹤往往被英政府監視。

（四）馬來亞屬於南洋，華人視為華僑，是流散在外的中國人，極為在意華僑愛（中）國與否，或者是否通曉中文。

本文如此不厭其煩引述這批遊記，主要目的在說明這些「外來者」的散文所呈現的「南洋」圖象，有助於我們更完整的把握及還原時代的氛圍，更符合「馬華文藝的獨特性」。第一節提到，散文的敘事體及非虛構特質兼有史料和文獻的作用，遊記的紀實本質，尤具還原時代氛圍的作用。就散文的書寫技藝而論，它們或許是沒有被「經營」過，不盡然符合「現代散文」的規範之作，卻是馬華文學史的草創期成品，這些被排除的資料就「散文」而論，無論視野層面或技術層次，都不比收入大系的「散文」（其實以雜文為主）遜色。它們是散文的前身，亦可稱之為散文的史前史。散文史前史的發明與發現，則有助於馬華文學史的奠基工作。

我們要解決的另一個問題是，為何在寫作方法上，它們如此「一致」？

從創作的角度來看，南遊文人的目的不在散文，對散文沒有具體概念，「寫什麼」遠比

「怎麼寫」來得更迫切。他們的目的只是單純的「書寫」，強烈的說明和介紹性，「記錄」的意圖非常明顯。這種敘述客觀世界，關注外部現實的寫作方式，讓遊記看起來「外貌近似」。其次，從時代背景來看，二十世紀初，「地理學」的學科觀念在中國興起，由世界地理引入的西學知識改變了讀書人的知識體系，清廷官員或讀書人出遊國外均有文字紀行，因此留下數量可觀的遊記、隨筆和見聞錄[16]。這批遊記的目的固然是「記遊」，然而，他們的「南遊」其實是「居留」，三個月到一年半載的南洋經驗，足以讓他們寫下深度的風土觀察。因此，這些遊記具有跟時代以及地域的辯證關係，刻劃出立體的地方感，以及在地的風俗民情，可納入地誌書寫譜系，為馬華文學史提供線索，縱向觀察文人如何從南遊而僑居，到落地生根的多元面向。比起詩和小說，散文具有強烈的流動性，它難以規範，最主要的原因是包容性太強，涵蓋的次文類太多，從敘述文到散文的距離太大，充滿可辯證和爭議的空間。把這批「書寫」成品納入散文，以散文的「最大值」去處理它，這加法式的文學史處理

16 詳見劉青峰、金觀濤：〈觀念轉變與中國現代人文學科的建立〉，《二十一世紀雙月刊》總第一二七期（二〇一一年十月），頁七八—七九。這篇論文指出，地理學和語言學的人文學科在中國建立，標誌著中國進入世界的體系。雖然早在明末，利馬竇已引進《萬國坤輿圖》，在中國並未引起關注。直到二次鴉片戰爭之後，在一系列邊疆危機之後，地理知識成為官員不可或缺的知識，也因為眼界的拓寬而開始有地理學的概念和詞彙。最早的地理學教科書則是一九〇一年編成。十九世紀末，中國的現代地理學基本已確立。

方式適用於小國文學如馬華文學史，也是本文對方修處理馬華文學史，或散文史的回應與修正。

三、許傑：被排除的南洋視野

誠如第二節所論，南遊文人所形成的南洋視野應納入馬華文學史的論述，成為地誌書寫的譜系源頭，那麼，另一位中國南來作家或南來文人許傑（一九〇一—一九九三），則形成另一種與他們相呼應的「馬華文藝的獨特性」。南遊文人如果不見容於方修的文學史視野，我們尚可理解，然則許傑之被忽略，不論有意或無心，方修的文學史視野委實應該重新被檢視，他所編選的大系，應該重編。

許傑是五四時期的小說家，曾加入文學研究會，文學觀受魯迅和郁達夫等人的影響頗深。一九二八年他到吉隆坡編《益群日報》副刊〈枯島〉，大力宣傳革命文學理論，並且鼓勵了一群年輕的創作者。他在馬來亞僅一年多，因為寫了大量批判殖民主義的文字，被華民政務司傳訊，終於在一九二九年返回中國。他把馬來亞經驗寫成散文《南洋漫記：椰子與榴槤》（一九三七）[17]、短篇小說《錫礦場》（一九二九），以及論評《新興文藝短論》（一九二九）。

許傑具有強烈的革命文學情懷與階級意識，他的文學觀深受魯迅影響，甚為符合方修的現實主義文學標準，然而，這麼一位在意識形態跟方修相近的作者，卻不見於大系的小說、散文和文學理論卷。其次，南遊文人或許身分不是作家，寫作偶一為之，屬隨興之作，許傑在中國卻不是泛泛之輩，他的小說以農村題材見長，在來馬之前，小說即已收入《中国新文學大系．小說卷》。

乍看書名，《南洋漫記》很容易被歸入南遊文人許傑在《南洋漫記．序》說明寫作初衷時，確實也跟南遊文人羅列資料的想法一樣：

> 我開始的心思，很想寫一本《南洋概觀》之類的書。用統計的，比較的，分析的方法，來對南洋的整個社會，如政治，經濟，人口，教育，宗教，以及勞動，婦女等等，作一次具體的診斷，而指示他的（南洋）唯一的出路。[18]

以上引文可以解釋第二節南遊文人何以「寫作體例近似」，資料呈現和見聞相雜的寫作方

17 此書原來一九三〇年由上海書店出版，這裡引用的是一九三七年的晨鐘版本。

18 許傑：《南洋漫記：椰子與榴槤》（上海：晨鐘，一九三七），頁二。

式，顯見他們的預設讀者，是「國內」的中國讀者，寫作目的乃在介紹南洋的情況。於是才有了本文第二節所歸納的第三個特質：對氣候、物種、礦產、風俗、人物和見聞均有十分詳細的記述，大的如政治、經濟、教育和交通體系的著墨。其次，這些遊記，無一例外均以「南洋」為書名，「南洋」、「漫記」與「遊記」三種即可組合成這批作品，雖然每一本遊記其實加入了大量的個人觀察和遭遇，都有短期居留的經驗，不是現代遊客式的走馬看花，書名的設計卻透露出這些遊記必然只能採取點狀寫法，是筆記或見聞錄，所以是旅遊札記／雜記。

雖然如此，許傑的新聞人和作家身分，讓他的視野更敏銳更深入民間，他的散文擅長以小見大，比南遊文人更具批判性。《南洋漫記》副標是「椰子與榴槤」，已經點名這本書不會是蜻蜓點水的資料式報導。此書收錄散文十篇，乃是抒情和敘事文的混合體，每篇均以獨一事件為切入角度，個人介入的情況較深，更重要的是，他的主觀見解把這本《南洋漫記》推離雜文，或者報導式文字，而擺向散文（也就是今天的純散文或狹義的散文）：

> 在我的作品中，我的主觀的色彩，永沒有如在這一本漫記中這麼鮮明過。老實說，我是想試著用新的眼光，去衡量一切的。[19]

作者的「主觀」判斷正是構成這本《南洋漫記》的特色——他的散文因為主觀性而產生聚焦點，態度或許過於激烈，措辭直接，銳利的見解卻充滿批判性，很有魯迅直面現實的風格。譬如，「榴槤，是整個南洋社會的象徵」[20]，「資本家的銅臭，帝國主義的羊腥臭，洋奴走狗們的馬屁臭，以及那些目不識丁，卻到處自充名士的馬屙屁臭」[21]，許傑以榴槤譬喻充滿帝國主義和資本主義氣息的南洋，集諸臭之大，而至臭如此新客竟可聞久習焉而成正常，乃至上癮，繼之樂不思蜀。椰子則是南洋的另一特產，椰林是妝點資本家別墅的植物，在〈椰林中的別墅〉他火力全開抨擊資本主義，認為南洋業已露出資本社會的敗象。要而言之，雖然許傑偶爾也能欣賞南國之美，大體上，卻是「不能過得很慣」，「我雖然在那裡生活，但我時常用我的僅有的社會學的智識，去估量他們。我覺得，殖民地的普羅列打利亞革命，也是一件迫不及待的事」[22]。他的散文題材關注的層面頗廣，從異族通婚、學潮、反帝國主義鬥士，土生華僑乃至華巫雜處的情況；編〈枯島〉副刊期間到處演講，鼓勵當地寫作風氣，同

19《南洋漫記：椰子與榴槤》，頁一。
20《南洋漫記：椰子與榴槤》，頁五四。
21《南洋漫記：椰子與榴槤》，頁五五。
22《南洋漫記：椰子與榴槤》，頁二。

時寫了不少論述，完成《新興文藝理論》一書，所論不離寫實主義與普羅文學，可見他深受中國當時興起的革命文學之影響。

不論南遊文人或許傑，他們均未提及峇峇或娘惹，顯見他們對土生華人（peranakan）甚為陌生。對於非我族類語多譏諷，例如許傑把印度人大寶森節遊行名為〈吉齡鬼出遊〉，「在整個的行列中，自然是到處充滿著宗教神的威嚴的；但是，這裡卻有一件滑稽的事，即是那為神拉車的，滿身飾了紋彩的『神牛』，卻仍舊在一步一踱的大便，或搖搖擺擺的小便」[23]，同時也在行文中連帶貶抑「馬來人沒有什麼文化」，「我們華僑們，大概是用一個鬼字稱謂其他人種的，譬如紅毛鬼，東洋鬼，馬來鬼，吉齡鬼之類都是。」[24]撇開種族歧視不談，〈吉齡鬼出遊〉的描寫細膩生動，充滿南洋風情，完全符合方修「取材於新馬社會現實」的馬華文學標準。

陳鍊青跟許傑一樣身兼作家與編輯，十三歲（一九二〇）南來，他在一九二八年進入新加坡《叻報》主編〈椰林〉副刊，直到一九三一年離職，隔年返回汕頭。一九二八到一九二九年，許傑則主編〈枯島〉。第一節提過，陳鍊青入列方修馬華文學史名單之列，不論在散文或文藝評論，都是重要文人，也是南洋文藝的旗手：

如其謂南洋的景物太粗俗與太不藝術，所以夠不上我們的作家賞鑒的話，就我們的眼光看起來卻未必是。這裡的土地風光，倒也不見得這樣的難堪。你看，蒼翠的椰林，濃密的樹膠，茂盛的芭蕉，聳立的老樹，實在覺得可愛；兼之那富於雨量的氣候，「一雨便成秋」的熱帶的生活，似乎不無一點詩意；即如落日餘暉，我們在海邊眺望，大自然的莊麗奇偉，似不能說比中國的不好看些。然而我們的作家，卻熟視無睹，專去摹倣——不，應該說冥想，而偏描寫些中國國內的景物，這頗使我費解了。……中國國內的景物是不同於南洋的，作家們多從中國來，在這裡創作，最低限度也要激起一點靈感來抒出一兩篇具有地方色彩的作品，那才不致於變成超人，弄至寫些不受制於時間空間的文藝來。[25]

以上引文可見陳鍊青對馬來亞的感情，他把南洋跟中國拿來相比，不是要比出中國的優與南洋的劣，而是見出兩者的差異性。他同時也提醒南來文人，應該正視現實，寫出具有南洋色彩的作品。陳鍊青固然是南來文人，並且最後也跟許傑一樣回到中國，他的觀點顯然跟許傑

23《南洋漫記：椰子與榴槤》，頁六九。
24《南洋漫記：椰子與榴槤》，頁六三—六四。
25 陳鍊青：〈文藝與地方色彩〉，《陳鍊青文集》（香港：南洋文藝，一九六二），頁三五—三六。

充滿批判性的南洋視野，完全相反。在〈南洋的文藝批評〉一文，陳鍊青也建議以南洋為中心寫文藝批評，並且表示南洋是他的第二故鄉，顯見兩人立場與意識形態迥然相異。透過他們，我們還原當時文人不同的精神狀態以及立場，不論是許傑的批判性立場，或者陳鍊青的歌頌角度，都具有時代意義[26]。文學史應該納入不同的視野和觀點，既然馬華文學的開始是外來者的文學史，小國的文學史，那麼，我們應該採用加法，而非減法，接納不同的聲音和立場，不論南遊文人或許傑，都應該進入馬華文學的範疇。

四、結論：南洋研究的時代風潮

前面三節論述在方修的馬華文學史視野下缺席的遊記與散文，並指出南洋遊記的強烈說明性格。從文學史的角度來看，這一類的寫作方式可以納入地誌書寫的雛形；從南洋研究的歷史來看，它則具有一九四〇年「中國南洋學會」的縮影，南來學者和文人如郁達夫、許雲樵、姚楠等在一九四〇年便已成立「中國南洋學會」，是最早研究東南亞華人和南洋課題的團體[27]。中國南洋學會對新馬華人史採取全方位的研究，包括史地、人種、語言、教育、經濟文化等等，是當時的新興學科。許雲樵在〈五十年來的南洋研究〉指出，十九世紀以前，西方的南洋研究是漢學家的副產品，中國學者對南洋的著述，完全不成體系，興之所至隨意錄幾筆。十九世紀以後較成體系的著作分成三類：地誌、紀行與叢鈔。這些純屬資料蒐集之作，並非研究。正式做研究工作的，是沈曾植與陳士芑。其中陳士芑《海國輿地釋名》（一九〇二），已經失傳，真正南洋研究的出現，已經到了二十世紀初。二十世紀初正是地理學在中國確立的時間，許雲樵的論點與劉青峰、金觀濤等學者的觀點相符[28]。

許雲樵把中國學者的中國研究分成四個時期（一）何海鳴時代；（二）劉士木時代；（三）尚志學會時代，以及（四）南洋學會時代。何海鳴在一九二一年於北京創辦《僑務旬刊》，是中國學者的正式南洋研究。到了南洋學會成立，已經一九四〇年，由許雲樵、張禮千和姚楠等人組成，意味著南洋研究從中國轉移到南洋，接著許雲樵主編《南洋學報》，是

26 郭惠芬把許傑歸入南來編者，並以為他擅長的文類是論文，忽略了他的作家身分，見《中國南來作者與新馬華文文學》，頁六七。

27 「中國南洋學會」於一九五八年更名為「南洋學會」（South Seas Society），由知名學者王賡武擔任《南洋學報》主編，南洋學會成為南洋問題研究中心。

28 詳見劉青峰、金觀濤：〈觀念轉變與中國現代人文學科的建立〉，《二十一世紀雙月刊》總第一二七期（二〇一一年十月），頁七五—八九。

南洋研究的第一本專門期刊[29]。從時間點來看，何海鳴創辦《僑務旬刊》（一九二二）[30]，與侯鴻鑒《南洋旅行記》（一九二〇）、梁紹文《南洋旅行漫記》（一九二四）南遊時間接近，時代背景正是邁向現代化轉型期的近代中國。現代教育的興起與地理學的確立，不論是為了興學募捐，或者出於地理學的知識訓練，都讓中國文人航向南洋。在馬華文學史缺席的南遊文人，以及被忽略的南來文人許傑，可置入南洋研究的歷史脈絡，也是地誌書寫的先驅。這些遊記與散文在文獻和文學之間，時而擺向史料，時而擺向散文，是馬華散文草創時期的作品，也是散文史的史前史。南來文人與南遊作家，兩者同時為馬華文學史拉開了序幕。

參考書目

方　修：《新馬文學史論集》（新加坡：新加坡文學書屋，一九八六）。

方　修編：《馬華新文學大系．理論批評一集》（新加坡：世界書局，一九七二）。

方　修編：《馬華新文學大系．理論批評二集》（新加坡：世界書局，一九七二）。

王艷芝：〈淺析民初教育經費的來源〉，《黑龍江史誌》第二七四期（二〇一二年九月），頁四五－四七。

林萬菁：《中國作家在新加坡及其影響（1927-1948）》（新加坡：萬里，一九七八）。
秦賢次編：《郁達夫南洋隨筆》（台北：洪範，一九七八）。
梁紹文：《南洋旅行漫記》（上海：中華書局，一九三三〔一九二四〕）。
許　傑：《南洋漫記：椰子與榴槤》（上海：晨鐘，一九三七）。
許　傑：《新興文藝理論》（上海：明日，一九二九）。
許甦吾：《南洋學會與南洋研究》（新加坡：南洋，一九七七）。
許雲樵：〈五十年來的南洋研究〉原載劉問渠：《這半個世紀（1910-1960）：光華日報金禧紀念增刊》<http://www1.sarawak.com.my/org/hornbill/my/smsia/018.htm>
許雲樵：《南洋史》（新加坡：世界書局，一九六一）。
郭惠芬：《中國南來作者與新馬華文文學》（廈門：廈門大學出版社，一九九九）。
陳鍊青：《陳鍊青文集》（香港：南洋文藝，一九六二）。
趙　戎編：《新馬華文文學大系．史料》（新加坡：教育出版社，一九七一）。

---

29 許雲樵：〈五十年來的南洋研究〉<http://www1.sarawak.com.my/org/hornbill/my/smsia/018.htm>。另外，亦可參考許甦吾：《南洋學會與南洋研究》（新加坡：南洋，一九七七），頁一—四。

30 何海鳴（一八八四—一九四四）是「鴛鴦蝴蝶派」小說家，曾追隨孫中山的革命大業，他辦刊物自然跟「華僑為革命之母」的宗旨有關。

趙　戎編：《新馬華文文學大系．散文》（新加坡：教育出版社，一九七一）。

劉仁航：《南洋遊記》（上海：南洋編譯社，一九三五）。

劉青峰、金觀濤：〈觀念轉變與中國現代人文學科的建立〉，《二十一世紀雙月刊》總第一二七期（二〇一一年十月），頁七五—八九。

鍾怡雯：〈從吳進到杜運燮：一個跨國文學史的案例〉，《國文學報》第五一期（二〇一二年六月），頁二二三—二四〇。

從理論到實踐

——論馬華文學的地誌書寫

一、主題與概念的形成

馬華現代文學的初始階段，主力的創作群體大多是從中國南來的作家。這片位處熱帶的南洋，在南來作家筆下是「僑居地」，他們將馬來亞視為工作或旅居的異邦，並沒有對土地產生情感，也就不可能有系統而大規模的地誌書寫。南來作家的散文、雜文或詩，空間多半只是故事或情感的背景和舞台，不是書寫重心。

撇開空泛與膚淺的描述不談，第一位對馬來亞風土民情進行有系統的書寫，而且達到相當藝術水平的作家，是吳進（一九一八—二〇〇三）。本名杜運燮的吳進，出生於馬來亞北部的實兆遠（Setiawan）小鎮，念完初中後，回到中國福州就學，畢業於西南聯大外文系，是九葉詩派的重要詩人[1]。一九四七—一九五〇年在新加坡的南洋女中和華僑中學任教期間，他寫下著名的散文集《熱帶風光》[2]。馬來西亞人吳進對馬來亞的情感和了解，遠比南來作家更為深厚，這系列散文書寫自身的生活經驗，另一方面也作了許多具有學術價值的民俗文化考據工作。馬來歷史典故、在地文化資料，以及自身經驗的多重鑄合，一九四〇年代完成的散文遂有一九九〇年代「文化散文」的規格[3]。

從《熱帶風光》來判讀，吳進似有意將此書定位在「在地文化的田野記錄」，向那些對馬來亞本地文化不甚了解的華文讀者，進行全方位的導讀與分析。以今天更細緻的文類觀點來看，他的散文其實更接近知識性散文，抒情少，兼有雜文的議論性，主流散文的抒情，這系列散文多長篇鉅製，架構完備，重在「說明」——一般散文不以說明為重點，然而吳進為了他的「田野記錄」，或者說，為了重構／記憶他的南洋，（不自覺）選擇了這個書寫角度，跟沈從文離開湘西鳳凰之後，才可能有《湘行散記》、《從文自傳》等自傳散文的情況一樣。寫《熱帶風光》的吳進，當時已在新加坡任教，大概意識到不可能重回故鄉[4]。「回不去」具有地理和時間的雙重意義，正如地理學家Mike Crang在《文化地理學》談到地方的文本及文本中的空間時的見解：

文學顯然不能解讀為只是描繪這些區域和地方，很多時候，文學協助創造了這些地方。[5]

---

1 詳鍾怡雯、陳大為編：《馬華散文史讀本III》（台北：萬卷樓，二〇〇七），頁三三九。

2 吳進：《熱帶風光》（香港：學文書店，一九五一）。

3 文化散文興起於九〇年代的台灣，跟余秋雨出版的第一本散文《文化苦旅》（一九九二）有密切關係。這本標榜「大」散文的文化散文，以軟筆寫冷硬的大歷史，抒發人文關懷，余氏以後數本散文皆以這種風格取向，在台灣掀起余秋雨旋風，台灣媒體甚至稱之為「余秋雨現象」。余氏散文同時在華人讀者群取得熱烈迴響，並循張愛玲模式從海外（台灣、香港及東南亞等）紅回中國。不同於「海外」的高度評價，他在中國成為爭議性人物。余氏採取了非常有效的書寫策略，大歷史的題材在他筆下感性兼具知識性（這也是最危險的，一旦史料錯誤，負面影響深遠，惜此乃余氏「風格」之一）。不論是一般讀者或學院教師，特別是國文老師或中文系師生群，都很容易進入他的散文。以歷史和文化為主題的散文，在九〇年代初的書市確實交出非常漂亮的成績（見鍾怡雯：〈歷史文本的影像化——余秋雨散文的敘事策略〉，《無盡的追尋——當代散文的詮釋與批評》，頁一一九—一三二），並引領風騷，後來的文化散文作者，都很難超越余氏的風光。余氏散文實應再作完整評價。對大散文的觀點亦見鍾怡雯：〈馬華散文的浪漫傳統〉，《馬華文學史與浪漫傳統》（台北：萬卷樓，二〇〇九），頁一二〇。

4 吳進在昆明西南聯大外文系畢業後，曾任中國遠征軍的翻譯，參加英軍在印度和緬甸的戰爭；一九四七到一九五〇年先後在新加坡的南洋女中和華僑中學任教，一九五〇年北上香港，翌年重返中國，直到去世，成為異鄉人。

5 Mike Crang著，王志弘等譯：《文化地理學》（台北：巨流，二〇〇三），頁五八。

吳進的散文固然具有文化地理學的意義，然而，「熱帶風光」不可能是單純的描繪和記事，吳進筆下的馬來半島，其實是「鄉愁」的替代品，此書最動人的應該是裡頭蘊藏著的時間之眼。他抽離／壓抑著情感／情緒，以知性之筆，寫下可能回不去的馬來半島。正如Mike Crang所言，吳進其實是以當下之眼創造／重構昔日的馬來風光。《熱帶風光》是「在地文化」書寫的重要起點。必須強調的是，這只是其中一種詮釋角度，而且，不是唯一的角度。

一九五七年馬來西亞獨立，馬華作家將家國意識和土地認同，逐漸轉移到鄉土題材的書寫上。老龍詩集《吉打的人家》（一九五九）和鍾祺詩集《土地的話》（一九五九），將吉打、馬六甲等地的生活感受和內容，以及重要地景入詩，地方意識（並非本土意識）逐漸凸顯出來。憂草散文集《風雨中的太平》（一九六〇），則是一部以具體的地方文化、掌故與地景為對象的散文創作。出生於北馬的憂草，以檳城、華玲、太平等北馬城鎮為首選，寫下充滿「地方感」（sence of place）的城鄉散文。其後，又有慧適散文集《海的召喚》（一九六三）再度經營檳城和華玲等北馬地區的民俗地誌。再加上魯白野的歷史散文《馬來散記》（一九六一）對霹靂、柔佛等地的地理、歷史、人文背景的記述，這期間馬華文學在地誌書寫方面，可說是一次具指標意義的豐收。

當然，這只是開始。這些作品多半是出自於對土地認同而寫下的鄉土紀事，史筆大於文筆，質勝於文，馬華地誌書寫的開端，是一種「記錄」，史料價值遠勝於文學價值。馬華的地誌書寫，最早是以「地理學」存在，而非貼近經驗生活的人文地理學，或具地誌書寫規格的指標之作。

一九七〇年代以降，冰谷、田思、吳岸、薛嘉元、夢羔子、沈慶旺、林春美、潘碧華、鍾可斯、林金城、方路、杜忠全、朱宗賢、辛金順、陳大為、鍾怡雯等人，陸續出版了跟地方、原鄉有關的詩文集[6]；二〇〇一年，陳大為正式引進地誌書寫的概念[7]，再加上古蹟文化保護意識抬頭，馬華地誌書寫的能量開始積累[8]。到目前為止，以杜忠全的老檳城系列成

6 書寫地方和原鄉的並不一定構成地誌書寫，可參考陳大為：〈馬華散文的地誌書寫〉第二節的論述。本文第二及第三節亦會論及。

7 馬華最早的地誌書寫評論是陳大為：〈空間釋名與味覺的描定——論林春美的地誌書寫〉，《南洋商報・南洋文藝》（二〇〇一年九月十日），此文後來納入鍾可斯與杜忠全的討論，將篇幅擴大，增訂為更完整的學術論文〈空間釋名與味覺的錨定——馬華都市散文的地誌書寫〉（二〇〇四）。此外，另有〈想像與回憶的地誌學——論辛金順詩歌的原鄉書寫〉（二〇〇六）。評論可以引領創作，林春美的幾篇小品並非有意識的地誌書寫，亦非有系統的規劃寫作，然而經由陳大為的詮釋，儼然構成地誌書寫的樣貌。雖然這是一次經由理論形塑出來的創作成果，但地誌書寫的概念自此成形。地誌書寫的觀點提出之後，《蕉風》第四九七期（二〇〇七年四月）乃有「國境以南：新山地方誌書寫」專輯，歷數年而有杜忠全的老檳城系列散文。

8 地誌書寫的研究近十餘年來在台灣學界逐漸普及，無論在古典文學或現代文學的運用，都有不錯的成績，最出色的論文首推吳潛誠〈地誌書寫：楊牧與陳黎〉、曾珍珍〈從神話構思到歷史銘刻：讀楊牧以現代陳

果最豐富，計有《老檳城，老生活》（二〇〇八）、《老檳城路誌銘》（二〇〇九），以及《我的老檳城》（二〇一〇）。在這系列散文之前，地誌書寫是因論述所需而被建構、被議題化，雖不失為豐富馬華論述的路徑之一，但是，論述畢竟要建立在論述對象的基礎上，空有論述而無好作品，則無以為繼。杜忠全的老檳城系列是一個座標——標誌著馬華地誌書寫的成形，他是第一個有意識的以地誌書寫的概念，去書寫檳城的馬華作家，因此第二節的杜忠全專論，旨在論述並檢視他的地誌書寫在馬華文學史的意義；第三節則論地誌書寫在地化的意義，及其在馬華文學的可能開展路徑與空間。

二、抒情的可能：杜忠全的「老」檳城

杜忠全從二〇〇二年開始他的檳城書寫，迄今共九年，平均三年完成一本書。他的散文主題集中，均為檳島紀事，跟一般馬華作家散彈式的寫法不同[9]。在杜忠全之前的作家或有零星篇章，或是單本著作，鮮以地誌書寫為志業；杜忠全則專注於他的島嶼，對地誌書寫也有相當程度的認識，因此形成辨識度極高的個人特質。辨識度決定作家的位置，當杜忠全被置入這個脈絡，他在馬華文壇的書寫位置也因此確立。

《老檳城，老生活》是杜忠全的第一本著作，它不是我們認知的「純散文」[10]，這雜糅

了報導、口述歷史的（散）文體值得注意。換而言之，我們必須提問，作者的第一本書為什麼是以這樣的形態出現？其次，杜忠全採取的寫作策略不是單純的生活紀事或都市書寫，他的寫作一開始就帶著歷史的景深，目標很明確，就是「老」檳城——不是現代檳城，甚至現代檳城也要被「老化」，就像他在第二本書《老檳城路誌銘》所呈現的風格特質，他的興趣是追溯歷史——路的歷史。杜忠全的檳城書寫其實有很深的、對現代化的焦慮。為什麼？

要回答這兩個問題，必須回到老檳城書寫的最原始。老檳城書寫的誕生地是「他鄉」[11]

黎以後現代詩筆書寫立霧溪〉，顏崑陽〈論「後山意識」的結構及其在花蓮地方社會文化發展上的異向作用與調和〉。花蓮文學的地誌元素吸引了詩人的創作，更吸引了學者的論述，進入第四屆的花蓮文學（系列）研討會名為「地誌書寫與城鄉想像：第二屆花蓮文學研討會」，正式使用「地誌書寫」，先後催生了多篇論文。二〇〇八年四月，由文建會獎助出版的選集《閱讀文學地圖》（四卷）在聯合文學出版，是台灣第一套最具規模的地誌文學選集，同時確立了地誌書寫在台灣現代文學的重要性。在馬來西亞，安煥然的地方研究、陳耀威的古蹟保存的文化論述亦逐漸成形。

9 散彈式寫法也有好處，可以磨練出不同的刀法。

10 當然，可算是廣義的散文。

11 林春美認為杜忠全的書寫是懷舊與尋根，陳蝶亦認為那是懷鄉，其實這是第二階段的問題，見林春美序〈路誌，與作為散文的路誌〉和陳蝶序〈忽然懷鄉〉，兩文均收入杜忠全：《老檳城路誌銘》，頁三—九、頁一五—一八。

——台北、新加坡、吉隆坡。最根本的原因其實是對認同的渴望。異鄉之感是書寫的起點，在文字形成之前就已經存在了。跟沈從文或吳進不同的是，杜忠全可以返鄉長住，為馬華文學寫下他的老檳城觀察。他在自序《老檳城，老生活．回家的儀式》裡敘述千禧年返回檳城的理由，乃是因為「台北新加坡不是我的家」的異鄉感。回家一年，他卻又敏銳的感覺到，身體當然是「回家」了，精神上卻仍處於飄泊的無根狀態，因此有以下的反省：

> 回到了島上的家，回到了自己的根的所在地，稍後也開始上班了，但原來我依然繼續著回家的路程，遠還沒有讓腳跟回到土地。[12]

這種「我還不算是檳城人」的感覺，其實是對認同的追尋。認同的過程是先產生他者，地理學的角度在界定他者時，牽涉到「我們」、「他們」，空間是關鍵，認同的過程可以由我們「是」誰來界定，也可以用我們「不是」誰來界定[13]，換而言之，杜忠全在這三個城市發現自己「不是他們」。弔詭的是，從他的三本散文集來看，他仍然在回鄉的路上，身在檳城，卻努力追尋過往的檳城，或者檳城的古老暗影。回家對他而言雖然是落葉歸根（古老的中國文化傳統），一如他在〈寫給重陽，寫給島〉裡對華人文化和傳統維護的深厚情感[14]，然而他的使命感卻是追尋「老」檳城，那具有時間景深的老檳城，才有書寫的價值和意義。

檳城在杜忠全筆下必須「老」，它是時間的過去式，是時間的「遺」物，或者文學性一些、也更符合老檳城風格的說辭，是「歲月」美化了檳城。因此留下歲月的遺跡成了杜忠全的寫作焦點。檳城是殖民地，同時是華人人口比例相當高的城市，華人占檳城總人口百分之四十三，在三大種族裡比例最高[15]，開埠歷史早、跟中國革命有密切關係，華人教育興盛。近年來隨著地方研究的興起[16]，書寫老檳城既是趨勢也是優勢。

杜忠全試圖透過不同的角度凝視這個成長與生活之城，他寫檳城的風俗、街道、飲食，一種在地人的生活氛圍，並以口述歷史重構老檳城生活圖誌，為它打下層疊的歷史暗影。歷史陰影裡的歲月，是杜忠全來不及參與的過去，他可能模糊的感覺到，要有過去才可能有未來，也因此催生了第一本向報導文學傾斜的《老檳城，老生活》，他找「老檳城」謝清祥說

12《老檳城，老生活》，頁七—八。

13 Mike Crang著，王志弘、余佳玲、方淑惠譯：《文化地理學》（台北：巨流，二〇〇四），頁八〇—八二。

14〈寫給重陽，寫給島〉刊於《南洋商報》（二〇〇五年十月二十五日）。

15 見維基百科 zh.wikipedia.org/wiki/檳城。

16 檳城的相關研究，中文書籍可參考陳劍虹、黃賢強主編《檳榔嶼華人研究》（檳城：韓江學院華人文化館，二〇〇五）的十四篇論文。

故事，為了「保留了很多過去的生活記憶」[17]。

Mike Crang在《文化地理學》（*Cultural Geography*，一九九八）談到的人文地理學概念，指出文學作品在地方書寫上，其實「主觀的表達了地方與空間的社會意義……地理學家採用了想像的技術，文學也關注物質性的社會過程。地理學家和文學都是有關地方與空間的書寫。兩者都是表意作用（signification）過程，也就是在社會媒介中賦予地方意義的過程」[18]。杜忠全書寫檳城地景，如〈我的老檳城〉（二〇〇三）的社尾萬山、港仔墘、大世界遊樂場、書店街等，試圖重構這些地點的歷史和氛圍，以及過去老檳城的生活，他採用了Mike Crang所說的想像的技術，重新賦予地方新的歷史意義。

〈閒逛小印度〉書寫馬來西亞多元種族和文化的地景，藉由外來朋友的眼睛看到小印度的異文化特色，乃有以下省思：

> 在這裡土生土長的我們，是否已經習慣於對自己身邊的景緻漫不經心，而必得留待外人的激發，才會重新去仔細讀取這些文化信息了呢？[19]

吉隆坡、新加坡都有小印度，可惜的是，同時待過這幾個城的杜忠全，似乎沒能看到這些小印度之間的異同。不過這段文字卻可以讓我們回到「他鄉」和「他者」的討論上——在地人的地誌書寫有時候並不是最敏銳的，因為缺少「他者」的眼光——J. Hillis Miller在《地誌學》（*Topographies*, 1983）的觀點因此有商榷的餘地，他認為「地景並非先驗性的存在之物（pre-existing thing），它是一個透過在地的生活，被人為地創造出來的富有意義的空間」[20]，在地人既有「洞見」，常常也可能有「不見」，誠如杜忠全所說的，熟悉感可能遮蔽了我們的感覺，因此「在地人」和「在地生活」之外，地誌書寫的第二個條件是要有敏銳的眼光和視野——J. Hillis Miller這段話宜有如此但書[21]。

整體而言，杜忠全的書寫是立基於「在地人」的優勢上。他以老在地人的口述歷史去彌補他對「老」檳城的不足，此其一；其二，他的題材可大可小，筆下的「物」，不論是宏大者如街道歷史的探源、市井的生活圖景，或微小者如對老式避孕套充滿趣味的細節追索，乃

---

17 自序〈回家的儀式〉，《老檳城，老生活》，頁九。

18 Mike Crang著，王志弘等譯：《文化地理學》，頁五八—五九。

19 杜忠全：〈閒逛小印度〉《星洲日報・文藝春秋》（二〇〇四年二月五日）。

20 J. Hillis Miller, *Topographies*. California: Stanford U.P.（1995）, p. 21.，同樣的討論也可以用在克利福德・吉爾茲（Clifford Greertz）的「地方性知識」（local knowledge）。

21 同時適用於所有的創作者。

至檳城賭博史的知識性敘事，這種地方的文字描繪（word-painting）[22]充滿地方感，形成杜忠全檳城書寫的特色。

然則，杜忠全的檳城書寫是地誌書寫的標竿嗎？

J. Hillis Miller 在《地誌學》（*Topographies*, 1983）的導論指出，「地誌學」（topography）這個詞結合了希臘文的「地方」（topos）和書寫（graphein）二詞而成，字源的解釋即是「對某個地方的書寫活動」，他依據的是韋氏字典的三種解釋：（一）對某個地方的書寫活動；（二）對某個地區或區域所進行的鉅細靡遺、精確描繪的藝術或實踐成果；（三）包含河川、湖泊、道路、城市在內的各種立體地形在內的地表輪廓的描繪[23]。

如果用這個定義去檢視杜忠全的地誌書寫，我們會發現，他所寫的檳城建立在「緬懷」上，更多的是朝情感層面的傾斜。《老檳城，老生活》這本口述歷史因為得力於老檳城謝清祥的檳城上古史料，且篇幅較長，具有論文的雛形與規模，以及抒情性，整體而言，比《老檳城路誌銘》更有地誌書寫的水準。《老檳城路誌銘》受限於篇幅，短小輕薄，雖經過歷史考證，卻多半停留在點的狀態[24]；即將出版的《我的老檳城》則收入二十二篇跟檳城書寫有關的長文，同樣是長篇，然而跟《老檳城，老生活》知識性取向所呈現的厚實感和硬度相比，《我的老檳城》以懷舊和感懷為主的風格相對柔軟。這或許比較接近一般讀者認知的散文樣貌。我認為，這種抒情基調才是杜忠全的真正風格，打從第一本起，所有的歷史記事或口述歷史都帶著柔軟度。這柔軟度來自他對檳城的情感和高度認同。

在寫作順序上，第三本應該是第一本，或者第二本。從發表時間看，剛好有一半篇幅是跟第一本重疊。這兩本書近乎孿生了。假設抽離了歷史材料，那麼，杜忠全風格的散文風格，究竟是什麼?或許，我們可以進一步提問，地誌書寫，是否有抒情的可能?

《我的老檳城》的主體精神是「老」。「老」是地誌書寫的養份，也是杜忠全的美學信仰，同時也是第一到第三本的靈魂，換而言之，作為六字輩末段班的杜忠全，擁有如假包換的老靈魂，上一個世代的檳城記憶在他筆下是一種他嚮往的「舊」。「懷舊」（nostalgia），意味著緬懷過去的美好，它的相對意義是，現實是有缺憾的，乃有追憶逝水年華的抒情之筆。從這個角度理解，我們才能讀出杜忠全的檳城書寫裡，為何總有「老檳城」的回憶。

地理學學者薩克（Robert Sack）在他重要的論述《地理人》（*Homo Geographicus*, 1997）提出，「地方在人類世界裡的角色還要深遠許多，它是一股無法化約為社會、自然或文化的

22 Mike Crang指出，能帶給讀者真正地方體驗的是文學，不是地理學，「人文主義地理學者也很快了解到，文學裡的陳述替代地方經驗提供了類似洞察。如此一來，我們可以轉而求諸小說，探察其中喚起的地方感，或是所謂地方的文字描繪（word-painting）。」《文化地理學》，頁六〇。

23 *Topographies*. pp. 3-4.

24 見序文〈喬治市的時間維度〉，《老檳城路誌銘》，頁二五。

力量。反而是將這些世界匯聚在一起的現象，甚且實際上局部生產了這些世界」[25]，我們可以借薩克的思考進一步推論，因為杜忠全對檳城的情感，進而有了謝清祥的老檳城記憶，以及小檳城和老檳城的對話[26]，共同建構具有歷史景深的檳城。地方的力量遠遠超乎我們的想像，杜忠全的老檳城書寫匯聚了社會、自然、歷史與文化，是小檳城（杜忠全）生產了謝清祥的老檳城。陳蝶因此有「年輕者給年長者描繪他們的家鄉」[27]之語，另一位作序的陳耀威則有「觸摸記憶模糊的老年代」[28]的結論，可見小檳城杜忠全書寫的老檳城是檳城人的集體記憶。不過，這只是「果」，他的老檳城書寫的「因」，恐怕必須追溯他的童年記憶——《我的老檳城》即提供了這條重要的線索——不完整，但是約略可以拼湊出局部輪廓。

海明威說過：不幸的童年是作家的搖籃。這句話卻完全不適用於《我的老檳城》，杜忠全的檳城書寫可以改寫海明威的名言「快樂的童年是作家的搖籃」，譬如以下的例子：

> 掀開那裝載在老城記憶深處的舊影像，喏，那第一次被領著來逛菜市場的雀躍心情，那讓媽媽的大手掌緊緊握著牽著的小手，還有那隨著往來穿梭的人群不停地溜轉的眼珠子，自己當然一直都將它惦記在心底的。
>
> 那讓牽著的小人兒，在無數個日月輪轉之後，如果依然還走進這百年老菜市來，而

且，同樣也在手裡牽了另一隻小手的話……生活裡總是這般不斷重複的老情節與老畫面，雖然稚齡的總也一再地換了樂齡，一代新人總也替換了舊人，但這影像都一直地在同樣的老角落裡重疊了後又重疊，以致鋪墊成了我們老檳城情結的最底層了……[29]

以上這段引文是杜忠全檳城書寫的關鍵語，具有象徵意義。首先，它解釋了為何杜忠全所追憶的逝水年華總是美好，「憶舊」的味道並不苦澀，而是餘韻綿延的甜美；其次，憶舊的底色並不陰暗（如同許多作家創傷的童年），倒反而像是灰濛晨曦中透著希望的水藍微光，也因此決定了杜忠全散文的歡樂基調。再者，以上引文充滿「傳承」和歷史的渴望，再直接一點的用詞，是「尋根」。既有個人書寫的意義，同時為上一代、同輩，乃至下一代留下歷史記憶，檳城書寫因而具有喚起檳城認同的力量。透過書寫，杜忠全創造了他自己的檳

---

25 Tim Cresswell著，徐苔玲、王志弘譯《地方：記憶、想像與認同》（台北：群學，二〇〇六），頁五二—五三。
26 陳蝶稱同鄉杜忠全為「小檳城」，陳蝶序：〈忽然懷鄉〉，收入《我的老檳城》，頁一五。
27 《我的老檳城》，頁一八。
28 陳耀威序，收入《我的老檳城》，頁一九。
29 杜忠全：〈告別社尾山，告別老檳城〉，《蕉風》第四九六期（二〇〇六年七月），頁二四。

城，同時創造了檳城的地方感。以上三點特質，均建立在「抒情」的風格底下，杜忠全以他的抒情之筆，創造了檳城的地誌書寫，因此，我們可以藉杜忠全的地誌書寫，試著修正／補充 J. Hillis Miller 在《地誌學》的邊界——地誌書寫，除了地誌書寫的要素之外，必須有情感作為底蘊。

那麼，我們應該回到本節起始的提問，杜忠全的抒情（地）誌，是標竿嗎？

《老檳城路誌銘》受限於篇幅，短小輕薄，因此停留在點的狀態；二〇一五年出版的《我的老檳城》則收入二十二篇跟檳城書寫有關的長文，同樣是長篇，然而跟《老檳城，老生活》知識性取向所呈現的厚實感相比，《我的老檳城》缺乏史料支撐，以懷舊和感懷為主的寫作方式相對單薄，加上時而駕馭長篇的能力不足，反而暴露「我」這個敘事主體的視野局限。從「我的」角度詮釋的老檳城顯得太輕，深度不足。問題顯然出在「我」這個敘事主體。因此，第三節擬順著杜忠全的抒情地誌，討論地誌書寫如何在地化，以及可能的開展空間，兼作結論。

三、前景：在地化與開展

人文主義地理學者艾蘭．普蘭特（Alan Pred）在〈結構歷程和地方：地方感和感覺結構的形成過程〉（Structuration and Place: On the Becoming of Sense of Place and Structure of Feeling）論地方感時指出，新人文主義地學者提出「地方」不只是客體，而是主體的客體。段義夫（Tuan, Yi-fu）等學者更進一步延伸這個觀點，使之更周延，「地方」因此是經由記憶積累；經由真實的動人的經驗，以及認同感；經由意象、觀念和符號等形塑而成。至於雷蒙．威廉斯（Raymond Williams）的「感覺結構」（Structure of Feeling）則指出，在特殊地點和時間之中，一種生活特質的感覺；一種特殊活動的感覺方法，結合成為「思考和生活的方式」，是一種幾乎不必特別去表現的特殊社群經驗，它是一種深刻而廣泛的情感。感覺結構把社會和歷史脈絡納入，討論它對個人經驗的衝擊。因此感覺結構是民族、地方文化形成過程中不可少的思考。[30]雷蒙．威廉斯的觀點兼顧社會和歷史脈絡，較「地方感」更具人文視野。

如果我們套用上一段的地誌學要求，則馬華的地誌書寫很難有符合或超越之作；就創作者的立場，學術研究可以是啟發，而非限制創作。當然，創作者如果借助學術研究之力，熟諳理論，亦必須有足夠的才情站在制高點上，取優去劣，如此則必然有助於提升創作的深度

30 艾蘭．普蘭特：〈結構歷程和地方：地方感和感覺結構的形成過程〉，收入夏鑄九、王志弘編譯：《空間的文化形式與社會理論讀本》（台北：明文，一九九四），頁八六—九五。

與廣度。以理論檢視作品，容易削足適履，但理論的思考高度往往可以提升創作視野。

創作上如此，學術研究亦然。挪用文化地理學／地誌學的觀點，必須特別關注它的適切性；「在地化」時必須同時考慮到文類差異，社會背景等。地理學家Mike Crang的《文化地理學》所引用的例子都是小說和詩，包括勞倫斯（D.H. Lawrence）、哈代（Thomas Hardy）、哥德史密斯（Goldsmith）、布雷克（Blake）、華茲華斯（Wordsworth）、畢翠斯・珀特（Beatrix Potter）等，這跟西方文學以詩與小說為主要文類的傳統有關。

在華語世界，從白話文運動以降，散文跟詩和小說三足鼎立，甚至是文類的大宗（雖然論述成果最弱，整體而言最缺方法論）。古典散文立下的實用／介入功能，使它貼近社會的脈動，可以有很強的社會性，以及一般人以為「容易」寫的特質有關。台灣的現代散文近二十年來發展出的次文類最多，使它迅速擴張成為最巨大的文類類型，例如旅行書寫、自然寫作、飲食書寫等等，地誌書寫顯然頗具次文類的發展潛能；不同於西方以詩和小說為主流的傳統，在華語世界，散文應該是最好的地誌書寫文類。馬華文學的情況跟台灣近似，散文因其便於敘事的特質，亦成為地誌書寫的主文類，我們或許可挪用台灣經驗，反省馬華地誌書寫的問題與困境。

台灣地理學者陳其南〈台灣地理空間想像的變貌與後現代人文地理學——一個初步的探索〉一文所提的觀點，值得借鑑與思考。陳其南從自身的地理學背景出發，述及從師大到耶魯的求學過程，從地理學走到人類學，再寫到這二十幾年來台灣地理的變化，以及台灣的價值觀在後現代和全球化社會所面臨的衝擊和潰散。由於熟諳理論，兼俱紮實的地理學訓練，以及對台灣的深厚情感，這篇左右逢源的抒情論文視野恢宏；在情感潤澤之下，硬中帶軟，要說這是最好的文化散文亦未嘗不可。文中述及人類學家李維・史陀（Claude Lévi-Strauss, 1908-2009）《憂鬱的熱帶》所展現的跨地理學與人類學兩個領域的探索經驗，說明地理學應該具有人類學的意義；其次，李維・史陀並試圖說明潛意識結構分析法的地質學淵源，這條路徑雖然充滿困難，但也很有樂趣。

陳其南深受李維・史陀啟發，引此說明他山之石的作用，以喻自身的學術研究路徑與轉折：

> 李維史陀的地質學經驗不禁讓人覺得，「結構主義」思想的起源何不是一位地理學者，而是人類學家？是否是因為區域地理學執著於經驗性的事實，使得地理學者在表面適時的觀察中在方法論尚未能跨越知識的極限？是否是因為地理學景觀的複雜性，使得地理學者在荒湮漫草的田野中迷失了知識的路途？[31]

31　陳其南：〈台灣地理空間想像的變貌與後現代人文地理學——一個初步的探索〉，《師大地理研究報告》第以上所引文字說明了地理學和人類學的相互滲透，最後成為人文地理學，其關鍵乃在於超越經驗，加入「想像的技術」。地理學如此，地誌書寫亦有相似的發展路徑，因此執著於經驗的地誌描繪，譬如一九六〇年代魯白野的《馬來散記》或《獅城散記》，便偏向史料式的地理學觀察報告，而非建構地方意義的地誌書寫。陳其南的這段文字同時指出，不同的領域之間的相互滲透和交融，往往可以碰撞出不同的火花，囿限於一個領域往往是劃地自限、固步自封。馬華文學處在不同人種和語種的交匯之地，兼有多變化的地方特質，先天上具有很好的資源，可以發展出豐富多元的地誌書寫。事實卻是，歷經五十年，馬華地誌書仍然無法累積豐沛的作品，遑論巔峰之作。固然地誌書寫是後到的理論和觀點，以此緣木求魚固然苛刻，然而另一方面，它其實凸顯了馬華創作一直存在的問題與困境：創作者視野不足，缺乏他山之石的經驗，而且沒有意識到自身的不足才是最根本的關鍵，此其一；其二，論述和創作之間往往可以互相彌補。誠如第一節的觀察，杜忠全相對成熟的地誌書寫出現在相關論述之後，即是一例。問題卻是，沒有足夠的好作品，不可能有應創作而生的論述成果。[32]

我們應該回到杜忠全的檳城書寫，以一個較成熟的例子作為討論個案，或許稍可看出馬華地誌書寫的可能開展方向。

現代化是全球化的共同地景，老檳城要如何抵抗全球化進步的浪潮，它的結局可能是班雅明（Walter Benjamin, 1892-1940）筆下的新天使嗎？只能被捲進進步的風暴臉背轉向過去，絕望的往前飛？或者如杜忠全那樣，以口述歷史留下不久前的歷史，以此紀念「老」檳城的風華？除了緬懷之外，有沒有更積極的介入角度／態度？譬如，現代化過程的檳城除了「流失」，是否有其正面意義？檳城是古老的海峽殖民地，殖民地風華是它最大的資產。檳城的古老建築如今包裹著現代化的內裡，老建築變成現代化的餅鋪、婚紗攝影、小吃中心等。這些其實是地誌書寫必須正視的現實，也是任何一個具有古老歷史背景城市，因應現代化而不得不的改變，那麼，這些改變對一個殖民地城市的意義在哪裡？檳城是一個多元文化和種族構成的馬來西亞老城，杜忠全筆下的檳城卻形同華人城市，懷舊抒情遮蔽了杜忠全，這是「在地人」的不見。缺乏時空的遠距觀察，很難為檳城在地誌書寫找到它最特殊的位置。除了視野之外，檳城的地誌書寫，乃至馬華的地誌書寫，可不可能在書寫技藝上再提升？

鍾怡雯在《馬華散文史讀本》序回答這個提問，或許，情感的深度是一個可能的方向：

三〇期（一九九九年五月），頁一九一。

32 這個觀點也適用於馬華文學研究。論述建立在作品上，如果沒有豐沛的創作能量，也不會有相應的論述成果。

散文是生命經驗的折射，在這個前提下，無論哪一種類型的散文，都不可能「無我」，從歷史文化的抒寫到個人情懷的抒發，無論是批判或抒情，它必須建立在「我」的主觀情感或者觀點下。生命經驗的厚度和思考的深度是構成好散文的重要因素，但是很少人關心情感的深度。情感可以一層層地架設，埋線，充滿隱喻而仍然行雲流水。馬華散文最缺乏的是這類探索情感深度的散文。[33]

應該以實際例子支持以上的論點。此例是同為檳城人的李有成。在他的詩集自序《時間·詩的回憶》（二〇〇六）有一段對一九六〇年代老檳城的回憶：

> 這些美國士兵在家鄉也許是親朋戚友眼中的乖孩子，到了檳城卻完全變了樣。我的住所對街就是一家酒吧，專做美軍的生意。酒吧日夜喧鬧，尤其半夜裡，我常被砸破酒瓶的刺耳聲音驚醒——依然清脆可聞。即使隔著一條街，酒瓶忽地爆碎的刺耳聲依然清晰可聞……我還記得路經對街那家快樂酒吧時，偶而會看見一位懷孕的酒吧女，她經常穿著一件艷色的裙子，很詭異地老讓我想起在熱帶烈陽下怒放的木槿花。[34]

李有成並無意於地誌書寫，然而這段回憶文字最動人之處，在於它以意象和節奏層層架設起歷史場景，穿越時空把赤道遺留的殖民地風情帶到讀者眼前：穿艷色裙子的懷孕吧女和木槿花，砸酒瓶的聲音，美軍。這敘述是異國風情的，同時飽含情感的深度——往往卻是無意於檳城紀事而寫下的回憶片段。他的文字兼俱思考的深度和情感的深度。相較之下，杜忠全的甜美抒情缺乏時間的陰影和情感的深度，而口述歷史式的寫法很難兼顧思考的深度，這是文類的先天特質，在杜忠全筆下，則是缺憾。

回到本節的小標，馬華地誌書寫的可能開展方向，仍然離不開〈流傳〉一文所提的三個條件：生命經驗的厚度、思考的深度以及情感的深度。好散文的要求，仍然適用於馬華的地誌書寫。誠如本文所論，馬華文學具有豐富的地誌書寫資源，但相關的創作仍未能有效而全面的挖掘出它的豐富礦脈；地誌書寫的在地化特色亦可視為抵抗全球化浪潮之下的有效策略，如此，地誌書寫則必得成為一門專業技藝，因此不得不在視野和知識上自我要求和提升，在主題和寫法上持續深掘和探索。

---

33 鍾怡雯：〈流傳〉，《馬華散文史讀本 I》，頁 IV。

34 李有成：《時間》（台北：書林，二〇〇六），頁一〇。

參考書目

Crang, Mike著，王志弘等譯：《文化地理學》（台北：巨流，二〇〇三）。

Cresswell, Tim著，徐苔玲、王志弘譯：《地方：記憶、想像與認同》（台北：群學，二〇〇六）。

Miller, J. Hillis. *Topographies.* California: Stanford U. P. (1995).

Tuan, Yi-Fu. *Space and Place: The Perspective of Experience.* Minneapolis: University of Minnesota Press. (1977).

王志文編譯：《空間與社會理論譯文選》（自印，一九九五）。

加斯東・巴舍拉（Gaston Bachelard）著，龔卓軍、王靜慧譯：《空間詩學》（台北：張老師文化，二〇〇三）。

克利福德・吉爾茲（Clifford Greertz）著，納日碧等譯：《文化的解釋》（上海：人民出版社，一九九九）。

克利福德・吉爾茲（Clifford Greertz）著，王海龍等譯：《地方性知識》（北京：中央編譯社，二〇〇〇）。

李有成：《時間》（台北：書林，二〇〇六）。

杜忠全：〈閒逛小印度〉，《星洲日報・文藝春秋》（二〇〇四年二月五日）。

杜忠全：〈告別社尾山，告別老檳城〉，《蕉風》第四九六期（二〇〇六年七月），頁二三—二七。

杜忠全：〈寫給重陽，寫給島〉，《南洋商報》（二〇〇五年十月二十五日）。
杜忠全：《老檳城，老生活》（吉隆坡：大將文化，二〇〇八）。
杜忠全：《老檳城路誌銘》（吉隆坡：大將文化，二〇〇九）。
柯比意（Le Corbusier）著，葉朝憲譯：《都市學》（台北：田園城市，二〇〇二）。
夏鑄九、王志弘編譯：《空間的文化形式與社會理論讀本》（台北：明文，一九九四）。
孫遜、楊劍龍編：《閱讀城市：作為一種生活方式的都市生活》（上海：上海三聯，二〇〇七）。
陳大為：《思考的圓周率——馬華文學板塊與空間書寫》（吉隆坡：大將，二〇〇六）。
陳大為：《風格的煉成——亞洲華文文學論集》（台北：萬卷樓，二〇〇九）。
陳大為：《馬華散文史縱論（1957-2007）》（台北：萬卷樓，二〇〇九）。
陳其南：〈台灣地理空間想像的變貌與後現代人文地理學——一個初步的探索〉，《師大地理研究報告》第三〇期（一九九九年五月），頁一七五—二一八。
陳劍虹、黃賢強編：《檳榔嶼華人研究》（檳城：韓江學院華人文化館，二〇〇五）。
凱文・林奇著，方益萍等譯：《城市意象》（北京：新華書店，二〇〇一）。
凱文・林奇著，李慶怡等譯：《城市形態》（北京：新華書店，二〇〇一）。
鍾怡雯、陳大為編：《馬華散文史讀本I・II・III》（台北：萬卷樓，二〇〇七）。
鍾怡雯：《馬華文學史與浪漫傳統》（台北：萬卷樓，二〇〇九）。
鍾怡雯：《無盡的追尋——當代散文的詮釋與批評》（台北：聯合文學，二〇〇四）。

〔附錄〕

附錄1

逆時代之流而上
——百年散文選序

一

上回編年度散文選是二〇〇五年，今年再接編匆匆六年已過，相同的是，主編序都開筆於大年初一。我的生活沒有必然的休息日，閱讀既是工作也是娛樂。工作和娛樂貼得太緊絕非好事，那讓我產生一整年都沒休息的錯覺。編年度散文選的這一年來，我確實每天都在工作，當然也可以說，我每天都有娛樂。

今年的編務特別困難，工作的感覺比娛樂大些。選文以平面媒體為主，排除了漫無邊界的茫茫網海，仍然讓我在編選過程中左右為難，在取捨之間踟躕。為什麼？我反覆問自己。

究竟是什麼讓這本散文選遲疑許久才定案？

也許，現實和我的想像頗有落差。

我的散文繪圖其實非常廣，舉凡雜文、純散文（文學性散文）、報導文學、小品文、傳記、書信、日記等敘述性文體均是選文範圍。散文歷經從雜文、美文到純散文的變化進程，事實上，就現代散文史的發展脈絡來看，散文，並沒有所謂「純」散文，或者被誤讀的「美」文——一種獨立於時代之外的文學範式，被視為純粹的審美客體——散文從來就跟時代有密切的關係，以現代散文史的角度觀之，它跟直面現實的雜文始終暗通款曲。因此，年度散文選是時代的切片，它是軟歷史，敘述了時間刻度內此時此地的生活，人們的所思所感，不論多麼抒情多麼個人多麼微小，它都有最小的時代意義。然而，我總以為散文可以不必那麼「純」，周作人建立的抒情傳統早已成為散文的主流，我希望散文可以更原始一些，更駁雜一點，更「不像」散文，修辭的技術層面之外，它可以像論文具有論述和批判的功能。

原來以為可以選入一兩篇論點精闢，文字可讀的社論，以彌補雜文的缺憾。然而我讀到的社論果真以「論」為主，文學的質感大多不是重點，缺乏情感的潤澤，太乾澀冷硬，離散文畢竟遠了些。散文原來是這樣一種麻煩的文類，濫情不行，沒感情也不行；質木無文不行，過度修飾也不行。都說散文自由，卻常常自由過了頭，它的邊界太寬鬆，接近文學原料的體式很難規範。在白話文學史的源頭，散文以文類之母的方式出現，它是新思想的傳播文體，同時肩負著建立現代文學美學範式的責任。梁啟超文界革命的第一要務，便是散文語言革命。當散文成為研究對象，就常常讓人陷入困境。散文選難，難在這裡。

書信和日記就更少了。最精采的書信和日記必然是私密文件，無法公開。秘密是好看好讀的關鍵，能公開的多半不會是典範，林覺民〈與妻訣別書〉動人而悲壯，然而涉及家國民族也太公領域，太政治正確了些。自然寫作可視為進化版且具時代意義的報導文學；傳記寫得再感性些，就成為憶故人的抒情散文。小品文沒有缺席，純散文是大宗。大體而言，這本散文選仍然很傳統，因為作品如此，選文者宜如實呈現。沒有一本選集是完美的，缺憾是必然，何況選集多半體現了編者的主觀和偏見。每編一部選集，我這樣安慰，或者提醒自己。就像文學獎評審，換了評審，得獎名單可能會大洗牌。

說到文學獎，它是我的第二個疑惑。今年讀了特別多地方文學獎得獎散文，不得不說，台灣的文學獎實在太多了，多到氾濫。地方性、財團法人、宗教或者什麼性質令人眼花撩亂，名堂記不起來的文學獎。平面媒體的發表空間有限，文學獎本來是新人練筆或出頭的管道，它絕對具有正面而積極的意義。然而這幾年來文學獎已經氾濫到了應該檢討的地步。按常理推論，文學獎的蓬勃應該代表文學創作能量的勃發，實驗的前衛的推陳出新的，被主編們埋沒掉超越時代眼光的佳作，應該在這些百花齊放的文學獎裡出現。我應該掘得到寶，不論是寶石或璞玉。

事實不然，而且比例非常低。文學獎只是假象。散文獎項生產三到六篇散文，我很懷疑，真的有那麼多寫作人口嗎？文學獎究竟是把餅做大抑或稀釋文學？又或者，這是全民寫作的年代？然而文學從來不會是什麼全民運動（除了寫作，全民有很多比寫作這件事能夠做也做得更好更值得鼓勵的），除非我們把文學規範打散，從頭再來。更何況全民寫作是非自發性，被動的寫作狀態之下產生，有點命題作文的意味，跟地方文學獎一樣，背後太多跟寫作無關的政治或商業思考，以為這可以讓文學大興，無疑把文學過於簡單化。文學的生產過程非常複雜，絕非單一外力可以速成。真要鼓勵創作，不如辦幾份雜誌報紙，增加發表園地來得實在。地方文學獎多的是面貌模糊，聲口一致的親情散文。地方政府、參賽者，乃至評審全都應該反省。

二

歲末年終，一年的閱讀工作即將結束之際，讀到季季〈不要臉的人之告白〉，不禁大喜。終於有人掀底牌了。這篇散文雖然溫文沒火氣，然而觀點犀利，處處說中要害。跟季季一樣，我是「站在臉書門外，無意芝麻開門」一族。改寫托爾斯泰的話，上臉的人理由只有一種〈寂寞難耐哪〉，不上臉的人理由有千百種。季季說不要臉的生活是選擇題，而非是非題。能有這樣的反省，大概都要歷經手寫到電腦的世代，歲數有一些了。這個族群曾經迷戀過紙本和書本，對手工業仍然眷戀，對網路仍有警覺。成長於資訊時代的小孩，恐怕很難理解不上臉要如何生活。

小姪女沒學會走路，話還說不清呢，就會用手指操控 i 字頭的玩具，小手在 ipad 上翻頁的熟練架勢令人咋舌。這些三 C 世代，他們哪有什麼選擇題？因此，他們要如何體會蔡珠兒〈我好土〉一文所說，把惡地變成肥土的艱難，並且還能從土性領悟人性？「好土」在廣東話裡帶有落伍，跟不上潮流之意，這時代大家都上臉去了，誰要下土？網上也能種菜不是嗎？

然而寫作確實需要腳踏實地的生活，逆（潮）流而上的勇氣。這是個需要安慰和呼朋引伴，害怕孤獨和被遺忘的時代；需要不斷有人給讚，活在虛擬的年代。寫作者最不怕的應該是孤獨和寂寞，也應該要有被遺忘的準備。我不明白天天在網上結黨閒聊，隨時有人敲老被干擾，要如何靜心寫作，或者思考？或許有人天賦異秉吧。「不要臉」的堅持是一種生活態度，作為百年散文選的開端，具有逆流而上，不與眾合流的宣示意味。應該理直氣壯宣示，我很土。

散文確實也來自生活。這句話太寬泛，說了等於沒說，然而自有對網路時代的感嘆。或許會有那麼一天，網路經驗會覆蓋生活體驗，我們可以模擬真實的生活，複製如假包換的人生，以及情感。雷驤〈糞餅〉的農業時代經驗；朱天衣〈新天新地〉攜貓狗逐野地的鄉野墾荒；劉克襄〈濕地的蝦猴〉實地考察蝦猴生態史，反石化的呼籲；楊澤〈大地震——一個小男孩的見證〉小男生飽受的驚嚇，被大地震震壞的童年。總有一天，這些來自人跟生活產生的火花，都將成為歷史。那時，我們可能要編的是「年度雲端散文選」（多麼詩意的書名）。

有些時候我們會特別意識到時間的行走，在生死相交，季節推移的瞬間，在全然孤獨又無助的時刻。散文需要向外索，也要向內求。生命經驗可遇不可求，然而靈視則必須成長於絕境和孤獨，置於死地而後生。宇文正〈聲音也會老的〉發現手術只能力挽有形之肉身，抽象的聲音或者眼神，是無法回春的。聲音一老，人就老了。她曾經擁有一段奇特的經驗，一邊陪癌末的媽媽，一邊在股市當記者，擁有大量自己的時間，每天可以回家彈楊琴唱歌。「極樂世界」時期的孤獨狀態，讓她領悟到聲音會老的秘密。呂大明〈生命的衣裳〉寫生命的遲暮。生命是襤褸的衣裳，然而只要活著，就必須努力縫綴。散文以西方而古典的意象鋪排而成，浪漫而唯美，以詩筆寫生之艱難，也寫生之堅韌。徐國能〈夕照樓隨筆二則〉則在陽光如熾的盛夏寫無所不在的死亡。他觀察垂死的蜜蜂，感受生之衝擊，在死亡身上體會靈魂和肉身的存在。又或者無法安靜的躁動春日，在蹉跎時光的遺憾中，捕捉到渺茫而悵惘的思緒。這篇散文安靜而憂鬱，寫法非常徐志摩，寫法傳統又極為現代，是嶄新的「徐」氏風格。

三

今年的散文選非常特別，幾乎無法以主題歸類。即便勉強分類，旅行、飲食和懷舊這三大類型也都有了混雜跨界的風貌，跟前幾年清晰可辨，單一主題式的寫法相去甚遠。至少我在編九十四年散文選時，它們各就各位，撈過界的很少。

成英姝〈男人與沙漠〉、余光中〈黃山詫異〉、蔣勳〈薩埵那太子捨身飼虎〉、張瀛太〈深山色狼〉以及董成瑜〈夢與夜宿機場〉均可歸入旅行文學。余光中〈黃山詫異〉是很典型的遊記，山水行旅筆筆分明，旅行是朝「外」看，把個人縮到最小。相較之下，其他四篇向「內」望的比例增加。成英姝〈男人與沙漠〉寫新疆沙漠賽車手活在當下的熱情，挑戰險惡的勇氣，卻也同時寫自己的愛情觀。蔣勳〈薩埵那太子捨身飼虎〉只有起始時的「麻線鞋」和結尾跟旅行有關，餘則寫佛經啟示。張瀛太〈深山色狼〉寫在中國某市場買威而剛，生猛爆笑，可是我們連這市場的名字都不知道。董成瑜〈夢與夜宿機場〉的書寫空間在機場，不像「正宗」的旅行文學。然而機場經驗確實是旅行的一部分，這種平凡的題材最難寫，必得恆處孤獨，心靈異常敏銳，才能透視平凡，才能在夜宿機場時，發現過境大廳竟似非洲大草原，兩三百人的打鼾變成兩三百隻獅子的草原大合唱。

飲食散文亦然。王盛弘〈大風吹〉寫童年的零食，同時寫故鄉的人事，說是飲食散文也行，懷舊散文亦未嘗不可。張曉風〈山寨版的齊王盛饌〉則同時兼有飲食和知識散文之趣，從炒雞腳趾頭（雞跖）開始，上溯古籍，下及唐宋詩，考古兼嘗味。飲食散文至少在兩三年前是高峰，今年似乎「退流行」了，它變得低調圓熟些，向旅行、憶舊靠攏，或者成為散文的配角。

今年收入了幾篇精采的親情散文，張讓〈好一個女子〉、阿嬀〈夢中的父親〉、廖玉蕙〈我的媽媽嫁兒子〉、吳晟〈不合時宜〉以及吳鈞堯〈身後〉。其實不太願意把親情散文的標籤貼在〈好一個女子〉上，那會狹化這篇佳作的視野。此文固然是憶故人記舊事，對母親這個角色和職責的反思，則是另一個不可忽略的重點。張讓以歐巴馬浪漫勇敢的母親和兇惡高傲的虎媽對比，充滿思考的熱情，和批判的力道。她認為虎媽是中國文化裡的糟粕加上美國式自戀的最壞示範，一針見血，讓人喝采。〈好一個女子〉本來是寫母親，卻又岔出去談親子教育，左右開弓再打壞母親的示範，讚美自己母親的不凡。張讓以知性散文見長，思考是她的長項，寫最親近的母親，筆調既近又遠，既親又疏。好一篇散文。

四

有兩文不得不提。一是林青霞〈瓊瑤與我〉，一是馬任重〈上課睡覺的女人〉。林青霞主演過許多瓊瑤的電影，由她執筆近身寫瓊瑤和瓊瑤的電影，最精采的電影史筆莫過於此。〈瓊瑤與我〉同時寫成長和母親，以及瓊瑤的愛情。多條線路均以瓊瑤為軸心輻射出去，層層疊疊，卻是條理分明。〈上課睡覺的女人〉是個九二一受災女人的悲傷故事。馬任重是社區大學老師，他的課堂有個學生是專門來睡覺的。這女人在九二一地震時失去先生和家人，因此長期失眠。教室讓她覺得安穩，讓她放鬆，也只有在教室，她才能入睡。初讀這篇散文很震撼，久久無法平息。作者的文字很平淡，然而故事動人，它令我印象深刻。九二一的創傷並沒有消失，只是未被持續發掘，或者，被善忘的社會遺忘了。

今年新人的表現亮眼，他們或者初試啼聲，或者已經出版過一兩本書，得過一些獎，然而均是可期待的散文新筆。這張名單包括言叔夏〈白馬走過天亮〉、張耀仁〈讓我看看你的床〉、吳宗霖〈髒話練習曲〉、吳憶偉〈鼻音〉、吳妮民〈週間旅行〉、林育靖〈佛像店夫妻〉、吳柳蓓〈陪姪女一段〉、林怡翠〈耳環〉、黃信恩〈熱臀記〉、吳鑑軒〈陰毛〉、吳睿哲〈龍蝨的眼睛〉，以及楊富閔〈壞春〉。這批新力軍，為散文選增添了向榮的新氣息。

年度散文獎得主是周芬伶。近幾年來她筆耕最勤，質量俱佳，散文風格迭有變化。她的散文狂熱而勇敢，節奏快，善於自剖也剖析他人。她擅長寫人生的黑暗，或者心靈的陰暗，然而也會幽世間一默，或者嘲諷自己。無論是《蘭花辭》（二〇一〇）或《雜種》（二〇一一），都足以獲得年度散文獎。今年入選的〈美女與怪物〉是她在《雜種》形塑的怪咖美學，美和怪是一體之兩面，美也是生命中最大的創傷。

感謝入選的所有作者，感謝你們給我一年的工作，以及娛樂。

附錄2
論莫言小說「肉身成道」的唯物書寫

肉體和慾望是構成莫言小說最重要的兩大元素。嚴格說來，慾望甚至可以歸結到肉體底下，被物質化，成為肉體的一部分。慾望的來源是肉體，肉體歸屬於物質，莫言小說的核心構成，其實是物質。我曾經於一九九七年的碩士論文提過：肉體和慾望在莫言的小說裡是原始生命力的象徵，同時也是驅動革命和改變歷史的力量[1]。論文付梓時，《豐乳肥臀》甫出版。此後十數年間，莫言陸續完成了《檀香刑》、《生死疲勞》和《蛙》等重量級長篇，小說對肉身（體）的關注遠遠超過形而上的慾望，或者也可以說，慾望的來源乃因肉身而存在。「道成肉身」可以被翻轉成「肉身成道」，道者，小說之道也。性、情慾、愛情、對食

1 鍾怡雯：《莫言小說：「歷史」的重構》（台北：文史哲，一九九七），頁八四。

物的渴望，人的生存狀態，最後全盤「唯物」化。莫言怪誕和誇張的語言把肉體卑下化乃至卑賤化，從後出的幾部長篇來看，莫言的興趣是「肉身」，小說創作可以說是他對「肉身」如何影響人的歷史所開展的想像。從腳到乳房，從刑罰到生育，從紅高粱的民間傳奇到節育的當代歷史，皆以肉身開始。他對肉身的關注遠遠超乎對精神的觀照，敘事視野的「下放」成了莫言的小說風格。

追溯莫言的小說和散文，有一個最合理的線索可以解釋他對形而下之物何以貫注如此強烈的關注：饑餓。莫言的小說最常強調食物和酒，對飲食有超乎尋常的強大慾望。跟莫言同輩的中國人都有缺糧的深刻體驗，「餓」成了莫言生命中最大的問題或恐懼，也成了小說最永恆的主題。他的小說永遠對食物有強大的熱情，當代台灣小說擅長處理精神創傷和殘缺，莫言則擅長處理肉體的創傷和殘缺。或者也可以說，精神的創傷和殘缺在莫言那裡被根本性地處理成肉體的創傷和殘缺。這種寫作視野可以說來自莫言的農民身分，對物質世界的觀察自有其獨到的體會和愛好。如果說台灣小說處理的是「我的靈魂感到巨大的餓」，莫言則處理成「我的身體感到巨大的餓」。然而身體或許不是莫言的終極興趣，在莫言成功的小說裡，他對肉體物化的描寫大多是寓言性的，用以表現他對歷史和社會的批判，同時又是對原始生命力的謳歌和禮讚。把肉體逆轉為驅動革命和改變歷史的力量，把崇高的革命敘事模式還原給肉身，甚至把肉身再下放，放置到跟「物」同等的地位。「唯物」史觀原是當代中國政治運作的核心,「唯物」則轉成為莫言小說的運作法則。

這個特質早在〈白狗鞦韆架〉(一九八五)已露端倪。〈白狗鞦韆架〉裡的暖原是敘述者的童年玩伴,因不慎從鞦韆架摔下以致瞎了一隻眼,這突來的災難注定了她這一生與幸福絕緣的命運。暖的美貌曾經讓她對生活存有憧憬(對英俊的文藝兵隊蔡隊長的愛慕),但是一場突來的意外(瞎了單眼)卻令她跌入了人間地獄。由於身體的殘缺,只能跟聾子結婚,生下三個又聾又啞的兒子。面對一屋子啞巴,她仍然希望生一個能說話的孩子,乃萌生跟返鄉的敘述者借種的畸想/奇想。對暖來說,把她救離地獄的方法,是「給她一個會說話的孩子」。這個畸想凸顯出社會之畸,生命之畸,而莫言以畸制畸,肉體既是災難的來源,肉體亦可翻轉成為幸福的泉源,不論那是多麼地悖逆倫常。莫言賦予「人」以無限的韌性,也給予女性強大的生命力,只要對自身肉體的作主,便是對自身命運的突圍。

有時莫言甚至把肉體/肉身下放到跟物同等的地位。物可以是肉體,也可以是物質。對「物」包括肉體的迷戀和重視,也出現在同時期的〈金髮嬰兒〉。紫荊的孝順並沒有引起孫天球任何情感的波瀾,然而那座充滿誘惑力的裸體漁女塑像,卻足以挑動他對紫荊的思念。在漁女塑像與紫荊的影像合而為一,「心靈美」轉化成「肉體美」之後,他們之間的愛情方為可能。同樣的,長期壓抑的紫荊,卻被充滿活力、作為男性象徵的火紅色的大公雞挑起情慾。藉由「物體」,或動物或物品的中介,人的相愛才有可能。〈球狀閃電〉裡的蟈蟈和繭兒的結合同樣是是物體「水紅衫子」所造成的「錯誤」。藺兒的長相有些難看，蟈蟈對她並無好感。然而一襲水紅衫子改變了藺兒的呆板，水紅衫子具有魔幻的魅力，同時也是情慾的象徵。莫言使用一貫的擴張性寫法，改變水紅衫子的質地，水紅衫子變成了火，磁石，變成了致命的吸引力，改變空氣，使四周充滿了山林野獸的生氣蓬勃的味道顯而易見，水紅衫子變成了烏托邦的催生者，它創造了一個幻境。水紅衫子變成了藺兒的代替品，透過把人「物化」的轉換，藺兒和自然環境的光線融成一體，這篇小說示範的便是肉身成道。

真正把肉身成道發揮成功的，乃是莫言的第一個長篇《紅高粱家族》（一九八六）。奶奶戴鳳蓮臨死前有兩句話：「我的身體是我的，我為自己做主」。這是戴鳳蓮的生命宣言，同時也是啟動歷史的關鍵。戴鳳蓮原是被她的父親以一頭「大黑驢」的商品代價嫁給了痲瘋病患單家的兒子。她不甘心，為了爭取幸福，她和抬轎夫余占鰲私通後，又與余合謀殺死單家父子。為了穩住自己在單家的地位，在男人的世界中取得一席之地，戴鳳蓮和掌櫃羅漢大爺也有曖昧不清的關係。對她而言，這一卻都可以歸結為「我的身體是我的，我要自己做主」。掌握了身體，就可以掌握命運。相對於左翼作家把肉體作革命式的昇華處理，使之服膺於政治，成為革命工具的崇高美學指導，莫言卻把肉身下降，使之人性化，或者物化。

以下一段辯證愛情的引文出自《紅高粱家族》，最能印證肉身物化的敘事風格：「愛情的過程是把鮮血變成柏油色大便的過程，愛情的表現是兩個血肉模糊的人躺在一起，愛情的結局是兩根圓睜著灰白色眼睛的冰棍」[2]。愛情不只要被物化，更被卑賤化為排泄物或屍體，唯物史觀成了莫言的唯物小說觀。

至於我爺爺和我奶奶的歷史，在高粱地裡亦是以手和腳的接觸拉開序幕。戴鳳蓮的腳被余占鰲溫暖年輕的大手捉住的那一剎那並沒有掙扎，她甚至想掀開轎簾看看對方是個怎麼樣的人。所以她被蒙面劫路人劫走時，是帶著「亢奮的眼睛」、「燦然的笑容」，比劫路人還要平靜的態度施施然走的。余占鰲則因這一握而「喚醒了他心中偉大的創造新生活的靈感，從此徹底改變了他的一生，也徹底改變了我奶奶的一生」[3]。莫言把腳化成情慾的象徵或許並不新奇，戀腳之癖可視為中國另一種國粹。然而腳具有啟動自主意識的功能，則是莫言的異想。思想可以改變世界，莫言卻把它顛倒過來，腳也可以改變世界。情慾從腳開始，歷史從腳開始，歷史是腳走出來的。

命運也掌握在腳上。莫言在《檀香刑》（二〇〇一）同樣寫了貌美的孫眉娘長了一雙大腳，「生了一張娘娘的臉，但長了一雙丫環的腳」[4]。這雙大腳是她的缺憾，知縣的太太沒

2 莫言：《紅高粱家族》（台北：洪範，一九八九），頁三七〇。
3 《紅高粱家族》，頁五六。
4 莫言：《檀香刑》（台北：麥田，二〇〇二），頁一四五。

有花容月貌，卻有一雙令所有女人折服的小腳。這雙小腳成為她自卑的來源，心頭的疙瘩，也幾乎成功阻止了孫眉娘對知縣的癡情。然而生著一雙大腳的女人是有主見的，莫言再度讓她演繹歷史是腳走出來的這個主題。孫眉娘的父親孫丙用唱貓腔的好嗓子迷倒了山東高密的女人，孫眉娘卻因為這雙大腳迷倒了知縣錢丁，「家裡有一個忠厚老實能擋風遮雨的丈夫，外邊有一個既有權又有勢、既多情又多趣的相好。」5

這部小說的大歷史背景是德國人侵略膠州，至於寫作初衷，莫言自陳《檀香刑》起初原是為了山東高密一帶，讓他難忘的火車和鐵路的聲音。最終，主旋律卻讓給充滿地方傳奇的地方戲貓腔。不過，貓腔倒比較接近敲鑼打鼓的配音，或插科打諢的配角，嘻笑怒罵的串場角色。大歷史當然更不是重點，反倒是情慾之纏綿和刑戮之殘酷，成了小說的焦點。這一點，《檀香刑》跟《紅高粱》可說是姐妹篇。

先談情慾。《檀香刑》跟《紅高粱》一樣，寫男女倫常之外的情慾，《紅高粱》野而外放，《檀香刑》相對文人氣，卻同樣寫得纏綿悱惻，各有擅場。相似處是，情慾從腳開始。孫眉娘最為自卑的一雙大腳，卻深為知縣所愛，被視為天然之趣。情慾不在兩眼之間，在兩腳。腳又是生命力的象徵，大腳邋鞦韆，可以振奮民心，可以移風易俗，一改高密女人纏足的陋習。

莫言再度發揮對腳的奇想，大腳用來挑鬍鬚打屁股，種種閨房樂趣不在話下。還不止如此，莫言用了一章「比腳」來寫知縣太太的小腳和孫眉娘的大腳如何明爭暗鬥，高潮迭起。孫眉娘飽受相思折磨幾乎丟了性命，最終她仍然靠一雙大腳走入縣府。腳比手更有生命力，她主動追尋愛情的勇氣和魄力，恐怕是（手上）大權在握的知縣也難及。

再說刑罰。第九章〈傑作〉細寫趙甲如何以五百刀凌遲犯人。《紅高粱家族》的血腥與暴力，進一步在《檀香刑》裡獲得淋漓盡致的發揮。這章當然也是《檀香刑》的高潮大戲，莫言的「傑作」。多年前莫言曾在短篇小說〈爆炸〉以五百多字的慢鏡頭細寫父親的一個巴掌，〈傑作〉更發揮殘酷的想像力和文字的表演性，以至少一萬兩千字的長篇，把凌遲大刑高度細節化、審美化，每一刀均有詳細的解釋和說明，務求讓讀者和受刑者同感痛楚。確實，華麗而殘忍，深具表演性和現場感的舞台劇式敘述，很有凌遲效果。就這點而言，莫言以文字把施刑者、受刑者、觀眾和讀者的反應都計算得極為高明。表演的目的在全面操控觀眾的情緒和目光，這章確實也成功的做到這點。誠如小說所言：「這實際上就是一場大戲，劊子手和犯人聯袂演出。在演出的過程中，罪犯過分地喊叫自然不好，但一聲不吭也不好。最好是適度地、節奏分明的哀號，既能刺激看客的虛偽的同情心，又能滿足看客邪惡的審美

5《檀香刑》，頁二七。

心」[6]。讀完〈傑作〉，首先覺得痛。次是殘忍。這一兩種形容都是感覺式的。感覺過去之後，讀者或許會問，這種肉體的嘉年華，愈演愈烈的重口味敘事方式，用意何在？

相較之下，《紅高粱家族》寫羅漢大爺被孫五割耳剝皮的那一幕只是清粥小菜，也可以說，那是《檀香刑》之前的牛刀小試。雖然如此，羅漢大爺耳朵在瓷盤裡跳動，由日本兵托著從男女老少之前走過的魔幻鏡頭，仍然是《紅高粱家族》令人難忘的一幕。對於剝皮的過程，莫言的敘述是：「孫五操著刀，從羅漢大爺頭頂上外翻的傷口剝起，一刀刀細索索發響。他剝得非常仔細。羅漢大爺的頭皮褪下。露出了青紫的眼珠。露出了一稜稜的肉……」，「羅漢大爺臉皮被剝掉後，不成形狀的嘴裡還嗚嗚嚕嚕地響著，一串一串鮮紅色的小血珠從他的醬色的頭皮上往下流。……大爺被剝成一個肉核後，肚子裡的腸子蠢蠢欲動，一群群蔥綠色的蒼蠅漫天飛舞」[7]。觀者的反應是跪倒哭泣，血腥的場面最後被一場大雨刷洗乾淨。孫五是在極度恐懼的狀態下剝皮，他對凌遲行刑充滿不忍，那不忍是人性的懺悔和慈悲。基本上這也是莫言對這場刑戮的態度。

然而趙甲是以藝術表演為前提，莫言把對人的凌遲寫成了庖丁解牛。這是一場支解大戲，因此要設計五百刀，盡可能把每個血淋淋的細節放大，放慢，以全能視角把行刑受刑的心理和反應寫到極致，語不驚人死不休。因此，錢雄飛在受刑時，必須成為庖丁刀下的牛，施刑者與受刑者必須置換成人與（動）物的關係。如果是人與人的關係，就會如《紅高粱家族》的場景，觀眾不忍，孫五恐懼。莫言也就必須節制他的筆力。

這場刑戮的嘉年華在中國小說史上可謂空前，莫言火力全開，馳騁他的想像和文字魅力，對殺戮的血腥和殘酷毫不手軟。五百刀可是高難度大刑，考驗刀工也考驗人性，趙甲幾次感到難以為繼，但這是一場必須讓行刑者、受刑者各得其所的表演，「高度的敬業精神不允許他中途罷手……他完全可以將錢盡快地草率地處死，但責任和他的道德不允許他那樣做。他感到，如果不割足刀數，不僅僅褻瀆了大清的律令，而且也對不起眼前的這條好漢。無論如何也要割足五百刀再讓錢死，如果讓錢在中途死去，那刑部大堂的劊子手，就真的成了下九流的屠夫。」[8]

必然需要五百刀，因為這是藝術。要用心用眼，而非用手用刀。這是莫言說服讀者的傑作，如果我們熟悉莫言的小說，《酒國》那真假難分的紅燒嬰兒也採用這種寫作法，究竟那是如假包換的嬰兒或是廚師的藝術傑作？當解說員說明嬰兒肉體部位的構成或做法，反而欲蓋彌彰，弄假成真。莫言也可以草率地把錢處死，或者仁慈一些像對待羅漢大爺那樣從輕發

6《檀香刑》，頁二二〇。

7《紅高粱家族》，頁四六。

8《檀香刑》，頁二二四。

落。然而沒有，莫言選擇了精工的五百刀挑戰自己也凌遲讀者。凌遲讀者自然不會是寫作者的終極目標，挑戰自己的成份或許更多一些。五百刀的筆力是小說技術的展示，五百刀既是藝術也要靈感，寫到讀者也覺得痛，就是成功。莫言把酒神外放的寫作風格馳騁到極致，寫成了《檀香刑》的〈傑作〉，一種殘酷的肉體嘉年華，當代中國小說的庖丁解牛。

張閎曾指出莫言的小說文體有擴張性的特質，在語言風格上則是揮霍，並認為這兩者都肇因於知識和糧食的匱乏。他認為莫言的小說往往具有發達的感官經驗，然而這些經驗裡都隱藏著一個匱乏主題。因匱乏而膨脹，而磨礪了對知識和食物的想像力[9]。張閎的匱乏經濟學確實可以在精神分析那裡找到基礎，也可以合理地解釋何以莫言的小說和散文，對食物有如此濃厚的興趣。我們甚至可以進一步推論，莫言對物或物質（一切形而下之物）擁有如此強烈的興趣，「饑餓」是關鍵。

除了《酒國》以飲食為主題，莫言的小說基本上少不了食物和酒。他的散文〈食事三篇〉和〈賣白菜〉都寫過對食物兇猛的渴望，以及童年的貧乏經驗。演講集《小說在寫我》也一再提到餓飯的經驗，「但飢餓使我仍為一個對生命的體驗特別深刻的作家。長期的飢餓使我知道，食物對於人是多麼的重要。什麼光榮、事業、理想、愛情，都是吃飽肚子之後才有的事情。因為吃我曾經喪失過自尊，因為吃我曾經被人像狗一樣地凌辱，因為吃我才發憤走上了創作之路」[10]，這段引文把食物對照形而上的慾望，可見莫言的「唯物」興趣，這樣的觀點或許跟農民的務實個性有關，一切都要落實到物質層面，被觸摸到、感受到，乃至於吃進肚子裡才踏實。

莫言在不同場合多次提到農民經驗對他的影響，這最根本的影響其實在他的小說發揮了他的農民特質，一種唯物的寫實基調，在寫實之上覆蓋上雄渾想像，也往往要把這種想像寫到極端，發揮「往死裡寫」的功夫。這種雄渾的想像形成了張閎所說的揮霍風格或擴張性文體，亦是莫言小說的精采之處，所謂小說家的技藝，說故事的本領和方式，風格也。

然而莫言的擴張性文體也有過猶不及的時候。《豐乳肥臀》即是一例。這本小說等同於乳房博物學。莫言對生命的讚美，往往是把生命慾望和生命感覺的物化。《豐乳肥臀》（一九九六）卻是以女性的肉體作祭，乳和臀是小說的核心，也是孕育生命的來源。這部長篇並非莫言的佳作，然而卻是莫言唯物論的佳例，表現了他對肉體的高度興趣。莫言極度放縱他對乳房的想像和筆力，形成華語小說的乳房奇觀。「山是地的乳頭，浪是海的乳頭，語言是思想的乳頭，花朵是草木的乳頭，路燈是街道的乳頭，太陽是宇宙的乳頭……把一切都歸結

9 張閎：〈莫言：感覺王國〉，《聲音的詩學》（北京：中國人民文學，二〇〇三），頁一九一—頁一九二。

10 莫言：《小說在寫我》（台北：麥田，二〇〇四），頁五八。

到乳房上，用乳頭把整個物質世界串連起來」[11]。作為獻給母親與大地的長篇，乳房或有其孕育和哺乳的母性意義，然而這個主題在《豐乳肥臀》已經被各式各樣的關於乳房的誇張描寫抵消了。

或者以乳房為論述對象：「女人最重要的特徵是生著發達的乳房。乳房是人類進化的結果。對乳房的愛護和關心程度，是衡量一個時期內社會文明程度的重要標誌。女人要為自己的乳房感到自豪，男人要為女人的乳房感到驕傲。乳房舒服了，女人才會舒服。女人舒服了，男人才會感舒服。因此只要把乳房侍候舒服了，人類才會舒服。一個不關心乳房的社會，是野蠻的社會。一個不愛護乳房的社會，是不人道的社會」[12]。如此不厭其煩的大段引述，主要是說明，莫言的小說常有自成一套的論述邏輯，插科打諢也罷，文體擴張也罷，或者前面所說的把一切推到極致，往死裡寫，無限上綱的誇張風格也罷，效果只有一個：肉身成道。把小說唯物化，即便在處理中國計劃生育問題的小說《蛙》，他也把母親的初乳視為「物化的母愛」[13]，飢餓的童年記憶，可見如何化身為小說家的唯物書寫，小說的運作法則。

11 莫言：《豐乳肥臀》（北京：作家，一九九六），頁五五七。

12《豐乳肥臀》，頁五六八。

13 莫言：《蛙》（北京：作家，二〇〇九年），頁三二一。

聯經評論

后土繪測：當代散文論 II

2016年7月初版 定價：新臺幣350元

著者 鍾怡雯
總編輯 胡金倫
總經理 羅國俊
發行人 林載爵

叢書主編 沙淑芬
校對 謝麗玲
封面設計 沈佳德

出版者 聯經出版事業股份有限公司
地址 台北市基隆路一段180號4樓
編輯部地址 台北市基隆路一段180號4樓
叢書主編電話 (02)87876242轉212
台北聯經書房 台北市新生南路三段94號
電話 (02)23620308
台中分公司 台中市北區崇德路一段198號
暨門市電話 (04)22312023
台中電子信箱 e-mail：linking2@ms42.hinet.net
郵政劃撥帳戶第0100559-3號
郵撥電話 (02)23620308
印刷者 世和印製企業有限公司
總經銷 聯合發行股份有限公司
發行所 新北市新店區寶橋路235巷6弄6號2樓
電話 (02)29178022

行政院新聞局出版事業登記證局版臺業字第0130號

本書如有缺頁，破損，倒裝請寄回台北聯經書房更換。 ISBN 978-957-08-4787-1 (平裝)
聯經網址：www.linkingbooks.com.tw
電子信箱：linking@udngroup.com

國家圖書館出版品預行編目資料

后土繪測：當代散文論 II/鍾怡雯著．初版．
臺北市．聯經．2016年7月（民105年）．304面．
14.8×21公分（聯經評論）
ISBN 978-957-08-4787-1（平裝）

1.散文 2.中國當代文學 3.文學評論

820.9508 105013865